Une secrétaire sous le charme

*

Un dangereux fiancé

ALLY BLAKE

Une secrétaire sous le charme

Traduction française de
CÉLIA VAL

AZUR

HARLEQUIN

Collection : Azur

Titre original :
CRAZY ABOUT HER IMPOSSIBLE BOSS

HARPERCOLLINS FRANCE
83-85, boulevard Vincent-Auriol, 75646 PARIS CEDEX 13
Service Lectrices — Tél. : 01 45 82 47 47 - www.harlequin.fr
ISBN 978-2-2804-5286-1 — ISSN 0993-4448

Composé et édité par HarperCollins France. Achevé d'imprimer en mai 2021.
par CPI Black Print - Barcelone - Espagne
Dépôt légal : juin 2021.

FSC
www.fsc.org
MIXTE
Papier issu de sources responsables
FSC® C159065

Pour limiter l'empreinte environnementale de ses livres, HarperCollins France s'engage à n'utiliser que du papier fabriqué à partir de bois provenant de forêts gérées durablement et de manière responsable.

1.

« Lucinda, décroche. Lucinda, décroche. Lucinda, décroche. »

Les doigts de Lucinda hésitèrent un instant sur les touches du clavier. Elle dressa l'oreille mais il lui fut impossible de découvrir d'où venait la voix.

Depuis son bureau, adjacent à l'espace privé de son patron – lieu sacré entre tous –, elle voyait tout le couloir jusqu'à la réception. Personne en vue…

Elle se remit à taper et…

« Lucinda, décroche. Lucinda, décroche. »

Cette fois, elle abandonna son texte et ouvrit le tiroir de son bureau. Son téléphone était allumé : la voix venait donc de là… Qui avait pu ajouter cette nouvelle sonnerie ? Le visage qui s'affichait lui laissait peu de doute sur celui qui parlait de cette voix grave, un peu rauque.

Se mordant les lèvres pour effacer une grimace, ou peut-être un sourire, elle appuya sur la touche qui mettait fin aux appels. Elle était occupée. Il pouvait attendre.

Redressant les épaules, elle reprit son travail, un résumé des dernières innovations du marché : marques émergentes, opérations gagnantes, sponsoring de célébrités, bref, tout ce qu'elle estimait utile de porter à la connaissance de son patron. C'était un rituel qu'elle avait mis en place six ans et demi plus tôt, quand elle avait été engagée par le groupe de consultants Big Picture.

Son portable se remit à sonner, insistant. « Lucinda, décroche. » La voix mâle et profonde résonnait en elle. Elle ne décrocha pas et enfouit le portable sous une tonne de papiers. Mieux valait museler cette voix pour oublier l'effet qu'elle avait sur elle… et qui expliquait peut-être pourquoi elle était depuis si longtemps célibataire.

Les dents serrées, elle se remit au travail.

Assourdie, la sonnerie reprit cependant, à peine audible mais bien présente : « Lucinda, décroche. »

Elle termina sa phrase, enregistra le document et l'adressa par mail à son patron.

Angus Wolfe, un des meilleurs consultants de Melbourne, pour ne pas dire de toute l'Australie, se tenait de l'autre côté de la cloison de verre fumé qui le séparait du monde. Enfoncé dans son confortable fauteuil de cuir, les pieds croisés sur le rebord de la fenêtre, il contemplait la vue que lui offrait la ville en contrebas. Le soleil couchant faisait scintiller les chromes et les panneaux de verre des gratte-ciel. À cette heure, Melbourne explosait en une myriade d'éclats de lumière. Mais Lucinda ne voyait qu'une chose, le portable pressé contre l'oreille de son patron.

Son tiroir se remit à vibrer… Elle se saisit de son portable et, de nouveau, coupa l'appel. Puis elle se leva et ouvrit la discrète porte de verre qui les séparait. En trois enjambées sur l'épaisse moquette, elle se trouva derrière Angus Wolfe.

Il ne pouvait ignorer sa présence, lui qui était toujours hyper conscient de son environnement. La respiration, le pouls même de ceux qui l'entouraient, rien ne lui échappait.

Pourtant, il ne bougeait pas et elle s'autorisa, égoïstement, à le contempler quelques secondes. Car le profil d'Angus aurait pu servir de modèle au sculpteur le plus exigeant. Son visage était tout en angles et mâchoire carrée, ses cheveux sombres et bouclés évoquaient un pâtre grec. Et les lunettes de lecture qu'il se refusait à porter en public n'adoucissaient en rien l'impact des yeux noisette les plus perçants qu'elle ait jamais vus. Il s'étira soudain. Lentement. Comme un gros chat au soleil. Son costume gris sombre, fait sur mesure, ne cachait rien de sa musculature. Tous ses costumes étaient taillés sur mesure… Elle le savait, c'était elle qui réglait ses factures. Soudain, elle remarqua ses chaussettes. Au niveau de la cheville, elle aperçut un discret motif de loup… C'étaient les chaussettes qu'il avait reçues à Noël. De sa part…

Son cœur battit un peu plus fort, et, comme un soupir, elle sentit une bouffée de désir s'insinuer en elle, descendre jusqu'au cœur de sa féminité. Elle se dépêcha de l'étouffer. Angus Wolfe, l'homme le plus clairvoyant de Melbourne, aurait ri si quiconque avait insinué que Lucinda Starling, son bras droit, son assistante de toujours, était un tant soit peu amoureuse de lui.

À moins qu'elle ne soit championne en matière de dissimulation, il était aveugle en ce qui la concernait. Mais c'était un cadeau du ciel qu'il ne se rende compte de rien ! Lucinda mettrait tout en œuvre pour que ça dure. Il y allait de la sécurité de son emploi. De sa dignité. Et de sa santé mentale.

Quand son portable, qu'elle tenait en main, se remit à psalmodier : « Lucinda, décroche », elle se sentit fléchir. Mais elle se reprit vite et, tenant l'appareil à bout de bras, elle lança :

— Comment as-tu eu accès à mon portable ?

Angus laissa s'écouler une seconde avant de faire pivoter son fauteuil vers elle, affichant un demi-sourire qu'elle ne connaissait que trop bien.

— J'ai mes contacts, lâcha-t-il d'une voix encore plus profonde que sur l'enregistrement.

— Apparemment oui, dit-elle avec une once de défi dans la voix.

Personne à part elle n'aurait pu remarquer l'infinitésimale pause que marqua Angus, le léger rétrécissement de ses pupilles. Mais pour elle, c'était évident. Cela faisait partie de son travail et lui permettait de devancer ses moindres besoins. C'était aussi pourquoi elle se reprocha d'avoir glissé une note aussi aguicheuse dans sa réponse.

La relation qu'elle entretenait avec Angus était parfaitement harmonieuse et équilibrée. Il y entrait de l'impertinence, du badinage aussi. Et de l'honnêteté, une honnêteté parfois brutale. Du respect, sans aucun doute. Un peu de flirt, aussi, qui ne débordait pas du cadre, qui faisait partie du jeu. Car ils travaillaient ensemble pendant de si longues heures qu'il fallait bien détendre l'atmosphère de temps à autre. Maintenir le juste équilibre n'était pas aisé. Et pour Lucinda, il était encore plus difficile de veiller à ce qu'Angus ne devine jamais ses sentiments.

Elle feignit l'agacement, agitant son portable pour détourner son attention.

— La raison de ton appel a intérêt à être bonne parce que je suis occupée, figure-toi.

Angus cilla, comme rappelé au réel, et prit une profonde inspiration.

— J'avais besoin de toi.

— Mais moi aussi !

Elle avait répondu du tac au tac, sûrement trop brutalement, son inconscient réagissant aux paroles d'Angus : « j'avais besoin de toi ».

Elle rejoignit d'un pas décidé le bureau de son patron, tourna vers elle l'écran de l'ordinateur et y fit monter la copie du sien où un post-it virtuel clamait sur fond jaune : me lire tout de suite !

Angus passa à plusieurs reprises un doigt sous sa lèvre inférieure. Lucinda fit de son mieux pour ne pas regarder. C'était raté, à en croire le sourire qui s'épanouit sur les lèvres d'Angus.

— OK… Mais moi d'abord, puisque je t'ai sous la main. Assieds-toi.

Sa voix avait baissé d'une octave tandis qu'il prononçait ces mots… Elle releva les yeux vers lui : « je t'ai sous la main ». Elle s'autorisa une seconde à rêver au sens littéral de l'expression, puis se reprit et s'assit comme il le lui avait proposé. Pourtant, avant de recroiser son regard, elle prit le temps de modifier la sonnerie de son portable, choisissant une alarme moins susceptible de faire naître un envol de papillons dans son ventre.

Son siège était un fauteuil moderne tout en tubes et velours rose sombre qu'il lui avait offert pour Noël. Et le fait qu'elle puisse le laisser dans le bureau directorial était la meilleure part du cadeau.

Elle tira de sa poche le calepin et le crayon qu'elle y gardait toujours. Elle prépara la pointe de la mine en la faisant glisser à plusieurs reprises sur le papier et attendit le déluge des idées d'Angus. L'esprit labyrinthique de son patron fonctionnait à toute allure, procédant par bonds, sauts et glissades, produisant au passage les idées les plus brillantes.

— Prête ? dit-il avec un petit sourire.

— Toujours.

Instantanément, Angus fut en mode travail.

— Bien. Le compte Jouvence.

Pendant les dix minutes qui suivirent, il déroula tout haut le fil de sa pensée, énumérant dans le désordre tout ce qui lui venait à l'esprit pour redorer l'image de la marque Jouvence. Leader en matière de cosmétiques à une certaine époque, Jouvence frôlait aujourd'hui la faillite. Pour Angus, peu importait qu'il s'agisse de rouge à lèvres, d'un parti politique ou d'un grand magasin : il trouvait ce qui permettait à un produit d'atteindre sa cible, de toucher sa clientèle. Il savait faire vendre.

S'arrêtant rarement, passant d'une conception globale au plus infime détail et n'annonçant jamais les virages de sa pensée, il se servait de Lucinda comme d'une caisse de résonance, le calice où il déposait les perles brillantes issues de sa réflexion.

Et Lucinda écrivait. Se maintenir au niveau des acrobaties mentales d'Angus qui déclenchaient son adrénaline. Le glissement régulier de la mine de son crayon 2B sur le papier l'aidait à déstresser.

— Et ? demanda-t-elle, presque essoufflée alors qu'il s'arrêtait enfin plus d'une seconde.

— Et c'est tout pour le moment.

Il faudrait une bonne demi-heure à Lucinda pour remettre tout ceci en ordre, classer les idées et en déduire les tâches qu'elle devrait mener à bien le lendemain. Ensuite, elle pourrait rentrer.

— Des projets pour la soirée ? reprit Angus.

— Pas vraiment.

À part réparer la fuite d'eau dans sa buanderie… Mais elle n'en parla pas : Angus ne comprendrait même pas de quoi il s'agissait, son appartement étant une ode à la technologie moderne, le meilleur de ce que l'argent pouvait offrir.

Alors que le cottage de Lucinda… eh bien, avait besoin de plus qu'un coup de peinture. Mais c'était le sien. Et cela, en soi, était merveilleux.

— Et toi ? lui lança-t-elle à son tour.

Une petite virgule se mit à danser au coin de sa bouche, annonciatrice d'un dîner raffiné avec vin hors de prix et compagne ravissante… Lucinda poussa un soupir bref. Il était temps pour elle de se rappeler qu'Angus et elle vivaient sur deux planètes différentes. Il pouvait survivre avec trois heures de sommeil alors qu'en dessous de sept elle n'était plus bonne à rien. Il mangeait au restaurant en dépit d'une cuisine ultra-équipée, elle comptait chaque centime et ne jetait rien. Il avait dû mentionner sa propre famille trois fois en six ans mais connaissait tout de celle de Lucinda, sachant en premier lieu qu'elle la plaçait au-dessus de tout. Sa vie à elle était… plus lente, plus structurée. Faite d'une routine où se mêlaient liste de courses et responsabilités. Elle jonglait. Il ne risquait jamais de rater la balle.

Question travail, ils étaient vraiment faits l'un pour l'autre mais leurs chemins divergeaient à la sortie du bureau. D'ailleurs, il était temps pour elle de quitter les lieux…

Elle s'arrêta et claqua des doigts comme si elle venait juste de se rappeler un détail, alors qu'elle ruminait son annonce depuis le matin :

— Au fait, il me reste des congés à prendre. À tel point que ton directeur des Relations Humaines commence à s'inquiéter. Donc, je prends mon week-end.

— Ton week-end ? Tu veux dire… Pour toi ?

Il arrivait parfois à Lucinda de disposer d'un week-end mais Angus la sollicitait souvent en fin de semaine. Car il ne s'arrêtait jamais. C'était un battant, un passionné pour qui les jours fériés n'existaient pas. Lucinda lui étant encore plus indispensable que son ordinateur, elle restait à sa disposition…

— Tout juste, confirma-t-elle. De vendredi à dimanche soir…

— Et on peut savoir pourquoi ?

Il se leva, dépliant sa longue silhouette et s'étirant à fond, tant et si bien qu'elle vit sa chemise se tendre sur sa poitrine musclée.

— Tu connais l'expression « ça ne te regarde pas » ? répondit-elle d'une voix un peu voilée.

— Non, pas vraiment.

— J'ai des projets.

— Du genre… ?

Allons, Lucinda, ce n'est pas si grave. Arrête de biaiser et dis-lui !

— Des projets ? J'adore les projets ! fit une voix venue de l'autre entrée du bureau.

Lucinda pivota pour découvrir Fitz Beckett et Charlie Pullman, partenaires d'Angus.

— Et quels sont donc ces projets ? demanda Fitz, bel homme et grand séducteur, directeur des Relations Humaines et cousin d'Angus.

Il prit Lucinda dans ses bras et la fit valser avant de terminer en un plongeon hollywoodien.

Charlie, adorable et génial, chargé des finances des clients, jeta à Lucinda un sourire timide avant de se tourner vers Angus et de se lancer dans un rapport complexe sur un compte clientèle.

Angus, Fitz et Charlie formaient une équipe de choc. À sa grande surprise, Lucinda vit son patron lever la main pour arrêter Charlie.

— Lucinda allait me révéler ses plans pour le week-end.

— Des plans coquins, j'espère, lança Fitz.

— Franchement, avez-vous la moindre idée de ce que veut dire l'expression : « aller trop loin » ? protesta Lucinda.

Fitz secoua la tête en riant. Charlie cligna des yeux. Et le regard noisette d'Angus resta fixé au sien. Lorsque Fitz se racla la gorge, Lucinda réalisa que le silence avait envahi la pièce. Depuis combien de temps était-elle perdue dans le regard d'Angus ? Elle cilla. Et vit la virgule du sourire d'Angus. Son cœur s'agita dans sa poitrine comme un petit oiseau dans sa cage.

— Eh bien, vérifiez dans le dictionnaire ! reprit-elle précipitamment. Bonne nuit à tous !

— Tu peux y compter en ce qui me concerne, rétorqua Fitz avec un sourire vainqueur.

Charlie se contenta d'un au revoir de la main. Et Angus fit asseoir ses associés pour reprendre avec eux le travail. Le travail, son seul et grand amour…

Lucinda quitta le bureau directorial, rejoignit le sien et s'assit le temps que le tremblement de ses mains se calme. Pourquoi n'avait-elle rien dit ? Ni à Angus ni aux autres…

— Et leur dire quoi ? marmonna-t-elle pour elle-même en glissant ses notes dans son sac, bien décidée à terminer le rapport chez elle. Que tu fréquentes un homme formidable en secret comme si en parler allait te porter la poisse, ou que tu te tais à cause de cette attirance de midinette pour ton patron, qui te fait vivre dans un désert amoureux ?

Elle n'avait pas de mal à imaginer leur réaction… Poser les limites. Oui, c'était une bonne chose, Angus n'avait pas à connaître les moindres détails de sa vie.

Enfilant sa veste, elle fila vers les ascenseurs, se rappelant un autre de ces « moindres détails » qu'elle avait gardés pour elle : le coup de fil qui lui proposait un poste que la plupart auraient tué pour obtenir… Ce n'était pas la première fois. Elle était dans la ligne de mire de bien des chasseurs de têtes. Mais ils la sollicitaient en vain.

Quels que soient les défis que lui posait sa relation avec Angus, elle ne le quitterait jamais. Entre eux existait quelque chose de précieux, mélange de respect, de compréhension à mi-mots et de badinage, qui assurait le succès de leurs entreprises. Chaque fois qu'elle parlait à d'autres assistantes, elle mesurait sa chance. Cette communion dans le travail voulait dire qu'elle connaissait Angus peut-être mieux qu'elle ne se connaissait elle-même. Ils ne se ressemblaient pas. En revanche, côté romance ils étaient sur un plan d'égalité et évoluaient dans le même désert.

Bien sûr, Angus ne l'aurait jamais admis, d'ailleurs il se décrivait comme un célibataire professionnel. Toujours sur la défensive quand il s'agissait de s'engager : il prétendait qu'il était trop occupé, trop endurci dans ses habitudes pour imposer pareilles contraintes à une femme, et que ne pas le faire était lui rendre service. Tout cela signifiait que même si, par hasard, Angus regardait un jour Lucinda avec les yeux de l'amour, il ne correspondrait en rien à son idéal masculin. Car ce que Lucinda attendait d'un homme, c'était qu'il s'engage. Et ces contraintes dont parlait Angus ne la dérangeaient en rien.

Voilà pourquoi Lucinda avait décidé de sortir du désert amoureux. Ce qui ne regardait pas Angus.

— Cat, je suis rentrée !

Lucinda se débarrassa de sa veste dans l'entrée du petit cottage qu'elle habitait en banlieue.

— Dans la cuisine ! lui répondit la voix de Cat.

Pour son plus grand bonheur, Catriona, sa grande sœur,

partageait le logement avec elle. Une odeur alléchante de poulet frites flotta jusqu'à Lucinda. Si Cat avait eu la bonne idée d'y ajouter quelques pousses d'épinard, ce serait un régal. Lucinda ôta ses chaussures et se rendit à la cuisine où elle trouva Catriona en train de grignoter un biscuit. Sa sœur avait hérité de leur père une haute taille et une minceur à toute épreuve. Lucinda, quant à elle, ressemblait plutôt à leur mère : plus petite et plus ronde. Elle choisit un bâtonnet de carotte.

Penser à ses parents lui serra le cœur. Dix ans s'étaient écoulés depuis l'accident qui leur avait coûté la vie mais ils lui manquaient toujours.

Sonny, sa merveille de fils, était sagement assis à table. Lucinda le rejoignit, le cœur battant comme chaque fois qu'elle le retrouvait. Tous les soucis de la journée s'évanouissaient comme par miracle à sa vue. Il lisait, tout en avalant ses dernières frites. Son assiette était parfaitement bien nettoyée, n'y restaient que les pousses d'épinard… Cat avait essayé.

— Hé, mon grand garçon !

Sonny leva les yeux de son livre. Un grand sourire illumina son visage.

— Maman !

Elle s'approcha pour l'embrasser sur le front, repoussant ses cheveux, du même brun que les siens. Sa peau sentait le soleil et la sueur.

— Tu as passé une bonne journée, mon grand ?

— Voui.

— Des nouvelles toutes neuves ?

Sonny plissa le nez, cherchant visiblement à se rappeler ce qu'il avait mis de côté dans sa mémoire, sachant qu'elle allait poser la question.

— J'ai emmené Jacob à la bibliothèque.

Lucinda se tourna vers Cat.

— Jacob ?

— Un petit nouveau à l'école, expliqua Cat. Sonny a été chargé de le guider pour ses débuts.

— Sonny est le meilleur. C'est bien, mon chéri. Et maintenant, à la douche, bonhomme !

— OK, murmura Sonny qui s'était replongé dans son livre.

Lucinda savait qu'il lui faudrait encore deux ou trois essais avant que son fils bouge, mais cela lui donnerait le temps d'oublier la frénésie du bureau et de se replonger dans la douceur du foyer. En rentrant, elle changeait de peau, abandonnant celle qu'elle était avec Angus, proactive et sans concessions, pour enfiler son costume de mère, réactive, à fleur de peau, croisant les doigts en espérant qu'elle faisait les bons choix. Prête à toutes les concessions ou presque car son fils était la prunelle de ses yeux… Quels que soient les ennuis qui s'accumulaient au travail, ils passaient en second. Sonny serait toujours sa priorité.

Vingt minutes plus tard, Sonny était en pyjama. Les cheveux encore humides et refrénant à peine ses bâillements, il alla se serrer contre Cat pour lui souhaiter bonne nuit et fila vers sa chambre. Lucinda le prit dans ses bras pour les derniers mètres, par pur plaisir : il fallait en profiter, son fils avait huit ans et serait bientôt trop lourd pour elle.

Une fois l'enfant couché, elle s'installa à côté de lui sur le lit et, tour à tour, ils lurent et écoutèrent deux histoires. Puis Lucinda referma doucement le livre pour la dernière routine du coucher : un bisou sur le nez, deux bisous sur les joues et un gros câlin. Les peluches vinrent trouver leur place autour de l'enfant, la couette fut remontée jusqu'au menton et la veilleuse découpa ses étoiles au plafond. Tous les soirs, Lucinda se réjouissait de la chance qu'elle avait : cette douceur, cet enfant… Pour elle seule… Son cœur était plein de son fils.

Pourtant, quand il sortirait du lit, dans dix minutes, en disant qu'il avait soif, elle regretterait de ne pas avoir à ses côtés celui qui pourrait l'aider en partageant les tâches. Être mère célibataire avait ses hauts et ses bas.

— Bonne nuit, petit homme.
— Bonne nuit, maman.
— Je t'aime.
— Moi je t'aime encore plus.
Elle allait fermer la porte lorsque Sonny lança :
— Angus t'a téléphoné aujourd'hui ?
— Son bureau est à côté du mien, répondit-elle en fronçant les sourcils, pourquoi veux-tu qu'il me… Ah, je vois !
Sonny plongea sous la couette et éclata de rire.
— Tu l'as aidé à changer la sonnerie ? reprit-elle.
— Angus a envoyé un message hier sur la tablette de Cat pour me demander comment faire.
— Eh bien, tu es un sacré coquin.
Sonny arbora un sourire radieux. Il était d'un caractère très doux mais il savait ce qu'il voulait. Elle ferait bien d'en tirer des leçons…
— Bonne nuit, petit coquin !
— Bonne nuit, maman.
Elle ferma doucement la porte et revint à la cuisine. Elle savait qu'Angus et Sonny correspondaient et elle l'avait accepté. Angus lui avait assuré qu'elle aurait toujours pleinement accès à leurs conversations. Elle ne vérifiait plus car il s'agissait en général de vidéos amusantes qu'ils échangeaient. Une complicité qui était née entre eux quelques années plus tôt, après un incident pas si anodin que cela.
Sonny s'était réveillé mal en point, un beau matin. Il avait mal au ventre et aucun des stratagèmes maternels, encouragements, sourcils froncés ou cajoleries, n'avait réussi à le faire se lever pour aller à l'école. Aussi, comme une charge de travail énorme attendait Lucinda au bureau, elle l'avait emmené. C'était bien la première fois qu'elle se permettait une chose pareille.
À la grande surprise de Lucinda, Angus avait invité l'enfant dans son bureau. Après avoir rapidement pesé le pour et le contre, elle avait accepté, et laissé « les hommes » entre eux.

En moins d'une heure, Angus avait obtenu le fin mot de ce qui se cachait derrière cette histoire de mal au ventre. Sonny avait révélé que le groupe de sa classe fabriquait des cartes pour la fête des pères. Il avait alors demandé à sa maîtresse ce qu'il devait faire pendant ce temps, vu que lui n'avait pas de papa.

Lucinda avait pris bien soin d'expliquer à son fils que toutes les familles, traditionnelles ou pas, pouvaient être riches d'amour. Malheureusement, quelques gamins de l'école avaient des idées bien plus arrêtées et ils avaient réuni leurs efforts pour s'assurer que Sonny comprenne qu'il était hors norme.

Lorsque Angus avait révélé l'incident à Lucinda, celle-ci avait été dévastée : non seulement par le fait que son fils ait dû subir cette épreuve mais aussi parce qu'il s'était confié à Angus plutôt qu'à elle.

Angus lui avait pris les deux mains, ce qui n'était jamais arrivé auparavant, et l'avait fait asseoir. Puis il l'avait regardée dans les yeux et lui avait expliqué ce qu'il avait dit à Sonny, à savoir que lui aussi avait grandi sans père. Ce jour-là, Lucinda en avait appris plus sur l'enfance d'Angus et ses motivations qu'au cours de toute leur longue collaboration. Et lorsque Angus avait conclu en lui disant que, bien qu'imparfait, l'amour de sa mère l'avait guidé et maintenu sur le droit chemin, elle avait eu du mal à refréner ses larmes.

Dès lors, leurs relations avaient changé. En lui confiant son fils, Lucinda avait donné à Angus la chance de sortir de la forteresse où il se protégeait du monde. Avec l'enfant, il pouvait se montrer franc, sans détour. Et depuis ce jour, l'innocent sentiment que Lucinda nourrissait pour son patron s'était embrasé comme un feu de joie.

Angus était devenu le héros de Sonny.

Lucinda s'était bien gardée de dire à son patron que cette semaine-là Sonny était revenu de l'école avec une carte de fête des pères qui lui était destinée. Encore un de ces petits détails qu'elle préférait garder pour elle…

Car il ne fallait pas perdre de vue qu'Angus était un loup

solitaire. S'il apprenait à quelle vitesse Sonny s'était attaché à lui, il risquait de faire à nouveau retraite derrière ses remparts. Mais en tout cas, leur amitié s'était consolidée. Elle avait évolué, devenant un élément important de leur vie à tous deux. C'était bien. Plus aurait été trop.

Lucinda rejoignit Cat qui avait pris place sur le canapé et regardait distraitement la télévision tout en tapant comme une folle sur le clavier de son ordinateur, perché sur ses genoux.

En tant que journaliste free-lance, Cat devait travailler sans répit ou périr. Mais son métier avait un avantage : il lui avait permis d'emménager avec sa sœur le jour où Joe était parti, décidant que la paternité était trop compliquée pour lui. Cat avait alors rempli le vide laissé par le départ du mari de Lucinda. Sonny venait de faire ses premiers pas alors… Sept ans s'étaient écoulés depuis.

Avec un soupir, Lucinda s'écroula dans le fauteuil du salon.

— Alors, demanda Cat sans lever les yeux, tu lui as dit ?

La petite bulle de contentement dans laquelle Lucinda flottait éclata d'un coup.

— Hum ?

— Angus, tu lui as dit pour ce week-end ?

— Moui, dit Lucinda en se tortillant.

Les doigts de Cat s'arrêtèrent sur le clavier.

— Donc, tu as dit textuellement : « Je prends mon week-end parce que l'estimable Jameson Bancroft-Smythe m'emmène dans un lieu de rêve pour partager quelques bons moments entre adultes » ?

Le silence de Lucinda en disait long et Cat referma son portable avec un bruit sec.

— Je lui ai dit que je prenais mon week-end, marmonna Lucinda. Ce que je vais faire ne le regarde pas.

Cat renifla avec dépit.

— Allons, sœurette ! Vous vous envoyez des textos à chaque épisode de *Warlock Academy*, cette rocambolesque série fantastique qui n'intéresse que vous et quelques ados attardés. Vous échangez des cadeaux improbables que vous avez passé des heures à chercher. Sans parler de ce truc bizarre entre vous, lors du pot de Noël il y a bientôt deux ans. Toi et moi savons parfaitement qu'entre vous deux les limites privé-professionnel sont plus que floues !

La gorge de Lucinda s'était asséchée à la mention du fameux pot de Noël. Les événements de cette nuit-là étaient enfermés dans un coffre de sa mémoire, et elle avait jeté la clé.

— Que veux-tu que je te dise ? murmura-t-elle.

— Que tu avoues ! Tu n'as rien dit au sujet de Jameson ! Si tu es aussi intime que tu le prétends avec Angus, je ne vois pas pourquoi tu refuses de lui en parler…

Lucinda leva les mains au ciel.

— Peut-être ai-je eu plaisir à garder cette histoire pour moi ! Peut-être est-ce trop fragile, trop récent pour être jeté sur la place publique. Peut-être que si je parle à Angus, il va me convaincre que je fais une terrible erreur…

— Personne ne peut t'obliger à quoi que ce soit en matière de sentiments, lui fit judicieusement remarquer Cat. Il aura beau te raisonner, si c'est sérieux avec Jameson, ça le restera.

— Je sais, je suis simplement nerveuse, d'accord ? Je voudrais que ce week-end se passe du mieux possible, j'en ai vraiment besoin. J'ai fait beaucoup d'efforts pour que ma relation avec Jameson se construise, vu le nombre de fois où nous avons annulé nos rendez-vous à cause de son travail ou du mien. Et Angus est en plein milieu de cette grosse affaire, avec ce client qu'il estime beaucoup, cela m'a paru malavisé de le distraire.

— Le distraire ? Angus est un bulldozer.

— Il est vraiment sensible, je t'assure !

Son employeur était attentif aux besoins des autres, branché sur leurs désirs. C'est ce qui le rendait si performant dans son travail. Si Lucinda pouvait en juger par les détails qu'elle avait glanés sur son enfance, cette hyper conscience de l'autre était ce qui lui avait permis de survivre.

— Les bulldozers aussi ont leurs points faibles, je présume, grommela Cat. Mais en attendant, il t'écrase. Jamais je n'ai vu personne faire autant pour quelqu'un que ce que tu fais pour lui !

— Et je suis fière de pouvoir l'aider, rétorqua Lucinda. Si je n'étais pas un rouage dans la belle machine qu'est l'entreprise d'Angus, nous n'aurions pas pu nous permettre d'acquérir cette jolie petite maison où nous vivons tous les trois bien au chaud.

Ce qu'elle ne disait pas à Cat, c'était qu'elle tenait une place tout à fait à part dans le monde bien organisé d'Angus. Elle était sa respiration, son équilibre.

— Un rouage ? Pas plus ? Tu te dévalorises, et le merveilleux Angus ne te considère pas à ta juste valeur en te considérant comme acquise. Tu pourrais travailler ailleurs, et pour plus cher !

Lucinda ne répliqua rien. Cat tentait de la convaincre qu'Angus attendait trop d'elle et ce n'était pas la première fois qu'elle s'y essayait. Lucinda se contentait de ne pas être d'accord.

Car elle se rappelait avoir été cette mère épuisée, inexpérimentée, qui ne savait pas si elle serait à la hauteur et pourrait consacrer à son futur travail le nombre d'heures exigées. Mais Angus avait vu quelque chose en elle, un désir rageur de s'en sortir, et cela, il le comprenait. Il l'avait engagée.

Il attendait d'elle qu'elle travaille sans relâche mais il travaillait encore plus. Et jamais il ne lui faisait sentir qu'il la considérait comme acquise. En dépit de tout ce à quoi elle renonçait pour être au cœur de son équipe : au temps passé avec les siens, à des relations amoureuses…

Et si… Pas la peine de perdre son temps avec les « si ». Elle vivait bien. Sa famille était heureuse et en bonne santé. Que voulait-elle de plus ? Une petite voix moqueuse lui murmura à l'oreille : *de l'amour, de l'intimité, de la romance !* D'où le week-end coquin.

Lorsque son téléphone portable bipa, elle ne fut pas surprise d'y lire un message d'Angus : il voulait savoir si elle avait hâte de démarrer la dernière saison de *Warlock Academy*, cette série vieille d'au moins dix ans dont ils étaient tous les deux addicts… C'était encore un aspect du travail de Lucinda : découvrir pour Angus des séries assez intéressantes pour qu'il ait envie de les suivre, mais pas trop prenantes, pour que son esprit hyper actif puisse glisser vers le sommeil et qu'il dorme un nombre d'heures raisonnable.

Elle répondit aussitôt :

Tu penses bien que oui !

Puis elle prit la télécommande, changea de chaîne, tira la langue à Cat et se plongea dans les derniers rebondissements de *Warlock Academy*.

Pourtant, le réconfort prévu n'était pas au rendez-vous. Car si elle devait choisir entre un week-end avec un bel homme qui ne faisait pas mystère de son attirance pour elle, et rester à la maison à regarder une série à distance avec un autre, elle choisirait cette dernière option. De loin… Et le pire, c'était qu'elle se l'avouait pour la première fois, et que cela l'exaspérait.

Cat avait raison sur un point. Il fallait que ça change.

2.

Angus se rejeta dans son fauteuil de bureau, tambourinant du doigt sur ses lèvres tout en regardant le mur couvert de photos. Elles étaient toutes plus frappantes les unes que les autres, accompagnées de slogans imagés qui permettraient de redéfinir l'image de Jouvence. Louis Fournier, le vénérable président des cosmétiques Jouvence, était à deux pas de là, penché sur le bureau de Lucinda qui paraissait en pleine opération séduction, le menton sur la main et la tête légèrement penchée.

Angus sentit un sourire lui monter aux lèvres. Bravo ! Elle mettait tous les atouts de leur côté. Comme tous ceux de son équipe, d'ailleurs…

L'assistante de Fitz, Velma, était bâtie comme un tank, efficace, dépourvue de tout humour et férocement dévouée à son patron. Fitz l'adorait.

Kumar, l'assistant de Charlie, était à peine plus humain que ce dernier, mais quand il s'agissait de manier les chiffres, lui et son patron s'entendaient comme larrons en foire. Personne ne comprenait un traître mot de leurs discussions…

Les responsables de Big Picture étaient fonctionnels, efficaces, passionnés par leur travail. Mais personne ne l'était autant que Lucinda.

Elle marchait à l'instinct. Elle savait quand se montrer brusque et quand faire preuve de douceur, quand aller droit au but et quand charmer son monde. Les clients les plus rétifs lui mangeaient dans la main au bout de dix minutes.

Ce matin, elle avait choisi de porter le parfum *Un jour*, sorti par Jouvence bien des années plus tôt. Angus avait vu la bouteille sur son bureau en arrivant. Il savait que le parfum lui rappelait ses parents, disparus bien avant qu'il la rencontre. Elle gardait toujours le flacon dans un tiroir de son bureau, en souvenir d'eux, mais elle le sortait quand elle savait que Louis Fournier était attendu.

Comme si elle devinait ses pensées, Lucinda se retourna vers lui et, à travers la paroi de verre, Angus vit ses longs cheveux danser et ses lèvres rouges esquisser un demi-sourire. Il se déplaça légèrement pour avoir une meilleure vue. Il aimait son visage plein d'esprit, ravissant… Ce visage qui lui était aussi familier que le sien propre…

Il la vit froncer le nez, signe d'indécision qu'elle affichait rarement. Quoique… Ces derniers jours, il avait vu assez souvent cette expression sur son visage. Et puis il y avait ce nouveau rouge à lèvres, plus brillant que d'habitude. Elle prenait des courtes pauses avant de commencer une phrase. Tout ceci, pour Angus, était signe d'agitation. Quelque chose changeait. Et il abhorrait le changement.

Elle leva un sourcil dans sa direction pour lui demander s'il était prêt et il fallut à Angus une seconde pour se rappeler ce qu'il était censé faire aujourd'hui : sauver Jouvence, l'entreprise de son vieil ami Louis Fournier. Alors il hocha brièvement la tête.

S'il était si bon pour définir l'image d'une entreprise, c'est parce qu'il savait sonder l'inconscient collectif de la clientèle, en faire ressortir les désirs inassouvis et les attentes que la marque pourrait combler.

Pourtant il se refusait à exercer cette faculté d'analyse sur Lucinda, même s'il ne comprenait pas ce qui se jouait en ce moment. Cela passerait. Tout glissait sur elle. Et si, pour une fois, ce n'était pas le cas, il tâcherait d'en savoir plus quand il en aurait fini avec Jouvence.

Il se retourna vers le mur sur lequel étaient affichées toutes les suggestions pour redorer la marque et il chercha la faille. Car pour lui rien n'était jamais parfait. On pouvait toujours faire mieux.

Une jeunesse passée à essuyer les quolibets des amants de sa mère, qui le traitaient d'erreur de la nature, lui avait forgé un mental d'acier. Nul doute que leur méchanceté était à la source du besoin qu'il avait de prouver sa valeur, la raison de sa recherche de perfection. Sans eux serait-il où il en était aujourd'hui, aurait-il Louis Fournier pour client, mentor et ami ?

Il entendit Lucinda rire. Si elle savait ce qui lui passait par la tête en ce moment, elle le sermonnerait, lui dirait d'apprécier tout ce qu'il avait accompli. D'en profiter.

Ses partenaires n'avaient aucun mal à profiter de leurs succès. Pour Fitz, le summum avait été atteint quand il avait figuré en première page d'un célèbre magazine pour hommes. Angus se demanda quand viendrait son propre moment de gloire.

Plus tard sans doute. Mais peut-être ne viendrait-il jamais. Son plaisir était d'avancer, toujours. Se retourner sur ses succès risquait de freiner le rythme, de compromettre l'élan qu'il avait imprimé à sa vie. Donc il fallait qu'il continue sans relâche. S'arrêter, c'était renoncer.

La porte de verre s'ouvrit sur Lucinda, accompagnée de Louis. Angus se porta à leur rencontre.

— C'est gentil de me faire une petite place dans ton emploi du temps, dit Louis.

C'était un homme distingué qui portait bien son âge et gardait une trace d'accent français malgré des années passées en Australie.

— C'est Lucinda qu'il faut remercier, d'ailleurs j'aimerais bien savoir ce que vous lui avez fait pour qu'elle s'exécute, dit Angus avec une œillade entendue.

— Hoho, rien de malhonnête, se récria Louis en souriant. Je vois que tu veilles sur elle…

Lucinda fit une mimique agacée qui déclencha le rire du vieux gentleman.

— Et elle me le reproche assez, admit Angus avec un soupir exagéré.

Le visage de Lucinda redevint sérieux. Elle ferait tout pour aider Jouvence à redresser la barre. La société, autrefois phare en matière de cosmétiques, se trouvait aujourd'hui au bord du naufrage. Mais Angus ne laisserait pas le bateau couler. Car par le passé Louis Fournier l'avait sauvé et c'était à son tour de le tirer d'affaire.

Angus l'avait rencontré à sa sortie de l'université. Déjà recruté par une entreprise en vogue, il assistait à une soirée d'affaires au cours de laquelle on les avait présentés. Ils avaient pris un verre ensemble et s'étaient découvert des intérêts communs et un même dégoût pour les lèche-bottes en tous genres.

La compagnie de Louis avait aidé Angus à élargir ses perspectives. Car Louis avait deviné ce qui le poussait à avancer, sans s'arrêter à son côté de jeune loup ambitieux. Il avait compris qu'Angus voulait marquer son temps, et il lui avait fait comprendre que ce désir avait de la valeur.

— Latte, monsieur Fournier ? demanda Lucinda, ramenant Angus au réel. Sans sucre, c'est cela ?

— Exactement. Merci.

Lucinda n'avait pas besoin de vérifier auprès d'Angus ce qu'il voulait boire. Elle savait tout de lui, ce qu'il buvait, la cuisson de son steak, la taille de ses chemises et de ses sous-vêtements… ayant remis à jour ses stocks plus d'une fois. Elle savait aussi quand s'effacer dans les discussions d'affaires, quand estomper l'éclat de sa séduction pour se fondre dans le décor. Lorsqu'elle reparut, précédée de la réconfortante odeur du café, Angus eut du mal à cacher son sourire : il ne se souvenait même plus de la dernière fois où Lucinda s'était déplacée pour lui servir un café… D'habitude, la tâche échouait à l'un des stagiaires. Mais pour Louis, c'était autre chose. L'homme était de la vieille école, qui tenait la porte aux dames et restait courtois en toute occasion. Lucinda l'adorait. Elle plaça son café latte sur la table basse et l'accompagna d'une assiette de mignardises venant tout droit du meilleur pâtissier français de la ville.

— Ah, dit Louis en fermant les yeux pour humer la délicieuse odeur, parfait…

Devant Angus, elle plaça le mug qu'elle lui avait offert pour… Pâques ? L'anniversaire de la reine ? La journée de la citoyenneté ? Il n'en savait plus rien car s'offrir des petits cadeaux était devenu pour eux un challenge : c'était à qui trouverait le plus original et le plus décalé.

Quand il releva les yeux, il découvrit Lucinda penchée vers lui, qui déposait la seconde assiette de mignardises. Son chemisier s'entrebâilla et il aperçut la rondeur d'un sein dans un écrin de dentelle blanche.

Il détourna rapidement les yeux, mais ce fut pour voir son sourire, et le nouveau rouge à lèvres qui lui allait si bien. Trop bien. Pourquoi en avait-elle changé ?

À temps, il se rappela qu'il s'agissait de Lucinda, son bras droit, sa conscience, le yin de son yang, la lumière de son obscurité… Et donc il n'était pas question de regarder dans l'entrebâillement de son chemisier ni de s'attarder sur ses lèvres. Même si ce qu'il voyait lui paraissait incroyablement attirant. Il s'était fixé des règles dès qu'il l'avait vue à la porte du bureau de Fitz, attendant son entrevue d'embauche, tapotant nerveusement du pied et dégageant un charme fou.

Elle planta les yeux dans les siens.

— Et voilà…

— Merci pour cette attention, dit-il en désignant les pâtisseries françaises.

— C'était un plaisir, répliqua-t-elle alors que son nez se plissait à nouveau, démentant ses paroles.

Bon sang…

Angus s'appliqua à donner à son visage une apparence

parfaitement détendue, système de défense qu'il avait appris tout jeune auprès de ceux qui s'amusaient à le voir flancher. Lucinda le vit faire et leva un sourcil étonné. D'habitude, ce n'était pas pour elle qu'il prenait cette expression soigneusement neutre.

— Besoin d'autre chose ? murmura-t-elle, se redressant enfin et mettant fin ainsi au supplice d'Angus.

Ses longs cheveux soyeux dansèrent autour de ses épaules, dégageant un frais parfum de noix de coco et de citron vert qui rappela à Angus les plus délicieux des cocktails. Comme ceux qu'ils avaient bus lors d'un certain pot de Noël. Cette fameuse soirée qu'il faisait de son mieux pour oublier. Et qui avait l'impudence de resurgir au beau milieu d'une réunion de travail cruciale…

— Je vous laisse à vos petites affaires, dit-elle en se déhanchant inconsciemment, lui offrant la vue de ses fesses moulées dans une jupe droite.

Immédiatement, Angus détourna le regard vers le plafond.

— Merci, Lucinda, répondit Louis, évitant à Angus d'avoir à baisser les yeux avant que Lucinda soit partie. Non seulement vous savez faire un délicieux café et vous avez un goût excellent en matière de parfum, mais vous avez un teint de rêve. Avez-vous jamais pensé à prêter votre visage à des publicités pour des produits de maquillage ?

— Pardon ? demanda Lucinda en se redressant.

— Votre peau est comme du satin, ma chérie…

— Louis, intervint Angus d'un ton un peu bourru, est-ce que vous seriez en train de chasser sur mes terres ?

À cette remarque, Lucinda se retourna d'un bloc et jeta à Angus un regard tel qu'il n'en avait jamais vu. Ses joues s'étaient empourprées. Sa bouche s'ouvrit comme si elle allait répliquer puis elle la referma, marqua une pause et s'adressa enfin à Louis.

— Monsieur Fournier, sous mon très performant fond de teint satiné Jouvence se trouve la peau stressée d'une mère dont le fils de huit ans refuse de dormir après 5 heures du matin. Mais vous êtes très aimable de prétendre le contraire, dit-elle en s'approchant pour lui planter un baiser sur la joue. À présent, arrêtez de me distraire de mes hautes fonctions. J'ai du travail.

Sur ce, elle quitta dignement la pièce.

Louis rompit le silence qui avait suivi sa sortie.

— Ne laissez jamais cette perle vous quitter.

— Je n'y compte pas, dit Angus, croyez-le bien.

Puis, repoussant toutes les images de rouge à lèvres et de dentelle qui peuplaient son esprit, il se mit au travail.

Bien que Louis soit parti depuis longtemps, Lucinda ruminait toujours l'incident, furieuse.

« Est-ce que vous chasseriez sur mes terres ? »

Quand elle avait entendu ces mots dans la bouche d'Angus, sa gorge s'était nouée. Était-elle un gibier à son exclusive disposition ? Elle sentait la colère monter en elle.

Elle n'était pas si susceptible, d'habitude. Elle savait bien qu'il s'agissait d'une plaisanterie. Mais la conversation qu'elle avait eue la veille avec Cat l'avait fait réfléchir. Et puis elle avait échangé de menus propos avec Louis, plus tôt dans la journée, et il avait répété, à son habitude, qu'elle était beaucoup trop bien pour un homme tel qu'Angus. Cela aussi avait remué en elle ce quelque chose qui refusait de s'assagir. Elle était ébranlée.

Oh ! elle en avait vu d'autres. Il fallait qu'elle s'occupe les mains pour ne plus y penser. Au lieu d'envoyer un stagiaire reprendre le plateau et nettoyer les tasses, elle retourna dans le bureau.

— Alors, ça s'est bien passé ? demanda-t-elle en rassemblant tasses et assiettes sur le plateau.

— Aussi bien que prévu, dit Angus, les pieds posés sur le bord de la fenêtre, tout en consultant les papiers qu'il tenait à la main. Il a répété qu'il nous faisait confiance. Qu'il *me* faisait confiance.

Au son de sa voix, Lucinda sentit qu'Angus n'était pas aussi satisfait qu'il aurait dû l'être. Elle savait exactement ce qu'il lui fallait pour retrouver son équilibre : parler travail. Des mots simples et clairs, sans complications.

— Mais ? dit-elle pour l'inciter à se dévoiler.

— Mais il a passé bien plus longtemps à parler de toi. À répéter que son parfum n'avait jamais si bien convenu à une femme…

À cet instant, Angus leva les yeux vers elle.

Elle avait le soleil dans les yeux et ne voyait de lui qu'une silhouette découpée sur le blanc du mur, mais elle sentit son regard. Elle le sentit glisser le long de sa joue et se poser sur ses lèvres. Elle n'aurait pas dû remettre du rouge à lèvres… Sa bouche était trop rouge à présent, trop satinée… Et pourtant, sous ce regard qui s'éternisait, elle ne regrettait pas d'avoir rafraîchi son maquillage.

Angus parut se secouer soudain et son regard revint à ses papiers. Puis il se leva et jeta les documents sur son bureau.

— Louis m'a aussi expliqué que je ne te payais pas assez pour ta valeur, reprit-il.

— Je ne peux pas dire qu'il a tort.

— J'imagine que tu ne le contrediras pas, dit-il en glissant les mains dans ses poches et en la rejoignant. Mais j'ai eu l'impression que tous ces beaux discours servaient de paravent pour éviter de parler d'autre chose. Je crains que Jouvence ne soit en bien plus mauvaise situation qu'il ne veut l'admettre.

— Pourrais-tu le convaincre de laisser Charlie examiner ses finances ? En lui disant que ça fait partie de la routine, rien à payer en plus…

Angus secoua la tête.

— J'ai déjà eu assez de mal à ce qu'il me confie le rajeunissement de Jouvence. Je n'y suis parvenu qu'en le persuadant qu'il me rendait service.

— Tu veux que j'essaie de lui parler ?

Elle vit qu'Angus réfléchissait à sa proposition. Elle aurait voulu que Cat le voie en cet instant. En dépit de son évident génie, il prenait toujours le temps de réfléchir aux options qu'elle lui proposait. Finalement, il fit un signe de dénégation. Ce qui arrivait aussi assez souvent…

En d'autres temps, Lucinda serait passée à autre chose. Mais son irritation n'avait pas disparu et elle poussa un soupir frustré.

— Je peux le convaincre de nous confier ses finances, Angus. Je sais que j'en suis capable. Louis me respecte et il a de l'affection pour moi. En même temps, il ne se sent pas obligé de truquer avec moi. Il ne va pas craindre que j'arrête de l'admirer.

Angus lui jeta un drôle de regard.

— Laisse, Lucinda.

— Mais…

— Ça suffit, trancha-t-il en passant une main nerveuse dans ses cheveux, sans plus la regarder.

Lucinda se figea. Seules ses narines bougeaient encore, frémissantes, alors qu'elle tentait de contrôler sa colère. Y réussissant à peine… Jusqu'à ce qu'il la regarde à nouveau.

— Y a-t-il autre chose ? dit-il en croisant les bras.

Il parlait comme si de rien n'était, comme si leur conversation avait été normale. L'irritation de Lucinda grandit et elle sentit les battements de son cœur s'accélérer, comme un appel aux armes.

— Oui, jeta-t-elle. C'est au sujet de ce week-end.

— Eh bien ?

— J'ai des projets. Je pars deux jours avec…

Elle s'arrêta net. Comme si le flux de ses paroles se heurtait à un mur de pierre.

— C'est une devinette ? demanda Angus, impatient. Tu pars avec Cat ? Avec le lapin de Pâques ? Ou Elvis Presley ?

Elle fit courir sa langue sur ses lèvres et, d'un coup, sa colère tomba, comme une tempête s'apaise. Elle savait que sa voix serait calme et elle regarda son patron dans les yeux.

— Je pars avec un homme.

Lucinda l'observa d'un œil aiguisé. Elle vit ses narines palpiter, sa mâchoire se crisper. Mais le reste de son corps était parfaitement immobile. Elle fit de son mieux pour se convaincre qu'elle était juste en train d'informer son patron pour le bien du service.

— Un homme, finit par lâcher Angus en écho.

— Oui. Et pas n'importe lequel, précisa Lucinda, prête à tout dire enfin. Celui avec lequel je sors.

Quand il se libérait entre deux opérations… Qu'il n'était pas à l'autre bout du monde à partager son avis avec d'autres cardiologues…

— Et Sonny ? dit Angus d'une voix un peu tendue.

Sur ce point, elle comprenait son souci. Lui aussi avait été élevé par une mère seule, et il prenait très à cœur le bien-être de Sonny.

— Il ne l'a pas encore rencontré, le rassura-t-elle. Mais si ce week-end se déroule bien…

Angus tourna vers elle un visage indéchiffrable. Cette indifférence appliquée le trahit, et fit renaître l'agacement chez Lucinda. Assorti d'une petite envie de revanche.

— Tu veux savoir où nous irons ?

Un tressaillement sous sa paupière.

— Hanover House, précisa-t-elle. Somptueux, enfin, d'après Cat. Elle a écrit un article sur le lieu. Hyper romantique, presque un château.

La pomme d'Adam de son patron fit un aller et retour avant qu'il lâche :

— Ça semble sympa.

« Sympa » ! Un terme qui semblait bien plat venant d'un

homme dont le métier était d'assembler des mots pour faire rebondir des entreprises au bord du gouffre !

Aux yeux de n'importe qui, leur conversation aurait paru raisonnable. Mais Lucinda savait qu'il n'en était rien : l'électricité crépitait entre eux.

— Et concernant celui qui m'y emmène, tu ne veux rien savoir ? Métier, diplômes, opinions ? D'habitude, tu raffoles de ces détails. Ça te permet de cerner les gens, de t'en servir contre eux au besoin.

Encore une fois elle vit le muscle tressauter.

À quoi joues-tu ? Qu'est-ce que tu cherches ? Qu'il finisse par te dire : « non, tu n'y vas pas » ?

Angus, pensif, se passa la main sur le menton.

— Luci, si tu penses que Sonny peut le rencontrer, c'est que c'est quelqu'un de bien. Sonny va sûrement l'adorer et moi aussi. On en a fini à présent ?

Il désigna du regard les tasses, comme pour signifier qu'elle avait mieux à faire que se répandre en confidences sur sa vie privée.

Encore une passe d'armes… Ils s'accrochaient tout le temps. La franchise faisait partie intégrante de leur dynamique. Ils fonctionnaient grâce à cela. Si elle s'éloignait, elle savait que les choses se calmeraient, c'était toujours le cas quand ils avaient des échanges un peu vifs.

Mais cette fois, contrairement à d'habitude, leur petit duel ne l'avait pas revigorée, bien au contraire. Elle prit le plateau et marcha vers la porte, le visage en feu. Pourtant, avant de la franchir, elle se retourna et jeta un long regard à Angus.

— Il y a encore une chose, dit-elle.

Angus, tendu, prit une longue inspiration.

— Je crois que le sujet est clos, dit-il sombrement. Tu prends ton week-end, c'est acté.

— Je ne veux pas parler du week-end. Je veux parler

d'aujourd'hui. Je sais qu'en tant qu'assistante je suis là pour toi, mais, Angus…

Elle fit une pause, s'efforçant de faire entrer une bouffée d'air dans ses poumons contractés.

— Oui, Lucinda ?

— Je ne suis pas un gibier sur tes terres…

Sur ce, armée du plateau, elle sortit dignement.

3.

« Je ne suis pas un gibier sur tes terres. »

Ces mots carillonnaient dans la tête d'Angus tandis qu'il prenait un verre au bar près du bureau.

Il n'avait pas voulu se montrer vexant. Elle le savait, d'ailleurs, et n'était pas du genre à prendre la mouche au moindre mot. Une voix venue du plus profond du subconscient d'Angus ajouta :

Ce n'est pas non plus son genre de partir avec un type dont tu n'as jamais entendu parler...

Une main s'abattit lourdement sur son épaule.

— Tu as une tête de déterré, cousin.

Angus chassa la main importune de Fitz.

— Merci du compliment. Qu'est-ce que tu viens faire là ? s'enquit Angus alors que Fitz s'asseyait.

— Boire un verre avec toi, répliqua Fitz en se servant un whisky. Ne suis-je pas ton cousin favori ?

— Mon unique cousin. Qui ne me piste pas jusqu'ici, d'habitude.

— C'est que j'ai vu ce nuage noir au-dessus de ta tête... Quelqu'un a eu une meilleure idée que toi ?

Angus lui jeta un regard noir.

— OK, reprit Fitz, ça n'arrive jamais. Bon alors, quoi ? Ton tailleur préféré a fermé boutique ou c'est Lucinda qui t'a remis à ta place ?

Sans qu'il y puisse rien, Angus sentit sa paupière gauche se crisper.

Fitz laissa échapper un long sifflement :

— Ah, c'est donc ça, la belle Lucinda est cause de ta mélancolie. Intéressant. Que lui as-tu fait ?

— Je n'ai rien fait du tout !

Fitz renifla.

— Alors qu'as-tu omis de faire ? Je sais que tu n'oublies jamais son anniversaire, avec votre manie de vous offrir des cadeaux ridicules… Est-ce que par hasard il y a eu entre vous un de ces moments comme… ce qui s'était passé au pot de Noël ?

Cette fois, ce fut dans la mâchoire d'Angus qu'un muscle se crispa.

— Rien ne s'est produit à ce fichu pot de Noël, je te l'ai dit cinquante fois.

Et pourtant, chaque fois qu'on mentionnait cette soirée… Il vida son whisky d'un trait. Le liquide lui brûla la gorge, comme un soulagement.

— Écoute, mon cher cousin, si tu préfères garder le silence, ça te regarde. Je ne vais pas passer la soirée à t'extorquer des aveux, déclara posément Fitz.

— Lucinda s'est trouvé un soupirant et ils passent le week-end ensemble.

Fitz se figea, puis éclata de rire.

— Et c'est ça qui te donne cette mine ravagée ? C'est juste que Lucinda a un petit ami ? Ce qui est étonnant, c'est qu'aucun homme ne te l'ait enlevée plus tôt, brillante et futée comme elle est.

Angus s'accrocha à son verre.

Ce n'était pas le fait qu'elle fréquente quelqu'un. Cette impression que tout se figeait venait du fait qu'elle n'avait jamais envisagé de présenter aucun homme à son fils… à part lui.

Mais lui, c'était différent !

Le jour où il avait rencontré Sonny, il lui avait semblé renaître : il pouvait représenter pour ce garçonnet l'homme dont il aurait désespérément eu besoin au même âge. Un homme qui aurait encouragé sa curiosité, aurait accueilli son enthousiasme avec indulgence, qui lui aurait appris à tenir bon dans la cour de récréation.

Quand Lucinda présenterait un homme à son fils, Sonny serait assez malin pour comprendre ce que cela voulait dire. Et s'il adoptait cet homme, il n'y aurait pas de retour possible.

C'était son devoir, songea Angus, de s'assurer qu'elle avait bien pesé le pour et le contre.

— La vraie question, continua Fitz, interrompant ses pensées, est de savoir pourquoi elle n'a pas cherché de compagnon jusqu'à maintenant. Elle n'aurait eu qu'à claquer des doigts… Elle est sexy en diable, avec ses cheveux couleur chocolat, sa peau délicatement rosée et ses yeux bruns qui semblent lire jusqu'au fond de ton âme torturée.

— Vas-y doucement, cousin.

— Sur le côté sexy ? Je ne l'invente pas. Ton assistante est une vraie bombe. Tous ses week-ends devraient être peuplés de rendez-vous coquins.

Angus sentit ses poings se serrer. Il était à deux doigts de décocher une bonne droite à Fitz.

— Arrête, tu parles de la mère d'un petit garçon.

— Toi, tu me tues, rétorqua Fitz en éclatant de rire. Si le premier mot qui te vient en pensant à Lucinda est celui de « mère », je m'inquiète pour l'avenir de notre lignée…

Angus cilla. Leur lignée n'avait franchement rien d'exceptionnel. Son père était parti alors qu'il avait l'âge de Sonny. Il en avait ressenti un soulagement, trop bref, avant de subir le défilé des hommes que sa mère fréquentait pour sortir de la pauvreté. Dans l'espoir d'offrir une chance à son fils…

Fitz sortit son téléphone portable.

— Ce type, qui est-ce ? Donne-moi un nom.

— Pas demandé, grommela Angus.

— Comment ? se récria Fitz. La perle qui te sert d'assistante te prévient qu'elle a un homme dans sa vie et tu ne te renseignes pas ? Toi qui constitues un dossier pour chaque personne que tu croises, au cas où tu pourrais un jour t'en servir pour la démolir professionnellement, là, il ne se passe rien ?

Fitz se mit à taper fébrilement sur son clavier.

— Que fais-tu ? s'enquit machinalement Angus.

— J'envoie un texto à Cat.

— La sœur de Lucinda ? Tu as son numéro ? s'étonna Angus, brusquement sorti de sa torpeur.

Fitz haussa les épaules.

— Nous nous sommes rencontrés à ce pot de Noël dont il est interdit de parler. Tu avais bu comme un trou, pour oublier sans doute. Lucinda portait cette superbe robe verte tellement sexy. Ça te parle ?

Cela ne lui parlait que trop. La salle de réunion métamorphosée, les tables poussées contre le mur et chargées de coupes de champagne. Les lumières clignotantes et les étoiles de Noël accrochées partout. Le bruit des rires, les bavardages… Puis c'était comme si la foule s'était écartée, et là était apparue Lucinda. Une vision lumineuse, une silhouette moulée dans un fourreau vert printemps qui mettait en valeur ses longues jambes et ses bras nus. Une torsade de cheveux bruns lâchés sur une épaule ronde. Des lèvres rouges, brillantes. Il se souvenait d'avoir cligné des yeux, comme si c'était trop beau pour être vrai. Et cette robe qui suivait ses mouvements comme une seconde peau, satinée, accrochant la lumière… Son sourire, radieux. Jusqu'à ce qu'elle croise son regard.

Fitz interrompit ses souvenirs.

— Cat venait juste d'écrire un article sur le Viagra féminin, on a bavardé, une chose en entraînant une autre et… hum, on a couché ensemble. Avant que tu te déchaînes, sache que c'était juste une fois ; j'ai beau être un dieu entre les draps, elle a estimé que ça suffisait. Nous sommes restés amis.

Angus se prit la tête à deux mains. Son cousin et la sœur de Lucinda se connaissaient depuis plus d'un an ? Est-ce que Lucinda le savait, seulement ?

— Ah, voilà des nouvelles, déclara Fitz en réceptionnant

un message. Cat me dit que le type est génial. C'est un certain Jameson Bancroft-Smythe.

— C'est son nom ?

— Jusqu'à la dernière syllabe. Maintenant, une petite cyberrecherche… OK, dit-il en faisant défiler les images sur son écran, nous avons un fan de skateboard, qui semble avoir vingt ans et qui a pourtant une myriade de petits-enfants.

Angus plongea le nez dans son verre où fondait lentement la glace.

— Mon vieux, je suis navré de te dire que c'est un Adonis, compléta Fitz. Au mieux de sa forme.

Il lui tendit son téléphone et Angus ne put s'empêcher de regarder. On voyait ledit Jameson dans toute sa splendeur, allure franchement juvénile, sanglé dans un smoking de bonne coupe, présidant un gala de charité. À son bras, Lucinda était tout sourire, alors que la main de Jameson reposait sur la chute de ses reins…

— Évidemment…

— Dr Jameson Bancroft-Smythe, études à Londres, a travaillé pour Médecins Sans Frontières, chef du département de chirurgie pédiatrique du plus grand hôpital de Melbourne…

Angus, tête baissée, pressait ses deux paumes l'une contre l'autre. Cette impression de perdre pied, ce n'était pas lui. Il n'avait pas ressenti cela depuis ses années de jeunesse, quand il ne savait pas à l'avance où il allait dormir ni avec qui sa mère allait vivre durant le mois qui suivait. Contrôler son environnement avait été sa réponse d'adulte à cette dévastatrice instabilité. Il y était devenu si habile qu'il en avait fait un métier. Il savait trouver l'essence d'une marque et la vendre.

Mais peut-être la solution se trouvait-elle là, songea-t-il en relevant la tête. Il fallait découvrir l'essence de Lucinda, son cœur de cible.

Il en revint mentalement au jour de leur rencontre, quand, en compagnie d'autres candidats, elle s'était présentée dans les bureaux de Big Picture pour décrocher un emploi.

Les bureaux sentaient encore la peinture fraîche, tout le mobilier n'était pas arrivé. Fitz, Charlie et lui s'étaient endettés jusqu'aux yeux et venaient de décrocher leur premier succès, projetant leur client en haut de l'affiche avec une campagne publicitaire bien ciblée. Ils avaient décidé de battre le fer tant qu'il était chaud et de recruter des collaborateurs aux dents longues qui leur permettraient de faire décoller leur entreprise.

Au premier jour du recrutement, les candidats lui avaient semblé identiques, tous calibrés sur le même modèle : diplômés des meilleures écoles, hyper cool en surface mais prêts à piétiner leurs rivaux.

Et puis, il avait vu Lucinda.

Contrairement aux autres, elle ne portait pas de tailleur sobre mais une charmante robe à fleurs. Pas de chignon sophistiqué mais une cascade de cheveux descendant en vagues sur ses épaules. Une étincelle d'excitation brillait dans ses yeux. C'était un tournesol au milieu des chardons.

— Avise-moi Blanche-Neige, avait lancé Fitz, on dirait qu'un oiseau va se poser sur sa main !

Angus avait ri, bien sûr, mais il n'arrivait pas à la quitter des yeux. C'était miracle de la voir ainsi bavarder gaiement avec ses voisins, et même parvenir à les détendre, alors qu'ils étaient tous là pour un même poste… Il n'avait pas besoin d'un candidat bardé de diplômes, ni même fourmillant d'idées. Les idées, c'était son rayon à lui. Mais bien qu'il en ait cent à la minute, il lui manquait ce côté humain, si nécessaire à fidéliser la clientèle. Les relations étaient son point faible. Il ne savait pas bavarder, ni se montrer léger ou chaleureux. Il lui fallait quelqu'un qui sache détendre les clients, les mettre en confiance, les préparer à accepter ses idées peu conformistes.

— Je mise sur Blanche-Neige, avait-il dit à Fitz.

Leurs débuts n'avaient pas été simples. Il n'était pas fier de sa réaction quand il avait appris qu'elle était mère célibataire : il avait failli la remercier, mais lui avait finalement donné ce que sa mère n'avait jamais eu : une chance de prouver sa valeur.

Bien sûr, elle était inexpérimentée et avait fait des erreurs, mais elle les avait assumées, essayant toujours de faire mieux la fois suivante. Il n'en fallait pas plus à Angus.

Lucinda Starling avait été son arme pas si secrète, son contrepoint, son équilibre et la meilleure décision qu'il ait jamais prise.

Mais elle n'était pas *un gibier sur ses terres*. Et visiblement, elle allait visiter les terres de quelqu'un d'autre… D'un inconnu du nom de Jameson Machin-Truc-Smythe. Un homme qui allait l'emmener vers une destination romantique, parfaitement ignorée d'Angus.

À l'instar de son cousin, il sortit son téléphone, et chercha « Hanover House » avec une pointe de masochisme… Les images défilèrent sous ses yeux : salons chics, cheminées crépitantes, spa luxueux, centre de séminaires, jardin avec lac…

Soudain, il releva la tête et son regard se perdit. Il allait suivre son instinct. Lucinda était la clé de la réussite d'Angus. Si Lucinda envisageait de présenter un homme à Sonny, c'était que tout allait changer. Et pour Angus, le changement était intolérable. Il avait trop travaillé, trop sacrifié en termes de temps et de relations, pour compromettre le résultat. Il était prêt à tout pour protéger son entreprise, pour prouver à ceux qui ne lui voyaient aucun avenir qu'ils s'étaient bien trompés.

Prêt à tout, oui, donc à ce qui allait suivre…

Il repoussa son tabouret de bar et donna une brève accolade à Fitz qui le dévisagea.

— La crise est finie ? Tu sembles aller mieux…

— Quelle crise ? Il n'y a jamais de crise avec moi.

Puisqu'il avait un plan… Si parfait qu'il s'étonnait de ne pas y avoir pensé tout de suite.

— Souviens-toi d'une chose, Monsieur Je-ne-crois-pas-aux-crises : si quelqu'un mérite un bonheur éternel, l'amour et les bouquets de roses, c'est Lucinda. D'accord ?

— Pas d'accord avec toi, cousin, jeta Angus en marchant d'un pas décidé vers la sortie.

Lucinda remua les orteils dans ses escarpins pour se détendre en attendant l'ascenseur. On était jeudi après-midi, la semaine avait été épuisante et elle avait à peine pris le temps de déjeuner pour avoir ensuite celui de faire une course de dernière minute.

Après qu'elle lui avait révélé ses plans pour le week-end, son patron s'était mis à travailler comme un possédé. Il avait décroché trois nouveaux clients, et s'était engagé à des délais bien trop courts, compte tenu du travail prévu pour le rajeunissement de Jouvence dont on devait présenter les grandes lignes à Louis Fournier en début de semaine prochaine.

Lucinda se sentait au bout du rouleau. Telle une équilibriste sur un fil, si elle relâchait son attention une seconde, tout s'écroulerait, y compris elle. Les portes de l'ascenseur s'ouvrirent et elle y entra. Oui, la semaine avait été pleine et fructueuse mais, concernant ses relations avec Angus, il en allait différemment. Au mieux, on pouvait les qualifier de bizarres. Fitz disait souvent d'eux qu'ils ressemblaient à des gamins tant ils se réconciliaient vite après le moindre accrochage. Sans se toucher pour autant, ni s'embrasser, heureusement ! Il y avait bien eu une fois… Mais rien ne s'était passé. Rien du tout.

Lucinda secoua la tête. Il n'y avait pas eu de vraie réconciliation, cette fois. Angus s'était montré curieusement poli. À un moment, elle l'avait surpris en train de siffloter. Ce qui ne lui arrivait jamais. Était-ce à cause de l'annonce de son week-end avec Jameson ? Il aurait dû être ronchon plutôt, ours mal léché. Mais dans ce cas cela aurait voulu dire qu'elle comptait pour lui, autrement que pour le travail… Aïe. Ça faisait mal.

Elle sortit à l'étage de Big Picture, salua de la main les réceptionnistes et regagna son bureau. Une fois assise, elle posa ses achats sous le bureau, repoussant le sac du pied pour que personne ne puisse lire la marque sexy qu'il affichait. Elle n'avait pas prévu cet achat mais quand, dans la vitrine, elle avait aperçu le négligé de soie noire, une petite voix lui avait soufflé qu'elle devait faire un effort et remiser son vieux pyjama.

Elle jeta un coup d'œil à travers le mur de verre fumé et trouva Angus à la même place qu'avant son départ, confortablement installé dans son fauteuil, un sourire épanoui sur le visage et gesticulant alors que, de toute évidence, il courtisait un client au téléphone.

Elle cessa de le regarder. Si ses yeux restaient sur lui trop longtemps, elle ressentait une impression curieuse dans le bas-ventre…

Son téléphone sonna. Elle se hâta de décrocher :

— Jameson, bonjour !

— Prête ?

Jameson était un homme pressé, pas du genre à perdre son temps en bavardages. C'était une des choses qu'elle appréciait chez lui, il allait droit au but. Il disait ce qu'il pensait et faisait ce qu'il disait. Bien sûr, il était trop occupé pour qu'ils se voient souvent mais c'était appréciable du fait qu'elle aussi disposait de peu de temps…

— Non, mais je le serai demain matin à 7 heures ! Et toi ?

— Bagage bouclé !

Évidemment. Jameson était toujours prêt à partir, il ne se passait pas une semaine sans qu'il saute dans un avion pour sauver un village ou récupérer un précieux organe.

— Je serai chez toi à 7 heures, reprit-il. Je suis heureux que nos planètes s'alignent enfin, Cindy.

Le nez de Lucinda se pinça. Elle n'aimait pas qu'on la surnomme ainsi. Elle le dirait plus tard à Jameson, quand ils se connaîtraient un peu mieux. Et elle fut sincère en répondant :

— Oui, moi aussi, heureuse qu'on puisse enfin prendre ce moment pour nous.

— On se voit demain, alors.

Jameson Bancroft-Smythe était vraiment un homme bien, se dit-elle en raccrochant : gentil, attentionné. Enfin, quand il ne se précipitait pas à l'autre bout du monde ou vers une table d'opération…

Il ne l'avait jamais poussée dans ses retranchements et respectait le rythme qu'elle voulait donner à leur relation. Ce qu'elle appréciait… la plupart du temps. Parfois, elle aurait souhaité qu'il la regarde autrement, comme s'il brûlait de lui arracher ses vêtements et de la prendre sur-le-champ.

Cela faisait longtemps qu'aucun homme ne l'avait regardée ainsi. Elle se rappelait très bien la dernière fois, lors d'un pot de Noël, un peu plus d'un an plus tôt. Elle ferma les yeux et repoussa le souvenir le plus loin possible.

Il lui restait une heure avant la fin de sa journée, exceptionnellement courte pour un jeudi. Son bureau était rangé, le calendrier d'Angus à jour et ses crayons 2B favoris taillés, prêts à l'emploi.

— Lucinda.

La voix d'Angus la fit sursauter. D'habitude, elle ne se laissait pas surprendre, comme si elle pouvait anticiper tous les mouvements de son patron.

Elle se tourna vers lui et le surprit à regarder le sac glissé sous son bureau. Elle voulut le repousser plus loin et, ce faisant, le renversa. Le contenu se répandit, émergeant du papier de soie rose…

— Et zut, murmura Lucinda, se penchant précipitamment pour tout remettre en place.

Quand elle se redressa, elle s'attendait à voir sur le visage d'Angus le sourire poli qu'il avait affiché durant toute la semaine, mais il avait le regard sombre. D'une voix sourde, il lâcha :

— J'ai de mauvaises nouvelles. À propos de ton week-end.

Les mots mirent un moment à s'imprimer en elle. Sa voix rauque la faisait frissonner.

— Pardon, tu dis ?

— Ce week-end. Je sais que c'est à la dernière minute mais il y a ce séminaire : j'ai besoin de toi.

Et soudain le frisson devint un tremblement. De fureur.

Non, c'était hors de question ! Elle repoussa sa chaise, saisit ses achats et son sac.

— Dans tes rêves. Je pars, à cette minute même.

— C'est pour Jouvence…

À ces mots, toute la colère de Lucinda s'effondra comme un château de cartes. Pour n'importe quel autre client, elle aurait refusé.

Mais pour Jouvence ? Tout comme Louis Fournier comptait dans la vie d'Angus, Jouvence comptait dans celle de Lucinda. À chaque fête de Noël, son père offrait à sa mère un parfum de cette marque. Lucinda en avait toujours un flacon, non pour le porter mais pour le déboucher parfois et retrouver ses souvenirs d'enfance, portés par ses fragrances. À présent qu'elle avait rencontré Louis Fournier, son attachement à Jouvence était devenu encore plus personnel. Elle savait ce que risquait la marque. Son rajeunissement ne serait peut-être pas suffisant pour la sauver…

— Où est-ce qu'il se tient ? Le séminaire ?

Le regard d'Angus se perdit.

— Tu ne vas pas me croire… À Hanover House.

— Tu te moques de moi, gronda-t-elle.

Angus secoua la tête, lentement. Jamais Lucinda n'avait eu à ce point envie de le gifler.

— En fait, j'étais curieux de savoir où tu allais passer le week-end, alors je suis allé sur leur site. Ils ont un centre de séminaires et justement ils en proposent un des plus intéressants. C'est une opportunité inespérée, exactement ce qu'il nous faut pour sauver Jouvence.

Le cœur de Lucinda battait si fort qu'elle entendit à peine Angus. Toute la semaine, il s'était comporté avec une totale indifférence, et pourtant, il avait vérifié où elle allait. Derrière son dos.

— Tu étais là, Luci, à la réunion pour Jouvence. Tu sais combien les perspectives sont sombres.

— Mais c'est bien pour ça que Louis Fournier t'a embauché !

Les nouvelles approches, les placards publicitaires, le site web, Angus, c'est fabuleux, c'est un des meilleurs rajeunissements que tu aies jamais faits ! On lance la campagne la semaine prochaine, il est trop tard pour y ajouter quoi que ce soit !

Celle-ci était plus que prometteuse, élégante, inspirée. Angus avait mis à contribution de jeunes influenceurs pour attirer une clientèle branchée. Faire mieux semblait impossible.

Il soutint son regard et elle se sentit couler dans ses profondeurs brun noisette. Puis les yeux d'Angus se portèrent sur le sac rose dont tous deux savaient qu'il contenait un négligé noir et sexy…

Il s'éclaircit la voix.

— Oublie. Je n'aurais pas dû te demander cela. Ça va aller. Je peux m'en sortir sans toi.

Elle serra l'anse du sac si fort qu'elle la sentit s'imprimer dans la paume de sa main et pria pour que ses traits ne trahissent pas sa panique : Angus venait de faire vibrer la corde la plus sensible chez elle, la peur de ne pas être indispensable. Son ex-mari ne l'avait pas trouvée indispensable…

— Velma me dénichera une stagiaire, reprit Angus.

Avant qu'elle puisse même avoir conscience que les mots se formaient dans sa gorge, elle répliqua :

— Pas la peine, j'irai.

Et l'espace d'une seconde, elle vit le visage d'Angus s'illuminer. Et sentit ses pensées chavirer… Elle secoua la tête, remit ses idées en place. Se projeta dans la planification. Elle ne se pardonnerait jamais de ne pas avoir tout fait pour que la relance de Jouvence soit un succès.

Mais ce week-end était primordial pour elle. Si Jameson et elle avaient le temps et l'espace pour que s'allume entre eux l'étincelle, alors tout pourrait changer dans sa vie et dans celle de Sonny.

Elle ne se résumait pas aux instants où son ex-mari avait tourné les talons. Ce qui la définissait, c'étaient les décisions qu'elle avait prises depuis : élever son merveilleux enfant et devenir la meilleure assistante de direction de la ville.

— Je peux faire les deux, dit-elle à haute voix.

— Pardon ?

— Je peux partir en week-end et être présente au séminaire puisque c'est au même endroit. C'est ma dernière concession.

Certes, elle redoutait d'avoir à courir de Jameson à Angus et d'Angus à Jameson, mais bon, elle s'y ferait. Et elle espérait de tout son cœur qu'Angus accepterait car s'il lui demandait de choisir entre Jameson et lui, elle savait qu'il y avait de fortes chances pour qu'elle le choisisse, lui…

Après un temps de réflexion, il hocha la tête. Lucinda prit ses affaires avant qu'il ait eu le temps de changer d'avis. Ou qu'elle renonce…

Par-dessus son épaule, elle lança :

— Demande à quelqu'un de m'envoyer le programme du séminaire.

— OK. On se voit demain, alors, répliqua-t-il, en un écho exact aux paroles de Jameson.

Jamais ces mots innocents n'avaient été autant chargés de mauvais présages…

4.

Bon sang, mais où est-ce que tu avais la tête pour accepter une chose pareille ?

Angus fouillait du regard la salle de conférences du centre de séminaires d'Hanover House. Nulle trace de Lucinda. Était-elle dans sa chambre, seule ? Ou avec son Jameson Machin-Chose… ?

— Vous cherchez votre femme, beau brun ?

Il se retourna. Une femme d'un certain âge, dont la coiffure argentée défiait la gravité, lui adressait un sourire éclatant. Comité régional des esthéticiennes de l'État de Victoria, annonçait le badge collé au revers de sa robe rose bonbon. Une conférence sur la cosmétique pouvait l'aider à avancer, avait décidé Angus. Car il avait l'impression de faire du surplace avec le dossier Jouvence. Et l'annonce de Lucinda avait porté sa frustration à son comble. Assister à ce séminaire lui avait paru une excellente idée. Mais la réalité de la situation – l'hôtel transformé pour l'occasion, les banderoles pastel déployées aux murs promettant des peaux impeccables, des boucles soyeuses et des ongles revigorés – lui donnait envie de fuir sur-le-champ. Un instant, il se demanda s'il ne ferait pas mieux de sauter dans sa voiture, de repartir à Melbourne et de laisser le destin se charger du reste. Mais l'expérience lui avait appris que le destin était roublard et tricheur : mieux valait ne pas s'y fier.

Avec un sourire figé, il tendit la main.

— Angus Wolfe. Je viens pour le séminaire.

— Elena Zager, l'organisatrice.

Angus accompagna sa poignée de main d'une courte révérence qui parut ravir son interlocutrice.

— Vous allez sortir du lot des participants, lui assura-t-elle. Et tant mieux ! Cet événement manquait d'un certain… je ne sais quoi. Mais avec vous dans les rangs ! Venez que je vous présente.

Elle l'entraîna vers deux de ses collaboratrices, aussi apprêtées et souriantes qu'elle.

Chacune arborait fièrement son badge et elles regardèrent Angus comme on le ferait d'un appétissant casse-croûte.

— Mesdames, annonça Elena, voici Angus Wolfe, qui participera à notre petite sauterie.

Angus leur adressa un sourire poli, priant intérieurement pour que Lucinda arrive et se charge des mondanités. Il avait besoin de se concentrer sur le sauvetage de Jouvence. Mais n'avait-il pas affirmé à Lucinda qu'il s'en sortirait très bien sans elle ? C'était le moment de vérité.

— C'est mon premier séminaire en matière de cosmétiques, dit-il d'une voix suave. Je serais ravi si vous pouviez m'en expliquer les ficelles…

Elena coupa l'herbe sous le pied de ses collaboratrices en prenant Angus par le bras :

— Monsieur Wolfe, je suis aux commandes de ce navire et je me ferai une joie de vous piloter. Allons vous trouver un badge et une brochure.

Angus jeta un dernier regard par-dessus l'épaule de son interlocutrice, dans l'espoir de voir Lucinda se matérialiser… En vain. Il se laissa donc faire.

Lucinda était allongée sur un lit somptueux, entourée d'une profusion d'oreillers. Seule.

Lorsqu'elle avait appelé Jameson pour lui exposer la tournure des événements, il l'avait plutôt bien pris. Tellement bien qu'il lui avait proposé de reporter leur week-end. Elle l'avait remercié, louant sa gentillesse avec un pincement au cœur. Il aurait pu au moins se sentir un peu vexé…

Elle ferma les yeux. Si Jameson avait si bien pris la chose, n'était-ce pas parce qu'elle était terne et facile à oublier ? Elle l'aimait bien. Il était gentil, attentionné, beau et accompli. Il ne se plaignait jamais, était d'une compagnie agréable. C'était confortable. Et Sonny avait besoin d'une figure paternelle.

Il a Angus, chuchota une petite voix dans sa tête. C'était exact. Sonny adorait Angus et l'inverse était tout aussi vrai. Ils passaient du temps ensemble et avaient même mis au point une poignée de main secrète, des arcanes dont elle était tenue à l'écart. Angus offrait à Sonny les plus beaux cadeaux de Noël, des choses auxquelles Lucinda n'aurait jamais pensé et qui transportaient son fils de joie. Mais il était inutile de fantasmer. Elle et Angus étaient amis, se faisaient confiance. Ils se chamaillaient, se réconciliaient, plaisantaient, savaient s'accommoder du silence de l'autre.

Pour autant, y avait-il des sentiments entre eux ? Non. Elle ne voulait pas compromettre sa carrière par des rêves de midinette. Son métier était l'une des rares choses où elle se sentait à l'aise. Et Angus n'était pas homme à s'engager sur le long terme. Un passé trop lourd lui interdisait tout attachement… S'ils essayaient et échouaient, Sonny ne le leur pardonnerait jamais. Et il finirait peut-être même par prendre le parti d'Angus… Non, se dit Lucinda, il fallait refouler ce genre d'idées, les enfermer tout au fond de son cœur, les cadenasser à double tour.

Elle poussa un soupir et se leva. Pas de romance au menu. Le travail. Elle s'en acquitterait comme à son habitude, avec talent. Mais l'idée d'avouer à Angus que Jameson se moquait bien d'être là ou non ne l'enthousiasmait guère.

Elle jeta un coup d'œil à sa montre. Si son patron était déjà sur place et sans son assistante pour le protéger du monde, il était sûrement, à l'heure actuelle, aux prises avec un public majoritairement féminin, excité comme à l'ouverture des soldes et passionné par le maquillage. Lucinda lui manquait sûrement cruellement en cet instant, ce qui en soi était une pensée réconfortante.

Manoir séculaire, Hanover House s'était doté au fil du temps d'extensions spacieuses, dont l'élégante sobriété s'accompagnait d'une chaleureuse sensation de confort. Après s'être perdue deux fois en cherchant le point de rendez-vous qu'Angus lui avait transmis par texto, Lucinda commençait à désespérer lorsqu'elle aperçut les boucles sombres de son patron émergeant d'un groupe de têtes aux cheveux argentés. Elle les rejoignit.

— Ah ! Lucinda, enfin, dit Angus en la voyant, avant de la présenter aux esthéticiennes qui l'entouraient. Lucinda, ma précieuse assistante.

Elle adressa un mince sourire au groupe qui l'accueillit avec des exclamations ravies :

— Oh ! mais vous ne nous aviez pas dit qu'elle était si belle, Angus, petit cachottier !

— C'est votre couleur naturelle ? Ma-gni-fique.

— Quel après-shampoing utilisez-vous ?

— Mais vous avez une peau de bébé ! Quel est votre secret ?

Le petit groupe se tut enfin, avide de réponses. Un peu déconcertée, Lucinda leur donna satisfaction :

— Eh bien, oui, il s'agit de ma couleur naturelle. Pas d'après-shampoing. Ah, le lait d'ânesse, le savon et l'eau. Pour le secret.

Les esthéticiennes se récrièrent sur tant de merveilleuse simplicité alors que Lucinda lançait un regard interloqué à Angus : étaient-ils vraiment venus pour cela ?

Il comprit et intervint :

— Navré de vous interrompre, mesdames, mais il faut

que je vous l'emprunte. Rien de folichon, le travail, hélas… Je vous dis à plus tard.

Il entraîna son assistante un peu plus loin, cherchant un endroit à l'abri des regards curieux qui les poursuivaient. Il finit par dénicher, au fond du spacieux hall, un grand figuier en pot, assez volumineux pour les dissimuler.

— Tu t'es trouvé un fan-club, à ce que je vois, dit Lucinda d'un ton ironique.

Sans répondre autrement que par un sourire, Angus jeta un regard amusé à sa tenue. Elle portait un jean délavé, des bottines et un confortable sweater. À des lieues des jupes étroites et des talons hauts qui étaient sa tenue habituelle au travail. Lorsqu'on appartenait à une société telle que celle d'Angus, c'était la règle. Lorsque Jameson avait accepté de repousser leur escapade, il n'était pas venu à l'esprit de Lucinda de refaire ses bagages en changeant ses tenues.

Mais elle allait passer le week-end à le regretter. Surtout si Angus continuait à la regarder de cette manière… Elle se rendit compte subitement que son patron ne regardait pas son pull, mais le petit pendentif en forme de coccinelle, en or et émail, qui reposait au creux de son cou. C'était celui qu'il lui avait offert lors de leur premier Noël… Peu de temps auparavant, elle lui avait parlé de la passion nouvelle de Sonny pour ces petits insectes. La candeur et la joie avec lesquelles il observait le monde animal étaient un dérivatif bienvenu, après la douleur provoquée par le départ de son père. Ce cadeau avait toujours occupé dans le cœur de Lucinda une place toute spéciale. Elle n'avait même pas pensé à l'ôter pour le week-end, ou à le remplacer par un autre bijou qui ne serait pas à ce point marqué par le souvenir d'Angus…

— Tu n'as pas l'intention de me faire passer le week-end derrière une plante verte, j'espère ? lança-t-elle pour s'arracher à ses propres réflexions.

Il cilla, la mâchoire contractée, comme pris en défaut,

avant de se détendre et de glisser les mains dans les poches de son pantalon. La nonchalance lui allait bien.

— Où étais-tu, ce matin ? demanda-t-il.

Il avait parlé à voix basse, comme si l'endroit écarté où ils se trouvaient appelait à l'intimité.

— J'arrivais. Je m'installais, répondit-elle. C'est ce qu'on fait, quand on est en week-end. Ce qui est mon cas. J'ai vérifié la brochure de présentation du séminaire et me suis dit que tu n'aurais pas besoin de moi pour la tournée des stands… J'ai eu tort ?

Sans mordre à l'hameçon, Angus contre-attaqua :

— Et Machin-Chose ? Où est-il ?

Lucinda lui jeta un regard embarrassé. Comment annoncer que Machin-Chose était resté chez lui ?

Elle opta plutôt pour un renvoi de balle :

— Tu connais très bien son nom.

La mâchoire d'Angus se contracta de nouveau. La nonchalance n'avait qu'un temps. À moins que son attitude n'ait rien à voir avec elle, songea Lucinda… En règle générale, il n'aimait pas les foules, ni même les gens, en fait. Pour les relations humaines, elle lui était indispensable. Et la sensation de chaleur qui l'enveloppait à cette pensée était dangereuse. Il était probablement temps d'avouer à Angus qu'il n'avait pas de souci à se faire et qu'elle serait à sa disposition tout le week-end. Mais un instinct de sauvegarde l'arrêta.

— Ne te préoccupe pas de Jameson, d'accord ? dit-elle plutôt sèchement. C'est un grand garçon.

Angus, sourcils froncés et mâchoire serrée, semblait sur le point de casser quelque chose. Ce n'était donc pas le groupe d'esthéticiennes qui l'avait mis dans cet état. Lucinda ferma les yeux pour ralentir le rythme de son cœur et empêcher son esprit d'alimenter la machine à fantasmes.

— Comment ça s'est passé, ce matin ? demanda-t-elle pour changer de sujet.

— Très bien, répondit-il. Ta chambre est confortable ?

— Très. Et la tienne ?

— Pareil. Écoute, peut-on trouver un endroit tranquille où parler ? En privé ?

Angus était tout près d'elle, derrière l'énorme figuier en pot. Lucinda s'appuya contre le mur.

— On fera difficilement plus privé qu'ici… Mais si tu préfères, j'ai un petit balcon dans ma chambre, avec une table et deux chaises.

À peine avait-elle parlé qu'elle réalisa le danger de sa proposition : Angus allait s'attendre à trouver Jameson dans la chambre. Ou au moins des traces de sa présence… Elle se hâta de reprendre :

— Bon, ça n'est pas la meilleure des idées… Il fait, euh… trop froid pour travailler dehors.

— Lucinda, lança Angus d'une voix rauque au timbre profond. Tout ceci est assez délicat, mais sache que… je ne suis pas venu ici pour te mettre des bâtons dans les roues.

— Pas de souci, répondit-elle précipitamment en levant entre eux une main dangereusement proche de son torse. Si ça peut aider Louis, alors tout va bien.

Tout n'allait pas bien. Angus hocha la tête et Lucinda vit une question se formuler dans son regard, sans pouvoir la traduire.

— OK, finit-il par dire. J'avais espéré qu'en venant ici nous pourrions trouver un élément déclencheur pour la transformation de Jouvence, mais à présent, je suis plus hésitant que jamais.

— Comment cela ?

— Je ne sais pas, répondit-il à voix basse. C'est… Je le sens dans mes tripes. On approche du résultat mais au moindre faux pas, tout peut s'effondrer.

Lucinda avala difficilement sa salive, troublée par l'alchimie entre eux. Angus s'en rendit compte et poursuivit, les yeux fixés sur sa gorge :

— C'est assez étrange… Quand j'ai vu l'annonce de ce séminaire, sur le site de l'hôtel, j'aurais juré qu'on me soufflait d'y assister par tous les moyens. Que je le regretterais si je ne m'y présentais pas. Comme si c'était la voix du destin.

— C'est toi qui me parles des voix du destin ? se récria Lucinda, éberluée. Je n'en crois pas mes oreilles, où est passé mon Angus ?

Angus haussa les sourcils.

Mon Angus… Lucinda regretta aussitôt ses paroles. Oh ! bon sang, elle voulait dire « mon patron », bien sûr. Il était trop tard pour se rattraper. L'oxygène entre eux semblait se raréfier, raccourcissant leur souffle. Avant qu'un accident arrive, elle lança :

— Quoi qu'il en soit, allons-y ! Il y a bien une salle quelque part où l'on peut travailler, j'ai mon matériel. Tu n'auras qu'à tout me donner là-bas. Tes idées, je veux dire. Tes pensées de ce matin.

Arrête de parler et sors-toi de ce piège ! Lorsqu'elle s'aperçut qu'Angus ne bougeait pas, elle le poussa légèrement de la main, regrettant instantanément d'avoir touché son dos musclé.

— Allez, en avant ! lança-t-elle.

Il s'effaça pour la laisser passer et elle le frôla, le ventre noué, tentant d'ignorer la chair de poule qui la saisissait au passage. *Tu n'auras qu'à tout me donner là-bas*, répéta son subconscient, moqueur. Si au moins Jameson était venu…

Angus resta un instant en arrière, les yeux fermés pour faire le tri des émotions qui l'assaillaient. Partager deux mètres carrés avec Lucinda lui avait enflammé l'esprit. Que venaient-ils de vivre, exactement ? Depuis qu'il avait vu la coccinelle nichée dans son cou, l'air s'était chargé d'électricité. Tout aurait pu arriver alors… Et malgré sa raison, la voir dans ce petit sweat, les cheveux retenus par un ruban qui ne demandait qu'à être dénoué, avec ses chaussures plates qui l'amenaient à la hauteur de son menton – taille idéale pour venir se loger au creux de son cou –, tout cela transformait radicalement l'idée qu'il s'était faite de ce week-end.

Était-il ici pour travailler, s'inspirer des créateurs locaux et tracer l'avenir de Jouvence ? Ou bien était-il ici pour protéger Sonny ? S'assurer que Lucinda ne brûle aucune étape dans la construction de cette relation nouvelle ? C'était peut-être ce satané complexe de super-héros qui l'amenait à Hanover House, pour vérifier que Lucinda ne faisait pas le mauvais choix… Mais y avait-il seulement un bon choix ? Elle, bien sûr, savait pourquoi elle était là. Avec sa chambre romantique, son balcon et son Jameson, ce grand garçon qui savait s'occuper de lui-même… Et d'elle aussi, sans aucun doute !

Réprimant un grognement, Angus secoua la tête. Son cerveau s'emballait.

— Angus ? appela la voix de Lucinda, de l'autre côté du figuier.

— Hum ? Je… J'ai perdu quelque chose, une seconde.

Perdu la tête, oui…

— Je vais nous trouver une salle, d'accord ? Nous allons réfléchir à la suite des événements.

— Très bien. Faisons ça.

Elle avait raison. Quel que soit le motif de sa venue, il fallait se concentrer sur Jouvence. Mais la seule chose qui lui venait en tête était le parfum de Lucinda, une odeur légère de pomme et de cannelle qui subsistait encore dans l'air. Comme à Noël. Ou au nouvel an, avec ses odeurs d'épices, et le gui sous lequel on s'embrassait.

Angus gronda et se frotta le visage. *Assez. Ça suffit, maintenant.* Ce n'était pas la première fois qu'il se retrouvait dans cette situation et ce ne serait probablement pas la dernière. L'important était de pouvoir dépasser le ressenti, avancer. Travailler ensemble, en dépit de tout. Après tout, peut-être était-ce cette tension latente qui leur permettait de si bien fonctionner. Ils avaient trop besoin l'un de l'autre pour s'autoriser un faux pas. Pour Sonny aussi, il fallait préserver leur relation. S'ils se laissaient aller, Lucinda se rendrait vite compte qu'elle méritait mieux qu'une simple aventure, et tout s'écroulerait entre eux. Or, elle était indispensable à l'entreprise, cette belle construction que Charlie, Fitz et lui avaient créée de toutes pièces, malgré les difficultés qu'on leur avait dressées sur la route. Les puissants n'aimaient pas que la classe ouvrière vienne jouer dans leur arrière-cour… Angus inspira profondément et quitta le couvert de l'arbre.

5.

La salle n'était qu'à moitié pleine, mais l'auditoire était passionné par un discours enflammé sur le « mouvement des femmes aux cheveux bouclés ». Angus s'était assis près de la porte, indifférent aux inflexions lyriques de celle qui parlait de « respecter le frisottis » ou de ne pas hésiter à « froisser la boucle ». Il se tourna pour chuchoter une remarque ironique à Lucinda, avant de se souvenir qu'elle n'était pas à ses côtés. Elle assistait à une autre conférence, centrée sur l'importance de la fabrication des cosmétiques sans cruauté envers les animaux, un sujet qui l'intéressait bien plus que les boucles. Lucinda l'avait-elle envoyé ici pour le punir ?

— Tout va bien ?

Elena Zager, l'organisatrice, s'était glissée à ses côtés.

— Très bien, merci. Bonne conférencière, pleine de personnalité.

— Les boucles sont en plein boum, en ce moment. La boucle impose son énergie et fait de grosses vagues sur les réseaux sociaux.

Angus se demanda brièvement si une campagne sur les réseaux aiderait Jouvence, mais il savait que ce ne serait pas suffisant.

Elena, du doigt, désigna les boucles d'Angus.

— Vous les huilez ?

— Non, dit Angus, un peu surpris, et pour éviter une déferlante de conseils, il enchaîna : Comment se déroule le séminaire ?

— Brillamment ! s'exclama Elena. Même si j'aurais préféré un peu plus de monde… Nos intervenants sont pourtant de très haut niveau. À une époque, on remplissait tout l'amphithéâtre, mais les temps sont plus durs aujourd'hui…

Angus sourit, passant en revue les banderoles et la débauche de matériel promotionnel. Tout cela semblait presque forcé. Elena semblait avoir du mal à admettre que, comme beaucoup, son entreprise était au bout du rouleau.

— Avez-vous déjà reçu de l'aide au niveau de votre image de marque ? demanda-t-il. Professionnellement, s'entend.

— Professionnellement ?

Elena semblait interdite.

— Un changement de logo, de couleurs, expliqua Angus, un audit de votre stratégie digitale, de votre communication… Comment les gens apprennent-ils la tenue de ces conférences ?

— Mon neveu a fait notre site web et, cette année, il a ouvert une page Facebook. Ça marche bien. On passe des publicités dans les magazines spécialisés, mais c'est de plus en plus cher…

Avant même qu'il puisse formuler sa pensée, Angus s'entendit répondre :

— Si vous avez besoin d'aide, de manière à capturer à nouveau l'intérêt du public, je serai ravi de partager quelques pensées…

Elena tiqua et rougit sous son épaisse couche de maquillage. Dire qu'il venait de la vexer, constata Angus, lui qui ne cherchait qu'à rendre service ! Voilà pourquoi il avait besoin de Lucinda. C'était elle qui, habituellement, s'occupait des relations client. Mais elle n'était pas là. Il fallait qu'il se débrouille seul.

Il se rappela la méthode de Lucinda et tenta d'amener un sourire chaleureux à ses lèvres :

— Entre nous, je ne suis pas vraiment dans l'industrie cosmétique…

— Ah non ?

Il se pencha vers Elena, comme pour une confidence.

— Notre société aide les autres à se connecter entre eux, à revigorer leur image, à saisir les opportunités. Et je suis l'un des meilleurs dans le secteur, sans me vanter.

— Eh bien, j'imagine que si vous avez des conseils, je serai heureuse de les entendre, dit son interlocutrice, balayant visiblement ses réticences.

Angus lui offrit un sourire triomphant. Il avait fini par retenir quelques petites choses, à force de passer du temps avec Lucinda. Elena, d'une pression amicale sur son bras, prit congé et retourna à sa place. Il s'adossa au mur, se demandant distraitement s'il aurait le temps de tenir sa promesse envers Elena. Jouvence et son très réel problème d'image étaient les seules choses auxquelles il devait se consacrer. D'autant que la stratégie à adopter persistait à lui échapper... Pourtant, il se sentait proche du but. Comme si la réponse se trouvait sous son nez. Bon sang, où était Lucinda ? Il avait besoin d'elle... Avec ses petits carnets et ses crayons 2B, elle ne mettrait probablement que quelques instants à lui inspirer une idée et à la décliner en un plan d'attaque parfaitement fonctionnel. La manière dont elle accomplissait ce genre d'exploits était assez étonnante. Alors qu'elle penchait la tête sur ses notes, les mèches de ses cheveux couvraient son regard. Lorsqu'elle relevait les yeux vers lui, il semblait transpercé par un laser. Comme si elle pouvait voir au plus profond de son être. Un endroit où il n'autorisait personne à aller... Ses relations avec les clients demeuraient purement professionnelles. Ses connaissances, les camarades d'université, tous restaient à la périphérie. Il se confiait peu : partager ce qui le troublait était le meilleur moyen de se mettre en situation de faiblesse. Il ne pouvait prendre ce risque.

Sa mère s'était confiée, ouverte à d'autres. Les hommes avaient défilé chez elle et dans son cœur, puis tous étaient repartis en la privant d'une petite part d'elle-même. À la fin de ce triste manège, il ne reconnaissait plus la femme qui lui avait promis une vie meilleure. De toutes les leçons de vie qu'elle avait tenté de lui inculquer, celle-ci était la plus marquante, bien qu'elle ne l'ait jamais formulée. Une vie à espérer l'aide des autres l'avait fragilisée. Angus menait sa vie seul, sans ouvrir la porte à qui que ce soit. Invulnérable.

À tous, sauf une.

Il quitta discrètement la conférence et retrouva la chambre que lui avait réservée Velma. Il lui fallait maintenir son cerveau occupé pour l'empêcher de dériver. Se mettre au travail. Voilà qui l'aiderait. Une bonne fois pour toutes, mettre sur pied le plan de redressement de Jouvence.

Après sa conférence, Lucinda avait envoyé un message à Angus : elle le rejoindrait plus tard dans l'après-midi, pour un débriefing. S'il en concluait qu'elle passerait les heures à venir avec Jameson, c'était son problème. Au lieu de cela, elle se promena sans but dans les jardins du manoir, respirant le délicat parfum des roses. Garder du temps pour elle était agréable. Et rare, entre son travail et son fils.

Arrivée près d'une rangée d'épais conifères, elle songea que l'endroit était parfait pour qu'on vous y entraîne et qu'on vous y embrasse sauvagement, à l'abri des regards. Bien plus approprié qu'un feuillage de figuier, en tout cas. Plus secret et plus intime. Mais le figuier n'avait rien à voir avec tout ça. C'est Jameson qui aurait dû l'entraîner derrière les sapins pour l'embrasser. Personne d'autre. Et il le ferait, probablement. Lorsqu'ils auraient reprogrammé leur week-end. Elle s'en assurerait ! Même si les baisers échangés jusqu'ici n'étaient pas particulièrement prometteurs… Soudain, l'idée d'organiser une nouvelle escapade, de comparer les calendriers, d'habituer Sonny à l'idée de la voir à nouveau partir lui sembla trop éprouvante.

Son téléphone vibra dans sa poche alors qu'elle rejoignait sa chambre. Elle conclut un marché avec elle-même : s'il s'agissait de Jameson, alors elle lui laisserait sa chance. Mais s'il s'agissait de quelqu'un d'autre… Elle regarda l'écran du téléphone et ses épaules s'affaissèrent : déception ou soulagement ?

— Luci, dit la voix de sa sœur au téléphone, tu as du temps pour parler ?

— Je suis libre comme l'air.

— Comment va notre bon docteur ?

Elle n'avait pas prévenu sa sœur de ses changements de plan. Les yeux clos, Lucinda décida de lâcher le morceau.

— Je ne sais pas. Il n'est pas là.

Silence à l'autre bout de la ligne. Elle reprit :

— En fait, il fallait que je travaille, ce week-end. Un séminaire, ici même, figure-toi. Quand je l'ai dit à Jameson, il a préféré reprogrammer notre week-end.

— Pas de chance…, répliqua sa sœur sans conviction. Et donc, tu es à l'hôtel. Mais pas avec Jameson. Plutôt avec ton fringant patron ?

— Hum, opina Lucinda sans plus se dévoiler.

D'ailleurs, il était l'heure de le rejoindre. Dans quelques minutes, ils avaient rendez-vous dans une petite salle de réunion réservée au séminaire.

— Tu as l'air à bout de souffle, reprit la voix de Cat au téléphone. Tu es sûre que tu es seule ?

— Je marche. Vite.

— C'est ça, oui…

— Il faut que j'y aille. Tu connais Angus, il ne lâche jamais le boulot. Rappelle à Sonny qu'il peut m'appeler quand il veut. D'accord ?

— Promis.

Lucinda raccrocha, un peu lasse des insinuations de sa sœur concernant sa relation avec Angus. Même si, l'espace d'un instant, derrière le figuier, tout avait semblé nouveau. Excitant. À couper le souffle. C'était la manière dont il l'avait regardée. L'alchimie entre eux. Comme s'il devait se retenir de la toucher, tout comme elle s'était retenue de se lover dans ses bras, de glisser une main sous sa chemise. De se presser contre lui, jusqu'à ce qu'elle sente la raideur de…

Elle laissa échapper un cri rageur en réalisant où son cerveau l'emmenait. Elle se frotta les yeux pour tenter de se débarrasser des images qui lui brûlaient la rétine. *Bon. Reprends-toi. Il suffit de passer ce week-end, de se consacrer à Jouvence. Lundi, tout rentrera dans l'ordre.*

Mais, pour la première fois, l'ordre n'était pas ce à quoi elle aspirait le plus. Elle se dirigea vers la salle de réunion, prête à travailler. Ou à faire semblant, au moins. Angus était déjà là, assis à la table de travail couverte de papiers froissés. Les boucles de ses cheveux étaient défaites, comme s'il avait passé la dernière heure à se masser le crâne en essayant d'en sortir quelque chose. Il avait dénoué sa cravate, retiré sa veste et retroussé ses manches de chemise jusqu'aux coudes. Il tapait du pied contre le sol, frustré, une expression sauvage sur le visage. Lorsqu'il comprit qu'il n'était plus seul, il leva sur Lucinda des yeux où flottait une expression hallucinée.

— Hé, lança-t-elle en s'installant, avant de préparer son petit calepin.

Angus cilla.

— Où est le Dr Trucmuche ?

Elle fit un signe distrait en direction de la porte. Ou de Melbourne.

— Probablement au téléphone.

Il y avait de fortes chances pour que ce soit la vérité. Lorsqu'ils étaient ensemble, Jameson passait la plupart de son temps en ligne. Ce qui était plutôt frustrant, lorsqu'on y pensait. Elle chassa cette image de son esprit. Jameson était un homme important qui effectuait un travail vital. Mais serait-elle heureuse de se voir reléguée en seconde ligne ? Si elle livrait la clé de son cœur, ce serait à celui qui lui donnerait l'absolue certitude d'être au premier plan de sa vie. Un homme qui ne repousserait pas leurs entrevues, mais serait présent au quotidien, pour elle, pour Sonny.

Angus s'éclaircit la gorge. Il avait l'air mal à l'aise. Comme s'il imaginait ce que Jameson et elle avaient pu faire pendant qu'il travaillait. Lucinda songea qu'il était plaisant de le voir contrarié par de telles pensées et elle allait ouvrir la bouche pour attiser cette jalousie naissante quand elle se reprit. Elle était là pour Jouvence.

— Avant que nous nous mettions au travail, j'ai quelque chose à te dire, Angus.

Il fronça les sourcils.

— Je préférerais attaquer tout de suite sur Jouvence…

Lucinda l'interrompit.

— Jouvence, d'accord. Mais avant, il faut que je te dise quelque chose qui concerne Jameson.

Angus se renfonça dans sa chaise.

— Lucinda…, dit-il d'une voix étranglée.

— Il n'est pas ici. À l'hôtel. Il n'est pas venu.

Angus se figea.

— Je ne comprends pas.

— Il était censé venir. Ce week-end devait être… une escapade. Enfin, quelque chose d'important. Du moins le croyais-je. Mais lorsque je l'ai appelé pour le prévenir que j'avais ce travail à faire en même temps, il a préféré annuler.

— Je suis désolé, dit Angus en se frottant le menton après avoir gardé le silence pendant quelques secondes. Vraiment. Je ne tenais pas à saborder ton week-end.

Vraiment ? demanda une voix ironique au fond du cerveau de Lucinda.

— Tu m'as laissé croire qu'il était ici, reprit Angus.

— Je n'ai jamais dit qu'il était là. Je n'ai simplement…

Rien dit. Ne me demande pas pourquoi, ne me demande pas pourquoi, ne me demande p…

— Pourquoi ?

Une question qui valait de l'or. Les raisons étaient nombreuses. Lucinda en choisit une.

— J'avais honte. Après avoir monté ce week-end en épingle dans ma tête, la vitesse avec laquelle il a proposé d'annuler m'a plutôt refroidie…

Angus resta silencieux, manifestement son calme apparent cachait une tempête intérieure. Lorsqu'il parla à nouveau, Lucinda dut tendre l'oreille.

— C'est un chirurgien…

— Oui.

— Il est donc souvent appelé pour opérer.

— Oui, souvent.

— Voir ses plans tomber à l'eau pour une urgence de dernière minute est l'un des risques qu'on court en sortant avec un médecin.

Lucinda renifla.

— Comme si tu en savais quelque chose.

— À vrai dire, j'ai déjà vécu cela avec une doctoresse… À y repenser, j'aimais la savoir constamment occupée à autre chose. Du coup, personne ne se marchait sur les pieds.

— Ça ne me surprend pas.

Un sourire provocateur illumina le visage d'Angus. Lucinda fronça les sourcils et baissa les yeux vers la feuille vierge de son calepin.

— Tu veux discuter de tout ça, Luci ?

— Avec toi ?

Angus jeta un coup d'œil derrière lui, comme pour identifier un tiers potentiel.

— Très drôle, fit observer Lucinda, impassible. Toi et moi, ce n'est pas ainsi qu'on fonctionne. On ne se parle pas des gens qu'on… fréquente.

La température de la pièce ne cessait de monter.

— C'est vrai qu'on ne fait pas cela…

Elle hocha la tête, sans réussir à détourner les yeux.

— Il vaudrait mieux continuer ainsi, tu ne trouves pas,

Angus ? Je sais que nous ne sommes pas très forts pour délimiter le privé du professionnel, mais les personnes avec qui on sort… Ce serait un bon début.

— Peut-être. Mais puisqu'on est sur le sujet, j'aimerais que tu me dises comment me racheter auprès de vous deux, s'il s'avère que tu décides de lui laisser une seconde chance ?

Quelques secondes passèrent avant que Lucinda comprenne qu'elle ne cessait de secouer la tête.

— Non, je ne peux pas me racheter, ou non, tu ne comptes pas le revoir ? s'enquit Angus.

Lorsqu'elle répondit : « les deux », la voix de Lucinda tremblait légèrement. C'était pourtant la vérité. Jameson l'avait peut-être laissée partir trop vite, mais elle était contente qu'il ne soit pas venu.

— Très bien, murmura Angus avec un sourire qui la fit fondre.

— Très bien ?reprit-elle sans comprendre.

— Tu mérites un homme qui sache te dire non.

— Comment cela ?

— Non comme « non, tu ne peux pas travailler ce week-end, parce que je te veux à mes côtés chaque heure de ces deux jours ». Ce genre de non.

Lucinda avala difficilement sa salive.

— Bon. Bref… Revenons à nos moutons, finit-elle par murmurer en posant la main sur les documents qui jonchaient la table.

Angus hocha lentement la tête, avant de remonter ses lunettes sur l'arête de son nez.

— J'aide le comité à améliorer son image de marque, en vue de prochains événements.

— Quel comité ?

— Tu sais bien, celui qui organise le séminaire.

— Elena et sa bande ? Elles t'ont engagé ?

— Je me suis porté volontaire.

— Volontaire ? Pour les aider ? Bénévolement ?

Pour un homme qui ne signait jamais un accord sans avoir pressé le citron jusqu'à la dernière goutte, le bénévolat était une nouveauté. Sans compter que son domaine d'expertise portait plus sur les compagnies aériennes et les conglomérats médiatiques que sur les comités de seconde zone…

Lucinda posa la main sur le front d'Angus.

— Tu es sûr que tout va bien ? Pas de fièvre ?

Elle retira sa main. Le contact était trop plaisant. Angus se renfonça dans sa chaise, étendant ses jambes sous la table jusqu'à ce que leurs chevilles se frôlent.

— Ne peut-on plus aider les dames dans le besoin, faire preuve de gentillesse, sans que cela devienne un problème ?

— De ta part, c'est pour le moins étonnant…

Un éclair furieux passa dans le regard d'Angus.

— Je ne veux pas dire que…, corrigea hâtivement Lucinda. Tu sais bien… Mais il faut te concentrer sur Jouvence. C'est pour cela que tu as sacrifié ton week-end. Pour Louis. Tu penses vraiment avoir le temps de t'occuper du comité, en plus du reste ?

— Probablement pas. Mais j'avais envie de me changer les idées. De remporter une victoire facile.

Le cœur de Lucinda se serra. Elle n'avait jamais vu quelqu'un accumuler les succès comme Angus. Certaines de ses victoires étaient plus éclatantes que d'autres, mais toutes ses campagnes aboutissaient et remplissaient leurs objectifs. Le voir perdre confiance en lui-même était troublant pour elle. Le dossier Jouvence le déstabilisait.

Une autre raison justifiait sans doute sa présence ici. Elle… Son fameux week-end… Mais le cerveau de Lucinda luttait par tous les moyens possibles pour oblitérer pareilles pensées.

Accepter de faire du bénévolat n'était clairement pas dans les habitudes d'Angus. C'était à elle de l'accompagner sur ce chemin de traverse avant de le ramener ensuite au sujet principal.

— D'accord, on s'en occupe, conclut-elle. On reprend leur

image, avec un budget minimal, j'imagine. On se croirait revenus aux débuts… Tu te souviens ?

— C'était le Far West… Il fallait s'accrocher, faire jouer tous les contacts possibles… Du travail de forçat, mais on s'amusait bien, non ?

Lucinda ne put s'empêcher de sourire.

— C'est vrai. Maintenant, bien que je trouve désopilant de te voir tenter de régler cela sans moi, il va falloir me laisser examiner ce bazar…

Il fallut plus d'une minute à Angus pour rassembler ses notes éparses en un tas de feuilles froissées. Les dix suivantes, Lucinda ne cessa de le faire taire alors qu'il tentait de l'interrompre dans sa lecture. Une fois qu'elle eut terminé, elle s'appuya sur son dossier avec un petit soupir satisfait.

Angus la fixait. Elle demanda :

— Quoi ? Pourquoi me regardes-tu ainsi ?

— Tu as fait le bruit.

— Quel bruit ?

— Ton bruit. Ce soupir joyeux que tu pousses, lorsque tu es particulièrement contente de toi.

Lucinda humidifia ses lèvres qui lui semblaient soudainement sèches et Angus hocha la tête, le regard fixé sur sa bouche. À nouveau, ce fut comme s'ils étaient derrière le figuier, l'un contre l'autre. Comme si l'air manquait et que leurs corps parlaient pour eux.

— Alors j'imagine que je suis souvent contente de moi. Ce qui est logique après tout : ne suis-je pas extraordinaire ?

Le sourire d'Angus s'élargit.

— Et qu'importe ta charge de travail, ce soupir m'informe que tu es bien là où tu es.

— Là où je suis ? répéta-t-elle d'un ton léger.

— À mes côtés. À travailler avec moi.

Lucinda sentit les battements de son cœur s'accélérer. Il avait dit « avec moi », pas « pour moi ». Lorsqu'elle se sentait irritée, lorsque Angus était de mauvaise humeur ou enfermé dans des pensées d'où il était impossible de le faire sortir, c'était ce genre de reconnaissance qui la faisait tenir.

Soudain, elle vibrait à nouveau. Resplendissait. Espérait. Mais avec l'aide de son subconscient qui lui soufflait de ne pas s'attarder sur cet espoir, Lucinda parvint à retrouver sa concentration.

— « Comité régional des esthéticiennes »… On sait déjà ce qui doit changer en premier.

— Je suis d'accord.

Angus lui montra une feuille sur laquelle il avait noté un nouveau nom et le brouillon d'un logo.

— Tu as trouvé ça quand ? demanda-t-elle.

— Cinq minutes avant que tu déboules dans la pièce pour pallier mon incompétence…

Lucinda lui jeta un regard noir avant de reporter son attention sur le brouillon. Le dessin était élégant, inspirant, féminin, et parfaitement adapté à la marque. Plutôt que le rose habituel des cosmétiques, Angus avait opté pour un vert pastel qui évoquait le printemps. Presque la même couleur d'ailleurs que le bracelet-montre de Lucinda. Ou la thermos de café qu'elle emportait toujours avec elle. Ou sa robe préférée. Une autre en aurait déduit qu'Angus était obsédé par elle. Mais Lucinda était plus maligne que cela…

— Tu es sûr que tu n'es pas une femme ? demanda-t-elle, sincèrement impressionnée.

Son sourire moqueur, l'étincelle dans ses pupilles et l'amplitude de ses épaules étaient si masculins qu'ils suffisaient à prouver son genre. Et à donner le tournis à Lucinda…

— Bon, reprit-elle sans attendre d'autre réponse, où est la nouvelle structure de l'organisation ?

Ils se penchèrent sur la table au même moment, et la main d'Angus se referma sur celle de Lucinda, à la recherche de la bonne feuille. Elle leva les yeux vers lui. Il restait muet, la mâchoire contractée, tentant comme elle de calmer son souffle. Son cerveau lui hurlait de retirer sa main mais Angus l'en empêcha, profitant de son emprise pour la porter à ses yeux. Sonny avait fait un dessin sur la main de sa mère, avant son départ, pour ne pas qu'elle l'oublie pendant son absence. Le cœur, tracé maladroitement au stylo, était presque effacé. Lucinda vit un sourire monter aux lèvres de son patron, avant qu'il retourne sa main pour tracer les contours de sa paume.

Incapable de respirer normalement, Lucinda restait parfaitement immobile, concentrée sur son toucher. Lorsqu'il en arriva au poignet, elle fut saisie d'un long frisson et ferma les yeux, avant de retirer précipitamment sa main. Trop d'espoir, mêlé de confusion et de sentiments réprimés depuis des années, luttait pour s'exprimer. Les yeux d'Angus ne quittaient pas les siens.

— Les prochaines conférences vont bientôt commencer, finit par murmurer Lucinda.

— Les prochaines conférences. Bon… Très bien.

— Je crois que je vais aller me rafraîchir avant…

Heureusement que ses jambes se souvenaient du chemin : elles la portèrent admirablement vers la porte. Où elle s'arrêta et se retourna. Elle ne pouvait partir sans tenter de dissiper la tension qui s'était installée entre eux, sinon il leur serait impossible de se concentrer par la suite.

— Tu vas t'en sortir, avec ta conférence ? demanda-t-elle. Je peux peut-être…

— Je me débrouillerai, répondit Angus d'une voix chaude qui envoya des papillons voleter dans le ventre de Lucinda. Et… je suis désolé pour le Dr Je-ne-sais-quoi… Vraiment.

— Oui, répondit-elle. Moi aussi.

Cela aurait dû être facile. Elle aurait dû tomber amoureuse de Jameson et s'en contenter.

— Si tu as de nouveau une doctoresse dans ta vie, tu pourras m'en parler, si tu y tiens, reprit-elle.

Une ombre passa dans le regard d'Angus.

— Il n'y aura rien de tel pour moi, Luci. Tu sais combien l'exemple de ma mère a été déterminant pour que je comprenne les bienfaits d'une vie solitaire. Ce qui fait de moi, au choix, le plus heureux des hommes ou le plus triste.

Lucinda répondit à sa plaisanterie amère par un petit sourire tendre. Elle se rendit à sa chambre, son cœur battant la chamade. Elle avait perdu ses parents alors qu'elle était encore jeune. Son mari l'avait quittée quand leur superbe enfant n'avait que treize mois. Et pourtant, le célibat choisi de son patron était peut-être, de toutes ces tragédies, celle qui la troublait le plus.

6.

— Tu peux m'expliquer ce que tu fabriques là-bas ? Au même endroit que ton assistante, censée être en plein week-end coquin ?

La voix de Fitz, au téléphone, exprimait un monde d'incompréhension. Angus, adossé à la balustrade de la terrasse, regardait les arbres s'animer sous la brise de la nuit. Il faisait tourner dans sa main le reste d'un café fort qu'il était sorti boire, après que Lucinda avait simulé un bâillement et s'était retirée dans sa chambre. Seule.

— Qui te l'a dit ? gronda-t-il.

Il entendit Fitz rire au téléphone.

— Je te cherchais. Velma a fini par me dire où je pourrais te trouver. Comment se passe le séjour ?

— Notre relation professionnelle se porte comme un charme. Aller au contact du terrain nous permettra peut-être d'ajouter une corde à notre arc.

— Au contact du terr…

Fitz s'étranglait à l'autre bout de la ligne.

— Bon, j'abandonne, reprit-il. Il s'est passé quelque chose d'intéressant, pendant ce séminaire ?

— Pour Jouvence ? Non, dut admettre Angus.

Lucinda l'avait rejoint après la fin des conférences. Elle avait gardé les yeux sur ses notes, et lui en avait résumé l'intégralité. Le dîner avait été poli et bref. Elle avait déguerpi à peine la dernière bouchée avalée. Alors que quelques heures plus tôt, dans la petite salle de réunion… Angus ferma les yeux au souvenir de Lucinda, assise face à lui, ses grands yeux noisette écarquillés tandis qu'il caressait la paume de sa main. Les joues roses et le souffle court.

Il secoua la tête. Impossible de dire ce qui lui avait traversé l'esprit à ce moment-là. Il avait vu le cœur dessiné sur la paume de Lucinda et l'avait retenue dans la sienne. Pour le reste ? Quelque chose l'avait submergé au contact de sa peau.

Entre eux, aucune limite : elle le rabrouait lorsqu'il était trop exigeant, levait les yeux au ciel lorsqu'il refusait de comprendre les réalités du terrain. Elle savait quand il avait besoin d'espace. Et avait foi en lui. Contrairement à lui-même... Elle le connaissait sur le bout des doigts, qualités et défauts. Et demeurait à ses côtés, malgré tout. Elle lui faisait confiance quand on en venait aux intérêts de son fils. Pour un homme tel que lui, qui repoussait tous ceux qui s'approchaient, c'était d'une exceptionnelle rareté. Personne n'avait compté à ce point dans sa vie, à tant de niveaux différents. Mettre cela en péril était suicidaire, et Angus n'avait rien d'un masochiste. Il valait donc bien mieux taire tout ceci à Fitz. Mais il précisa tout de même que le bon docteur était porté absent, ce qui libérait Lucinda.

— C'est pour le mieux, non ? rétorqua Fitz. La dernière chose dont on a besoin, c'est de la voir se transformer en poupée transie d'amour... On sait très bien qu'elle est partie prenante dans la moitié de nos décisions. On serait cuits sans elle...

— Cuits, répéta la voix de Charlie derrière Fitz.

— Je suis en haut-parleur ? demanda Angus.

— Toujours. Pourquoi est-ce qu'on s'appelait, déjà ? s'enquit Fitz.

— À ce stade, Dieu seul le sait, et encore.

— Est-ce que Lucinda est là ? demanda la voix de Charlie en arrière-plan. J'ai besoin de lui parler.

— Elle n'est pas avec moi, répondit Angus.

Fitz commenta, un peu à l'écart :

— Elle l'évite, probablement.

— J'ai loupé quelque chose ? s'enquit Charlie.

— Oui, puisque tu as arrêté de t'intéresser à autre chose qu'aux chiffres depuis la chute du mur de Berlin, rétorqua Fitz.

Avec une patience exagérée, il expliqua :

— Notre Lucinda préférée était parée pour un week-end de galipettes avec un éminent chirurgien – beau comme un dieu – jusqu'à ce qu'Angus s'en rende compte et décide d'aller sur place pour sauver la jeune femme des griffes de sa propre passion. L'équipe de direction est désormais réunie au même hôtel, mais notre chère Lucinda n'est pas à proprement parler avec Angus. Et c'est d'ailleurs tout le nœud du problème. Si le héros de cette histoire voulait bien mettre sa fierté de côté et admettre qu'il est tout bêtement amou…

Angus raccrocha pour ne pas en entendre plus.

Lucinda se tenait dans la salle de bains attenante à sa chambre, ses mains agrippant fermement l'évier de grès rose. Elle n'était absolument pas fatiguée, contrairement à ce qu'elle avait prétendu. C'était tout le contraire, à vrai dire. Un excès de ce mauvais café ? Ou un excès d'Angus ?

C'était ridicule, lorsqu'on pensait au temps qu'ils passaient ensemble. Mais les méthodes qu'elle utilisait d'habitude pour s'extraire d'elle-même ne semblaient plus faire le poids face à ses sentiments.Elle se redressa et fixa son reflet dans le miroir.

Le négligé de soie qu'elle avait enfilé après sa douche scintillait sous la lumière tamisée. Elle s'était parfumée. Pour rien. Pour personne. Elle tourna son visage de droite et de gauche, face au miroir. Elle avait une belle peau, un joli nez. Ses yeux étaient trop sombres à son goût, mais l'ensemble était avenant.Elle se tint droite et pivota sur la pointe des pieds pour se voir de dos. Un peu ronde, peut-être, au niveau des fesses… Elle avait eu Sonny jeune et l'accouchement avait laissé peu de traces sur son corps. À peine quelques vergetures, comme des cicatrices pâles. Elle était attirante. Drôle.

Elle avait de la conversation, savait écouter et comprendre. Lire entre les lignes, aussi, ce qui n'était pas un luxe lorsqu'on travaillait pour Angus.

Alors pourquoi Jameson n'avait-il pas hésité à repousser leur week-end ? Pourquoi les hommes qu'elle croisait, au travail, lors de soirées, ou au rayon légumes de sa supérette ne tombaient-ils pas fous amoureux d'elle ? Qu'avait-elle raté pour que son mari lui annonce un jour qu'il n'en était « simplement plus capable » ?

Trouverait-elle quelqu'un qui aspire à la même vie qu'elle ? Quelqu'un qui ferait battre son cœur, qui compterait plus qu'Angus ?

Angus… Un homme à qui il était presque impossible de dire non. Qui ne revenait jamais sur ses choix. À qui l'on résistait difficilement. Et secret, le cœur imprenable. C'est la raison première pour laquelle elle n'avait eu aucun mal à travailler à ses côtés, toutes ces années. Il n'était pas intéressé par l'amour.

Après un dernier regard dépité à son reflet, Lucinda quitta la salle de bains. Elle grimpa sur le gigantesque lit et s'allongea sur le côté droit. Elle avait gardé ses habitudes de vie de couple, malgré le départ de Joe. Parfois, Sonny venait se plaindre d'un cauchemar et elle le laissait dormir à ses côtés, sur la moitié du lit habituellement vide.

Elle ferma les yeux. Si le sommeil la trouvait, elle pourrait prétendre que l'image d'Angus, en surimpression sous ses paupières, n'était qu'une manifestation de son subconscient.

À cet instant précis, son téléphone vibra sur la table de chevet. Elle n'eut même pas besoin d'y jeter un coup d'œil pour savoir qui cherchait à la joindre. Sur l'écran lumineux, sous la photo d'Angus, le message disait :

Ils ont Netflix. Je continue *Warlock Academy* ou je t'attends ?

Elle ne comptait pas vraiment dormir, de toute façon. Après avoir répondu à Angus, elle attrapa un plaid qui traînait et s'y blottit, avant d'étendre le bras pour saisir la télécommande.

Le lendemain matin, Lucinda s'assurait que la réception leur avait réservé la salle où Angus pourrait travailler durant les prochaines heures, lorsqu'une voix familière retentit derrière elle.

— Maman !

Elle fit volte-face : son fils courait jusqu'à elle.

— Mon chéri ! Qu'est-ce que tu fais là ?

— Tata Cat m'a amené, c'est une surprise ! Elle a dit que ton ami ne pouvait pas venir et que tu étais très triste. On est venus te tenir compagnie !

Lucinda fouilla la réception des yeux, à la recherche de sa sœur, et la repéra rapidement traînant une vieille valise derrière elle.

— Merveilleux…, murmura-t-elle.

— Pourquoi tu dis ça alors que tu as l'air triste ? demanda Sonny.

Elle baissa les yeux sur son fils et prit son adorable visage entre ses mains.

— C'est merveilleux parce que chaque moment passé avec toi est le meilleur des moments.

Sonny lui décocha un large sourire édenté.

— Moi pareil !

Elle l'embrassa sur le front avant de se redresser pour accueillir sa sœur en espérant avoir la force de ne pas l'étrangler.

— Cat.

— Lulu… Bien dormi ?

Elle n'avait pu réprimer un bâillement, sous le regard narquois de sa sœur, ce qui lui avait valu la question… Son subconscient avait pris le dessus, la nuit dernière, peuplant ses rêves d'images torrides.

— Va voir par la fenêtre, reprit Lucinda à l'adresse de son fils. Il y a des nuages de toutes les formes possibles et imaginables…

Sonny se précipita, laissant sa mère et sa tante face à face.

— Qu'est-ce que tu fais ici ? lâcha Lucinda.

— Sonny est ravi.

— Je travaille, Cat, je ne pourrai pas vous consacrer beaucoup de temps. Sonny le sait ?

— On a prévu des choses. Une partie de cache-cache. Faire des ricochets sur le lac… Un mini-marathon…

— Est-ce que tu me surveilles ?

— Il s'est passé quelque chose, je le sens. Je suis là pour que tu ne finisses pas en miettes.

L'esprit de Lucinda revint instantanément à l'incident de la veille, lorsque Angus avait pris sa main dans la sienne. Un acte innocent, vu sous cet angle. Mais il n'y avait rien d'innocent dans leur regard et chacun d'eux le savait désormais.

— Je suis une adulte, Cat, au cas où tu ne l'aurais pas remarqué. Jusqu'ici, j'ai réussi à survivre sans nounou, merci.

Cat jeta un regard en direction de Sonny, impliquant qu'il était le résultat direct d'une période où la sagacité de Lucinda avait été réduite à néant…

— Tu as une chambre ? reprit-elle pour enterrer la hache de guerre.

Au pire, sa suite était assez vaste pour les abriter tous les trois. Ils avaient vécu dans des lieux bien plus petits, avant qu'elle achète le cottage.

— Comme j'avais écrit un article flatteur sur Hanover House, ils m'ont offert la chambre. Et comme tu travailles, Sonny restera avec moi.

Cat se rapprocha de Lucinda, hésitant un instant avant de reprendre à voix basse :

— Écoute, je sais que je ne devrais pas débarquer comme ça, mais lorsque Joe t'a quittée, tu m'as fait promettre de ne plus jamais te laisser retomber amoureuse d'un homme mauvais pour toi. Je suis là pour tenir parole.

Elle était donc en danger avec Angus ?

Lucinda ne put s'interroger plus avant car Sonny revenait vers elles en sautillant.

— J'ai vu un flamant rose et une paire de bottes jaunes pour la pluie, annonça-t-il, fier de lui.

— Jaunes ? répéta Lucinda. Tu es sûr ?

Sonny haussa les épaules, comme si cette manifestation de scepticisme appartenait à un monde adulte qu'il désapprouvait fortement.

— Je le sais, c'est tout.

Avant qu'elle puisse répondre, son fils avait tourné les talons et se précipitait vers le fond du hall.

— Oncle Angus ! hurla-t-il en se jetant sur la jambe du nouvel arrivant pour s'y accrocher.

— Quand on parle du loup, murmura Cat.

Fraîchement rasé, vêtu d'un costume sombre, Angus avait l'air d'un candidat sur le point de remporter une élection. Il se pencha avec un grognement ravi et saisit Sonny par la taille, ce qui provoqua les éclats de rire de l'enfant.

Lucinda sentit son cœur se serrer. Mais c'était une bonne douleur. Celle qu'elle ressentait toujours lorsqu'elle regardait ses deux hommes préférés s'amuser.Angus la chercha du regard et elle sentit une chaleur familière lui colorer les joues, la même que celle qui l'avait traversée la nuit précédente, alors qu'elle passait distraitement les mains sur la soie de son négligé tout en pensant à lui.

— Tu veux un verre d'eau ? On dirait que tu vas t'évanouir, ironisa Cat à son oreille.

— Bonjour, Catriona, salua Angus en les rejoignant. C'est une bonne surprise !

— Vraiment ?

Angus lui adressa un sourire poli sans répondre.

— À qui appartient ce bonhomme qui se balade dans le hall ? dit-il à l'adresse de Lucinda.

— Je suis son fils ! hurla Sonny en trépignant. Et le seul qui connaît notre poignée de main secrète !

— Je préfère vérifier, déclara Angus.

Ils se lancèrent dans un salut compliqué, maintes fois

répété. Angus souriait à Sonny. Lucinda souriait à Angus. Cat laissa échapper un grognement dégoûté.

— Angus et moi n'avons qu'une demi-heure avant de nous mettre au travail, dit Lucinda, ramenée au réel. Vous voulez que je vous amène à votre chambre ?

— Oui ! s'exclama Sonny.

— Alors en route !

Lucinda tendit sa main à Sonny. Le petit garçon l'attrapa, avant de tendre la sienne à Angus qui resta un instant immobile, une expression figée sur le visage. Puis il fit un discret pas en arrière.

— Pars devant, fiston, on se reverra plus tard.

— D'accord, murmura Sonny, les épaules basses dans une posture tragique.

— Seigneur..., murmura Cat. On s'est levés avec les poules, j'ai besoin d'une sieste. Allons voir la chambre, Sonny. Au revoir, Angus.

— Catriona... Lucinda...

Alors que la petite équipe marchait vers les ascenseurs, Lucinda sentit le regard d'Angus lui brûler les omoplates.

7.

À 18 heures, Lucinda était à bout de nerfs. Angus avait insisté pour qu'ils restent ensemble, assistent aux mêmes interventions, parlent aux mêmes intervenants. Deux têtes valaient mieux qu'une, disait-il. Elle avait donc dû s'accommoder de la main d'Angus lui frôlant le dos quand ils entraient dans l'ascenseur, de contacts involontaires en se penchant en avant, et de la chaleur constante de son corps à quelques centimètres du sien. Sans oublier Sonny, qui la bombardait de messages depuis le portable de Cat, pour demander si elle en avait bientôt fini.

À l'origine, la réservation pour le dîner avait été faite pour deux personnes. Une petite table intime, dans le meilleur restaurant du manoir… Mais avec son fils et sa sœur dans l'équation, Lucinda avait appelé le restaurant familial, qui comprenait une salle de jeux pour enfants, et y avait réservé une table.Cela faisait longtemps, avait-elle songé avec une pointe d'amertume, qu'elle organisait ses sorties selon les besoins de son fils…

Mais Sonny, au dîner, se montra grognon, fatigué par sa journée. Il avait du mal à finir son assiette de frites. D'ailleurs, Lucinda n'avait elle-même pas très faim. Cat s'était absentée pour aller aux toilettes.

Soudain Lucinda aperçut Angus mais le contentement instinctif qu'elle ressentit mourut à peine né. Qui était la femme aux longs cheveux noirs qui marchait à ses côtés, complice, apparemment incapable de s'empêcher de lui toucher le bras ? D'où sortait-elle ? De la conférence ? Ou bien était-ce une cliente de l'hôtel, croisée par hasard ? Elle se souvint d'un jour où, marchant à côté d'Angus, elle avait vu une magnifique jeune femme marcher droit vers lui et lui remettre sa carte en murmurant : « Appelle-moi. » Ça n'avait rien de surprenant. C'était un Apollon. Tout en épaules larges, mâchoire volontaire et boucles brunes.

— Oncle Angus ! cria Sonny en l'apercevant.

Il sauta de sa chaise pour filer à sa rencontre.Le visage d'Angus s'illumina d'une joie sincère à la vue de l'enfant. Il le prit dans ses bras et le hissa à sa hauteur, posant une question que Lucinda n'entendit pas. Sonny pointa le doigt dans sa direction et Angus le reposa à terre, avant de porter les yeux sur elle. Son regard était dur. Même à distance, elle le ressentit comme un coup de poing au ventre. Il murmura quelque chose à l'oreille de la femme qui l'accompagnait et celle-ci hocha la tête, avant de faire demi-tour.

Angus rejoignit Lucinda avec Sonny.

— Désolée, murmura-t-elle en se levant lorsqu'il arriva à sa hauteur. J'ai vu que tu étais occupé, mais il a filé avant que je puisse le retenir…

Angus haussa les épaules avant de détailler sa robe. Une seconde, puis deux s'écoulèrent en silence, avant qu'il détourne les yeux.

— Le dîner se passe bien ? demanda-t-il.

— Oui, répondit Lucinda alors que Sonny faisait non de la tête.

Elle attrapa l'enfant et tenta de le ramener à sa chaise. Sonny tirait le bras d'Angus pour l'emmener à l'espace de jeux.

— Sonny. Assieds-toi. Laisse Angus. Tu vois bien qu'il est accompagné.Où est-elle, d'ailleurs ?

Angus fronça les sourcils avant de comprendre manifestement pourquoi Lucinda avait les joues rouges et le souffle court.

— Griselda fait partie du comité, elle est arrivée ce soir.

Elena m'a demandé si je pouvais la briefer. C'est fait, et elle va aller boire un verre avec l'équipe.

— Oh !

Le soulagement de Lucinda était probablement trop perceptible dans sa voix.

— Elle avait l'air contente de t'avoir pour guide, poursuivit-elle.

— Le contraire eût été étonnant, répondit Angus avec un petit clin d'œil.

Ses yeux furent à nouveau attirés par la robe de Lucinda et sa mâchoire se contracta. Son regard semblait assombri, mais alors qu'il allait parler, une voix s'éleva derrière eux :

— Je vous croyais attablé avec une belle brune…

Cat arrivait à leur hauteur, visiblement exaspérée par la présence du patron de Lucinda.

— Les apparences peuvent être trompeuses, rétorqua Angus.

— On doit jouer à cache-cache, rappela Sonny.

Il prit à nouveau la main d'Angus, qui l'accepta et referma ses doigts autour de ceux de l'enfant.

— Tu as promis, maman, ajouta Sonny pour contrer toute objection. Le dîner est fini, c'est presque l'heure de dormir. On fait une partie de cache-cache !

Trop épuisée pour le gronder, Lucinda leva un regard interrogateur vers Angus.

— Il est déterminé, murmura celui-ci en souriant.

— Il a huit ans.

— Il te ressemble.

Comment garder ses sentiments secrets, se demanda Lucinda, lorsque l'homme qu'elle aimait tenait son fils par la main et la complimentait, tout sourire ?

— Je n'ai pas joué à cache-cache depuis longtemps, mais j'étais le meilleur, à l'âge de ce garnement, reprit-il.

— Bon, alors on joue en équipe, de manière à ce que personne ne se perde, dit Lucinda, cédant avec un sourire. On compte un temps réglementaire, les adultes gardent leur téléphone allumé. On ne sort pas, on ne bouscule pas les gens, et tout se passe à cet étage. Sonny et moi pouvons faire équipe…

— Non ! protesta Sonny. Je veux jouer avec tata Cat.

Si Lucinda semblait peu emballée par l'idée, le visage d'Angus s'était, lui, complètement fermé.

— Tu es sûr ? demanda Cat à son neveu. Tu pourrais faire équipe avec Angus, si tu veux.

— Maman me dit toujours qu'avec Angus elle forme une bonne équipe…

Cat éclata d'un rire moqueur, avant de prendre Sonny par les épaules.

— Eh bien, viens avec moi dans ce cas… Qui fait le chat ?

Sonny hurla :

— Nous ! On compte jusqu'à cent ! Allez, maman, dépêche-toi !

Lucinda attrapa son sac et son portable, jetant un coup d'œil derrière elle pour vérifier qu'elle n'oubliait rien.

— Allez, maman, dépêche-toi, répéta Angus à son oreille.

Elle laissa échapper un rire étranglé, et décida de se laisser prendre au jeu. Ils sortirent dans le hall et Angus lui tendit la main. Elle s'en saisit.

— De quel côté va-t-on, à ton avis ?

— J'ai une idée, lança-t-il, se mettant à courir.

Il n'avait pas lâché sa main.

— Où est-ce que tu m'emmènes ? demanda-t-elle, le claquement de ses talons résonnant dans le hall dépeuplé à cette heure.

— À notre arbre.

— Notre arbre ?

Le large figuier en pot qui les avait abrités la veille les attendait au tournant du couloir. Avant qu'elle puisse protester, Angus l'attrapa par les hanches et la pressa contre le mur, à l'abri des épais branchages. Elle voulut se plaindre de sa brusquerie mais fut interrompue par sa main, plaquée sans plus de cérémonie contre sa bouche, tandis qu'il pressait un doigt joueur contre ses propres lèvres, réclamant le silence.

Dressant l'oreille, elle entendit Sonny qui aboyait des ordres à voix haute, comme s'il se croyait dans une véritable chasse à l'homme.

— Par là ! On ne ralentit pas ! Allez !

Alors que la voix se rapprochait, Lucinda attrapa instinctivement la chemise d'Angus pour se blottir contre lui. Elle pressa ses jambes l'une contre l'autre pour tenter de maîtriser l'excès d'adrénaline qui déferlait dans son corps.

— Cours, tata Cat ! cria la voix de Sonny, de plus en plus proche. Angus est très rapide !

Alors qu'ils les dépassaient et que l'écho de leur course s'affaiblissait à l'autre bout du couloir, Angus retira doucement sa main.

— On n'est pas passés loin…

Lucinda leva les yeux vers lui. Le fait qu'elle le tienne toujours par sa chemise n'avait visiblement pas échappé à Angus. Son regard sombre était fixé sur elle, le rythme de son cœur s'accélérait contre sa main.

— Non, pas loin, répéta Lucinda d'une voix rauque.

Lentement, ses doigts se desserrèrent autour de l'étoffe. La chemise d'Angus, d'ordinaire impeccable, était froissée et elle y passa distraitement la main pour la lisser, sentant au passage son torse puissant… Elle retira sa main et s'éclaircit la gorge avant de battre en retraite contre le mur, plaçant le plus de distance possible entre elle et lui, dans l'intimité de leur cachette.

— Bon, dit-il. Et maintenant ?

— On attend.Ils vont repasser.

Mais pas comme ça. Pas face à face. Lucinda glissa au sol et s'assit, les genoux remontés vers le menton, la robe discrètement ramenée sous les cuisses. Angus l'imita. Ils tenaient à peine dans l'espace exigu derrière le pot.

Elle laissa échapper une exclamation discrète lorsqu'il

s'assit tout contre elle. Ils tenaient ainsi moins de place mais ils étaient plus proches encore qu'avant. Angus ferma les yeux et laissa sa tête reposer contre le mur derrière lui.

— Ça va ? demanda Lucinda, surprise par la douceur de sa propre voix.

— Grosse journée… Et dire qu'il reste encore la remise des prix tout à l'heure, et le pot de départ…

— Ce sont les risques du métier…

Le sourire d'Angus récompensa sa taquinerie.

— Tu regrettes ton docteur Je ne sais-pas-quoi ?

— Non, répondit-elle en secouant la tête. J'ai réfléchi. Je répète toujours les mêmes erreurs. Avec les hommes.

Elle s'interrompit pour lui laisser le temps de lui rappeler, s'il le désirait, les limites fixées entre eux, mais il resta muet, attendant qu'elle poursuive. Troublée par cette intimité nouvelle, elle s'entendit ajouter :

— Je n'arrive pas à les garder.

— Luci…

— C'est vrai ! Regarde Joe. Mignon, bien sûr, mais aucune substance. J'aurais dû le voir dès le début… J'ai eu des soupirants depuis mais je suis toujours célibataire. Jusqu'au Dr Machin… enfin, Jameson. Il avait l'air de cocher toutes les cases, et pourtant, regarde où je me retrouve…

— Coincée avec moi sous un figuier…

Lucinda étouffa un rire, avant de demander d'une voix pitoyable :

— Qu'est-ce qui ne va pas chez moi ?

— Absolument rien.

La sincérité appuyée avec laquelle Angus avait répondu, soutenant son regard, était désarmante. Lucinda sentit des étincelles de plaisir lui picoter la peau, empourprant ses joues.

Angus poursuivit, avec un petit sourire en coin :

— Lucinda May Starling, tu es une personne courageuse, intelligente, douce, aventureuse, honnête et adorable, et quiconque n'essaie pas de te garder à ses côtés est un imbécile.

Elle aurait dû enregistrer leur conversation, pour de futures longues soirées d'hiver. Angus n'était jamais avare de compliments et Lucinda savait qu'elle faisait un assez bon travail pour les mériter. Mais ce soir, tout semblait différent. À vrai dire, la semaine entière avait paru luire d'un éclat inédit… Malheureusement, plus elle en apprenait sur Angus, plus son envie de lui grandissait. Au bout de la route, il n'y avait que la solitude et les mille éclats d'un cœur brisé.

Le sourire d'Angus avait soudain disparu et ses yeux quittèrent ceux de Lucinda pour descendre vers sa bouche. À quoi pensait-il ? Savait-il seulement ce que ce genre de regard déclenchait chez elle ? Savait-il qu'elle ne pouvait s'empêcher de l'imaginer en train de glisser lentement la main sous sa robe ? Elle frissonna et bougea, les jambes toujours repliées.

— Veux-tu que je me décale ? demanda-t-il.

Lucinda secoua la tête. La seule chose qui aurait pu l'aider en cet instant ? Qu'Angus n'existe pas, rien de moins.Comme d'habitude, elle se rabattit sur le travail comme planche de salut.

— Je sais que tu as l'impression de faire du surplace avec le dossier Jouvence…

Une grimace furtive déforma ses traits, avant qu'il réponde :

— J'ai assez travaillé pour aujourd'hui…

Lucinda bougea légèrement, ses cuisses frôlant celles d'Angus.

— Ça ne te ressemble pas de dire une chose pareille. Je croisque Jouvence n'est pas le problème. Je ne t'ai jamais vu comme ça. En proie au doute. J'ai l'impression de te voir vaciller sur tes fondations… C'est plus grave que Jouvence. Qu'est-ce qui ne va pas, Angus ?

Angus prit une grande inspiration, se passa une main sur le visage.

— Tu sais que Louis Fournier est plus qu'un client pour moi.

— Bien sûr. C'est lui qui t'a convaincu de lancer ta propre affaire.

— C'est aussi le premier à avoir vu autre chose en moi qu'un adolescent enragé.

— Angus, le réprimanda-t-elle. Tu étais plus que cela. Tu as toujours été quelqu'un de bien.

La première fois qu'elle avait posé les yeux sur lui, sa rencontre déterminante avec Louis Fournier n'était vieille que de quelques mois. Lucinda attendait son rendez-vous avec le DRH de la nouvelle société, Fitzgerald Beckett. Tout était neuf et les couloirs sentaient encore la peinture fraîche. Autour d'elle, les candidats avaient l'air brillants et volontaires. Lucinda avait pu décrocher cet entretien parce que Fitz et Sonny partageaient le même dentiste…

Quand on pensait à tout ce qu'il avait fallu pour qu'Angus en vienne à se confier à elle, à ce qu'ils se retrouvent, côte à côte, dans ce hall… Joe et Sonny. Fitz et son dentiste. Angus et Louis. Si une seule pièce du puzzle avait manqué, elle ne serait pas assise à cet endroit, ses jambes contre celles d'Angus, la main de ce dernier dessinant des cercles imaginaires sur son genou.

— Est-ce que tu as déjà entendu parler du *kintsugi* ? demanda-t-elle.

Angus secoua la tête.

— C'est un art ancestral japonais, qui privilégie les réparations de bols, de plats, de vases brisés, à l'aide d'une laque mélangée à de la poudre d'or. Plutôt que de cacher les cicatrices, on leur fait honneur, on les habille pour qu'elles deviennent des veines dorées. La brisure est vue comme une part intégrante de l'histoire de l'objet, et non comme un défaut à dissimuler.

Angus la fixait, muet.

— C'est ce que Louis a vu en toi, murmura Lucinda. Pas seulement ton potentiel, mais tes fêlures, et ta détermination à te réparer, à avancer.

Angus se redressa et se frotta énergiquement le visage, avant de pousser un grognement.

— Un homme de sa trempe ne devrait pas avoir à envisager une retraite forcée…

Lucinda prit la main d'Angus entre les siennes.

— Et c'est pour ça qu'il s'est adressé à toi.

Le regard d'Angus changea lentement, une paix provisoire s'installant manifestement sous son crâne.

— Tu n'as pas à faire ça, tu sais, finit-il par dire.

— Quoi donc ?

— Être ma groupie. Me soutenir. Je suis un grand garçon, je sais encaisser…

— Mais oui, mon grand garçon.

Un sourire amusé détendit le visage d'Angus. Il avait connu plus de succès que bien des hommes dans sa position mais il ne désarmait pas. Jamais il ne se reposerait sur ses lauriers. Son envie d'en découdre le définissait et voir la flamme combative s'allumer dans son regard faisait fondre Lucinda.

Son regard s'attarda sur l'une des mèches de cheveux rebelles de Lucinda, ses joues, l'angle de sa mâchoire ; dériva lentement jusqu'à sa bouche, avant de descendre sur son cou, comme le chemin idéal du tracé de ses lèvres, jusqu'à ses épaules nues et son décolleté. Le cœur de Lucinda battait à tout rompre. Il n'aurait pas dû la regarder comme ça. Et elle n'aurait pas dû autant l'apprécier.

— Tu allais vraiment présenter le Dr Machin-Chose à Sonny après ce week-end ?

Le changement de sujet fit l'effet d'un coup de fouet à Lucinda.

Angus poursuivit :

— Je ne suis pas venu uniquement à cause du séminaire, en fait. Je n'arrivais pas à supporter l'idée que tu passes le week-end avec lui.

Bon sang. À l'aide.

— Angus…

Il prit sa main et l'attira à lui, l'enveloppant de sa présence, de sa chaleur et de sa force. Le cœur de Lucinda gonfla.

— Quand tu m'as dit que tu comptais lui présenter Sonny, j'ai vu rouge.

Lucinda cilla, sans comprendre. Ils étaient main dans la main mais il ne s'inquiétait que de son fils ? Un mal de crâne retors commença à lui vriller le cerveau, déjà secoué par un maelström furieux d'émotions, de colère et de peine.

Sa voix monta, incontrôlable :

— Est-ce que tu te moques de moi, Angus ?

— Luci, tu sais qui je suis. Tu sais que je pourrais beaucoup pour le futur de Sonny.

Elle retira si vivement sa main qu'elle se fit mal. La respiration hachée, au bord des larmes, elle se remit sur pied.

Angus se redressa à son tour.

— Pourquoi est-ce que je suis surprise ? Pour un type aussi intelligent que toi, c'est vraiment stupide ! Stupide, Angus ! De toutes les choses…

La voix de Sonny l'interrompit soudain :

— Je vais vérifier ! Ils sont sûrement là-bas !

— J'arrête, murmura Lucinda. Ce jeu a assez duré.

Lorsqu'elle entendit passer son fils, elle secoua l'une des branches du figuier, assez fort pour que l'enfant la repère.

— Tata Cat ! Je les ai trouvés !On a gagné !

Lucinda émergea de derrière l'énorme pot et Sonny se jeta dans ses bras en riant.

— Lucinda, dit Angus derrière elle, lui posant la main sur le bras. La remise des prix, tout à l'heure…

— Bonne nuit, Angus, l'interrompit-elle. On se verra demain, pour le point presse.J'en ai assez fait pour ce soir.

Sur le chemin de la chambre, elle ne se retourna pas une seule fois.

8.

Lucinda tourna à droite et Angus prit à gauche pour rejoindre la réception de la remise des prix. Pourtant, une fois devant l'entrée du manoir, il passa les portes et dévala les marches, sans savoir précisément où il allait. Il avait besoin d'air et d'espace pour réfléchir. Un tour jusqu'au lac, peut-être… À mi-chemin, la pluie commença à tomber. Des gouttes lourdes : en moins de quelques minutes, ses vêtements trempés lui collaient à la peau, sans que cela suffise à refroidir son moteur interne. Les rouages de son cerveau tournaient à plein régime. Son corps débordait d'adrénaline. Il voulait simplement aider. Dire à Lucinda qu'elle méritait mieux. Qu'elle et Sonny méritaient le meilleur. Parce que l'enfant était terriblement attachant et qu'elle était une mère formidable. Fitz avait raison : si quelqu'un méritait de trouver l'amour éternel, c'était bien Luci.

Elle avait eu l'air si triste en évoquant les imbéciles à qui elle avait offert son cœur… Il aurait tout donné pour la réconforter. Poser une main sur le mur derrière elle et faire courir l'autre le long de la bretelle vert printemps qui maintenait difficilement sa robe en place. La même qu'elle portait à cette fête de Noël, un an et demi auparavant… Angus imagina le visage de Lucinda se hisser jusqu'au sien, son regard noyé tandis qu'il lui montrait à quel point il la trouvait désirable… Il s'immobilisa sous la pluie, les poings serrés. Il fallait que ça cesse. Comment continuer à penser à elle ainsi sans se perdre ? Impossible pourtant de faire marche arrière. Depuis qu'il l'avait vue dans le restaurant, avec cette robe… Lorsqu'elle s'était assise au sol, à l'abri du figuier, et avait appuyé ses jambes contre les siennes, le corps d'Angus s'était figé, prêt à exploser de ne pouvoir la toucher.

Il pleuvait à seaux, désormais. L'orage grondait en altitude. Angus se couvrit la tête de sa veste, cherchant du regard où s'abriter, avant de se résigner et d'abandonner son corps à la pluie. Peut-être serait-ce suffisant à pour le laver de tout désir, si ce déluge martelait sa peau jusqu'à ce que son pouls décélère.

Après quelques minutes de ce traitement, il s'entendit penser à nouveau. Il décida alors de rentrer et quand il franchit les portes de l'hôtel, le portier ignora poliment ses vêtements trempés. Une fois à l'intérieur, Angus s'arrêta net. Charlie Fitz et Kumar traversaient le hall, tout aussi trempés que lui, et chargés de bagages.

— Bon sang, mais qu'est-ce que vous faites ici ? demanda Angus, sidéré.

Fitz fit le geste de se draper d'une cape inexistante.

— On vient à la rescousse, pour te sauver de toi-même, bien sûr !

Angus grogna.

— Range tes griffes, cousin, conseilla Fitz avec un grand rire. Je m'ennuyais. Charlie et Kumar étaient dans le coin, alors je les ai convaincus de me tenir compagnie sur la route. On a réservé des places pour les conférences.

— Il ne reste que la remise des prix. Et la fête de ce soir.

— Parfait, le reste était probablement soporifique. Où est Lucinda ?

— Avec Cat. Et Sonny.

— Ils se sont invités eux aussi ? Le gang est au complet…

— Fais demi-tour, Fitz. Rentre et emmène Charlie avec toi.

— Et manquer la fête ? Allez, cousin, lança Fitz en prenant Angus par les épaules. Charlie, Kumar, on y va ! Montrons à ces négociants en rouge à lèvres ce dont nous sommes capables !

La remise des prix n'avait que peu duré, tout le monde attendant la fête, qui battait désormais son plein. On passait le tube du moment sur la piste. Charlie avait perdu une chaussure et la chemise de Kumar avait partiellement quitté sa ceinture. Ils chantaient à tue-tête au milieu d'une douzaine de dames du comité, visiblement ravies.

Angus, assis à l'une des tables proches de la porte, consultait nerveusement sa montre, jetant de temps à autre des petits coups d'œil à l'entrée. Lucinda allait sûrement se raviser et le rejoindre, maintenant que Sonny était couché. Pour peu qu'elle se soit calmée, bien sûr…

Elena, qu'il n'avait pas vue arriver, prit place sur l'une des chaises à ses côtés.

— Bonsoir, beau brun.

— Elena.

— Je ne sais pas ce que j'ai fait pour vous mériter, Angus Wolfe, mais c'était probablement quelque chose d'assez spectaculaire. Regardez-moi cette soirée… Un succès ! Je suis sûre que votre présence a agi comme un aimant. La moitié des participants a déjà versé l'acompte nécessaire pour le prochain séminaire. Vous serez des nôtres, je l'espère…

Angus allait secouer la tête, mais comprit qu'il n'avait pas envie de refuser net.Lucinda ne l'aurait pas fait.

— Je vais commencer par m'inscrire à votre newsletter, nous verrons pour la suite.

Elena, souriante, posa une main sur la sienne.

— Je sais à quel point vous êtes occupé, mais ça me touche de vous voir faire semblant. Je ne débute pas dans le métier, vous savez. Je me suis renseignée sur vous, après notre rencontre. Nous avons de la chance de vous avoir parmi nous. Je sais aussi que vous avez parlé de Jouvence à beaucoup de monde. Louis est assez âgé, désormais. Comment va sa santé ?

— Elle est bonne. Il est toujours très actif.

— Je suis ravie de l'apprendre. Un homme charmant. J'ai commencé ce métier sous ses ordres, figurez-vous, il y a de cela bien longtemps… Ses cosmétiques étaient les meilleurs que j'ai eu la chance de vendre. Des crèmes qui vous faisaient vous sentir spéciale, malgré vos cicatrices, le poids du temps…

Angus isola la petite étincelle qui venait de naître dans un coin de son cerveau. L'embryon d'une idée.

Son interlocutrice allait retirer sa main, mais Angus l'immobilisa pour retenir son attention.

— Spéciale ? J'aimerais en savoir plus.

Elena cilla, se concentra pour réfléchir.

— Mon rouge à lèvres préféré quand j'étais mariée – je vous parle d'une période révolue depuis au moins un siècle ! – était un petit gloss de chez Jouvence, couleur corail. Je le portais tous les jours parce que je savais que mon mari l'adorait. J'ai continué à le mettre, longtemps après qu'il nous a quittés. Ça va vous paraître stupide, mais ce gloss me donnait l'impression d'être reine parmi les hommes, au moins pour un instant. Il fallait quelqu'un de la trempe de Louis Fournier pour donner ce sentiment à tant de femmes, grâce à un simple rouge à lèvres.

Elle pressa la main d'Angus avec un petit sourire ému, avant de reprendre :

— Je constate qu'il manque quelqu'un à cette petite fête… Peut-être attend-elle simplement que vous alliez la chercher ? Filez, jeune homme. Je veillerai à ce que vos collaborateurs retrouvent le chemin de leur chambre.

Angus ne se le fit pas dire deux fois. Il déposa un baiser sonore sur la joue d'Elena, et fila sans un regard à Fitz ou Charlie. Son cerveau en ébullition débordait d'idées nouvelles. Il lui fallait Lucinda. Lucinda, son crayon mordillé, son petit calepin et sa surprenante habileté à mettre en forme ses ébauches les plus brouillonnes.

Les souvenirs d'Elena avaient ouvert les vannes : Angus prenait le problème à l'envers, en cherchant à tirer Jouvence vers le luxe. Il avait prévu du glamour, une flopée de célébrités pour le nouveau lancement et une armée d'influenceurs stylés, prêts à inonder la toile de leur soutien. Il avait visé haut, alors qu'il fallait tout simplement viser juste. Chaque femme, aussi modeste soit-elle, était concernée. Chacune devait se sentir magnifique, spéciale, et non rabaissée par un idéal de pacotille, impossible à atteindre. Mais comment convaincre toutes ces femmes, s'il n'était même pas capable de faire entendre raison à Lucinda ?Il fallait qu'elle sache. Angus devait lui faire comprendre ce qu'il avait essayé, maladroitement, de formuler plus tôt. Elle était spéciale à ses yeux. Unique. S'il réussissait à la rallier à lui, le reste du monde suivrait peut-être.

Lucinda se réveilla en sursaut, désorientée au sein de la chambre obscure. Il était plus de 22 heures. Après avoir souhaité bonne nuit à Sonny et Cat, elle s'était retirée dans sa chambre et s'était endormie tout habillée sur le lit. Elle se redressa avec un grognement et passa la main dans ses cheveux, sans trouver la force de se lever pour se changer. Angus avait dû participer à la remise des prix. Malgré ses déplorables erreurs de jugement des derniers jours, c'était un homme qui ne revenait pas sur une parole donnée. *Cesse de lui chercher des excuses*, murmura une voix au fond de son crâne. Penser à Angus, à la manière dont il l'avait regardée dans les yeux en lui annonçant qu'il était venu à l'hôtel par souci de son fils, l'attristait autant que cela la mettait en colère. Elle souffrait, elle avait les nerfs à vif.

Elle tourna la tête vers la porte. Avait-elle rêvé, ou venait-on d'y toquer discrètement ? À nouveau, deux coups étouffés.

— Cat ? appela-t-elle d'une voix faible en se levant.

Angus se tenait à la porte, les yeux anormalement brillants, la chevelure encore humide de pluie. Il allait ouvrir la bouche, mais ses yeux descendirent sur la robe de Lucinda et il sembla hésiter, le visage crispé.

— Angus. Qu'est-ce qui se passe, bon sang ? Pourquoi n'es-tu pas à la remise des prix ?

— Est-ce que je peux entrer ?

Leur week-end touchait à sa fin. S'il y avait une chance de revenir à la normale avant leur retour, il fallait s'en saisir. Elle s'effaça.

— Qu'y a-t-il de si important qui ne puisse attendre jusqu'à demain ? demanda-t-elle à contrecœur alors qu'il entrait.

Elle se dirigea vers le canapé où traînait un soutien-gorge, qu'elle se dépêcha de soustraire à la vue d'Angus. Mais il ne regardait pas dans sa direction. Face au lit, il fixait le plaid froissé qu'elle avait enroulé autour d'elle avant de s'endormir. Puis son regard se porta à nouveau sur sa robe.

—Angus ? Qu'est-ce qu'il y a ?

— J'aurais aimé que tu ne portes pas ça, ce soir.

— Cette robe ? Mais pourquoi ? Elle est très belle et je trouve qu'elle me va bien.

S'il semblait parfaitement d'accord avec elle sur ce point, quelque chose le faisait visiblement souffrir. Elle se rapprocha de lui.

— Angus, est-ce que tout va bien ? Ça n'a pas l'air. Tu as trop bu à cette remise des prix ?

— Pas une goutte, non.

— Alors est-ce que tu comptes me dire ce qu'il y avait de si important pour que tu viennes toquer à ma porte au beau milieu de la soirée ?

— Il est si tard que ça ?

— Oui, enfin…

Le téléphone d'Angus sonna. Il l'ignora, ne cherchant même pas à savoir qui voulait le joindre.

— Ton téléphone ?

— Ils attendront.

— Vérifie, on ne sait jamais.

Angus sortit le portable de sa poche et lança d'un seul trait :

— Fitz, tu es en danger de mort ? Tu as été arrêté par la police ? Non ? Dans ce cas…

Il raccrocha sans se soucier d'une quelconque réponse. Il n'avait pas quitté Lucinda des yeux. Que lui arrivait-il ? Elle balbutia :

— Si… Si tu dois lui parler, Angus…

— Il attendra. Je suis avec toi.

Lucinda dut se retenir pour ne pas l'attirer à elle par le col de sa chemise. Angus ne l'avait jamais laissée tomber. Il n'était jamais parti. C'était même tout le contraire. Il l'avait suivie jusqu'ici. Pas pour un quelconque compte clientèle, ni même pour le bien-être de Sonny. C'était elle qu'il venait voir en cet instant, et personne d'autre, elle le savait. Son cœur le lui hurlait.

— Angus. Que se passe-t-il ?

— Fitz et Charlie auraient insisté pour que je poursuive la soirée avec eux, ou quelque chose de ce genre… J'ai préféré fuir.

Lucinda écarquilla les yeux.

— Qu'est-ce qu'ils font ici ? Tu les as invités ?

Angus haussa un sourcil.

— Fitz prétend qu'il est là parce qu'il s'ennuie, et qu'il voulait faire la fête…

— Et en vérité ?

— Je crois que c'est pour m'empêcher de faire quelque chose de stupide.

— Quel genre ?

— Ils ne l'ont pas précisé…

Lucinda, pourtant, savait. La manière dont Angus la regardait signifiait une seule chose. Il n'avait qu'une envie : lui arracher ses vêtements et lui faire l'amour. Encore et encore. C'était un regard qu'elle avait attendu toute sa vie. Un regard intense, affamé, charriant avec lui son lot de problèmes insolubles.

La gorge sèche, elle réussit à articuler :

— Et toi, pourquoi es-tu ici, Angus ?

Il resta silencieux un instant avant de lancer :

— Jouvence. En bas, j'ai eu une idée.

— Je ne te demande pas ce que tu viens me dire, Angus, je te demande ce que tu fais ici. Ce week-end. À l'hôtel.

Elle fit un pas dans sa direction et ajouta :

— Ne me dis pas que c'est pour Sonny. Je sais que tu l'aimes beaucoup, mais tu sais aussi que je ne ferai jamais rien qui puisse compromettre son avenir. Alors pourquoi ?

— J'avais peut-être une autre raison, murmura-t-il en levant les yeux vers elle.

— Laquelle ?

— J'avais peur.

Voici un mot qu'elle ne s'était pas attendue à entendre dans sa bouche.

— Peur de quoi ?

— Du Dr Machin-Chose… De la manière dont il te regardait, sur une photo que Fitz a trouvée sur Facebook. J'ai eu peur qu'il t'épouse et que vous couliez des jours heureux ensemble.

— Oh…

— Et aussi…

Il s'interrompit. Lucinda fit un nouveau pas dans sa direction.

— Et ?

— Et que tes priorités changent, que… que tu finisses par me quitter.

Lucinda, incapable de s'en empêcher, éclata de rire. L'idée qu'elle le quitte était parfaitement ridicule. Angus fronça les sourcils, le visage fermé. Elle tendit la main et saisit la sienne.

— Je ne me moquais pas de toi, je te le promets. Je ris parce que l'idée même de te quitter est risible. Tu sais à quel point j'aime mon travail. À quel point notre équipe est importante à mes yeux.

Elle hésita un instant, avant d'ajouter :

— Et toi aussi. À quel point tu es important, à mes yeux.

Cette fois, ce fut lui qui fit un pas dans sa direction. Surprise, elle allait reculer, mais il la saisit par la taille pour la retenir.

Lucinda sentit ses jambes fléchir. Il ne la lâcha pas. Son visage se rapprocha d'elle et il murmura d'une voix rauque :

— Important à quel point ?

— Un tout petit peu, murmura-t-elle avec une amorce de sourire.

— C'est déjà ça. Je t'ai dit à quel point j'aime te voir porter cette robe ?

— Je ne crois pas, non.

— Et à quel point je suis heureux que ton docteur n'ait jamais eu la chance de te voir avec ?

Le cœur de Lucinda cognait dans sa poitrine.

— Angus, je sais que j'étais déstabilisée, tout à l'heure, derrière le figuier, et que je me suis apitoyée sur mon sort, mais tu n'as pas besoin d'être aussi gentil avec moi, tu sais…

Il fit courir l'un de ses pouces sur la bretelle de sa robe, passant sous le tissu.

— La dernière chose que j'ai envie d'être, en cet instant, c'est gentil.

Toute frontière professionnelle entre eux était pulvérisée. Il n'y avait plus de limites, plus d'accord informel. Il piétina ce qui restait de convenances en ajoutant :

— Le soir du pot de Noël, j'avais tenté de me cacher dans un coin pour être tranquille. En vain… Sinatra nous rebattait les oreilles avec la magie de l'hiver, alors qu'il faisait 35° à Melbourne… J'attendais depuis une bonne demi-heure que tu viennes me sauver du babillage des invités, quand la foule a semblé s'ouvrir pour te laisser passer. Tu étais… resplendissante. Ce qui m'est tombé dessus à ce moment-là… Ce sentiment… Je n'avais jamais rien ressenti de tel. Un vide terrible dans la poitrine.

Lucinda savait de quoi il parlait. Elle ressentait la même chose, en cet instant. D'une petite voix, elle tenta de plaisanter :

— Tu dis ça à toutes les filles.

— Jamais, répondit-il. Elles me riraient au nez.

— Tu plaisantes ? Elles s'évanouiraient, oui !

La main d'Angus s'aventurait désormais sur les épaules de Lucinda, irradiant sa peau à son passage.

— Et toi ?

— Moi, je tiens bon sur mes jambes…

Angus rit et l'attira plus près encore. Lucinda poursuivit :

— Tu portais ton costume bleu marine, ce soir-là, celui aux rayures fines. Pas de cravate. Ton col de chemise était ouvert.

— C'était une soirée informelle, après tout.

— Ce dont je me souviens surtout, c'est…

— Le gui, conclut-il à sa place, tandis que le sourire de Lucinda s'élargissait.

Comment oublier ? Elle s'était absentée un moment pour téléphoner et était revenue à l'instant même où Angus avait décidé de partir à sa recherche. Ils avaient failli se télescoper dans l'encadrement de la porte. Ils souriaient de leur maladresse lorsqu'une voix dans la foule leur avait crié :

— Levez les yeux !

Lucinda s'était exécutée, rougissant violemment en avisant la boule de gui suspendue au-dessus de la porte. Lorsqu'elle avait ramené son regard sur Angus, celui-ci la regardait, la respiration rapide.

— Bon, avait-il murmuré, jetant un coup d'œil aux petites boules blanches qui les forçaient à l'action.

— Bon, avait-elle répété, la voix chancelante, le regard rivé aux lèvres pleines de son employeur.

Elle se rappelait avoir pensé qu'il s'agissait de l'unique chance qu'elle aurait jamais de goûter aux lèvres de cet homme. Un instant, elle avait contemplé l'idée d'enfouir les mains dans ses boucles brunes, de l'embrasser jusqu'à ce qu'ils perdent tous deux la raison. Elle s'était hissée sur la pointe des pieds et le monde autour d'eux avait semblé s'évanouir, la musique résonnant subitement comme un écho lointain. Jusqu'à ce que l'un des invités, visiblement éméché, ne les bouscule et laisse échapper sa flûte de champagne à leurs pieds… Le verre se pulvérisant au sol avait brisé le sortilège, les ramenant tous deux à la réalité, leur rappelant qui ils étaient, ce pour quoi ils étaient là et ce qu'il ne fallait surtout pas faire.

Le lendemain, chacun reprenait son travail comme si de rien n'était.

— Je pensais que tu avais oublié, murmura Lucinda.

— Sans ce verre brisé…, chuchota-t-il sans achever sa phrase.

La poitrine serrée, elle tenta de maîtriser le flot d'informations qui envahissait son crâne. L'espoir d'un futur esquissé, le danger, aussi. La morsure amère du temps perdu. Et la vitesse vertigineuse avec laquelle sa vie était en train de basculer.

— Tu n'as jamais rien dit, reprit-elle. Tu n'as même jamais évoqué l'incident… Je n'ai pas réussi à te retrouver dans la foule, après cela, et le lundi suivant, c'était comme si rien n'était arrivé.

— Tu n'as rien dit non plus. J'ai pensé que tu ne voulais pas… que notre relation évolue.

Il la désirait mais l'avait laissée choisir. Lucinda posa sa main sur le torse d'Angus, à l'endroit précis où son cœur battait la chamade.

— De mon côté, je craignais que les choses changent entre nous, reprit-il.

— Je le craignais aussi, confirma-t-elle, notant qu'ils avaient parlé au passé.

Au plus profond d'elle-même, voir évoluer leur relation était ce qu'elle souhaitait le plus ardemment. Lorsqu'elle fermait les yeux pour souffler ses bougies, lorsqu'il fallait faire un vœu, lorsqu'elle se surprenait à rêver, le soir, entre ses draps… Être chérie. Révérée.Leur amitié, leur relation de travail avaient survécu à bien des revers. Ils se connaissaient par cœur, intimement. Mais jamais, depuis toutes ces années, elle ne s'était sentie si proche d'Angus. Sur le point de briser la dernière barrière. Après cela, il n'y aurait plus de retour possible. Il ne restait plus que quelques centimètres pour que leurs lèvres se rejoignent. Fixés sur elle, les yeux d'Angus semblaient dévorés d'un désir violent, et sa mâchoire était à ce point crispée qu'elle pouvait en voir les muscles se tendre. S'il la touchait à nouveau, elle lui sauterait au cou. Au diable la prudence. Six ans et demi au service d'un Apollon avaient suffi. S'il fallait trouver un nouveau travail, elle n'aurait aucun mal à se faire recruter par l'un des nombreux chasseurs de têtes qui l'avaient démarchée. Le pouce d'Angus caressait désormais sa joue. Collée contre son corps, il ne lui était pas difficile de sentir l'effet qu'elle lui faisait. La seule raison pour laquelle il s'était abstenu de passer à l'acte était son extraordinaire volonté. C'était à elle de prendre l'initiative.Elle s'apprêtait à sauter dans l'inconnu. Prenant son courage à deux mains, elle attrapa le nœud de cravate d'Angus et le tira vers elle :

— Quand Fitz parlait de quelque chose de stupide, tu crois qu'il faisait référence à ça ?

Elle se hissa sur la pointe des pieds et déposa un baiser léger sur la joue d'Angus. Sa peau était chaude, piquante sous l'effet de la barbe naissante. Son parfum entêtant. Sans lâcher la cravate, elle déposa un nouveau baiser sur l'autre joue. En reculant, elle aperçut les yeux d'Angus, son regard brûlant, comme un volcan sorti d'un long sommeil.

— Si tu es en train de jouer, Luci…, gronda-t-il, sa voix semblant sortir des entrailles de la terre.

— Ça ne me viendrait pas à l'idée, répondit-elle, frémissant comme une exploratrice au seuil d'un territoire interdit.

— Luci, répéta-t-il en un dernier avertissement.

La manière dont il prononçait son nom, avec tout ce que cela comptait d'histoire commune, d'attente et de frustration, la fit basculer. Poussant un soupir retenu depuis des années, elle tira une dernière fois sur la cravate et posa enfin ses lèvres sur les siennes.

Angus se raidit avant de déposer les armes et de l'enlacer, lui rendant son baiser avec l'intensité fiévreuse d'un homme rendu fou par l'amour. C'était sauvage, surprenant, chargé de tout ce qu'ils n'avaient jamais su se dire, débarrassé de tout semblant de civilité. Brutal et libérateur. Les lèvres d'Angus étaient chaudes, avaient un goût de cannelle, de poivre et d'extrême tendresse. Pour Lucinda, ce baiser ne finirait jamais. Elle sauta subitement dans ses bras, enroulant ses jambes autour des hanches d'Angus qui la reçut en riant.

— Luci, ahana-t-il en assurant sa prise, tu veux que je fasse une crise cardiaque ?

— Ce serait une mauvaise idée, répondit-elle, entre deux baisers. Maintenant que tu es à moi…

Il recula son visage de quelques centimètres pour la contempler plus à son aise.

— Maintenant que je suis à toi ?

— Angus, j'attends cela depuis une éternité, depuis plus longtemps que je n'ose l'admettre.

Angus en resta muet. Et renonçant à répondre, il inclina son visage et l'embrassa de nouveau, avec une lenteur presque douloureuse. Jusqu'à ce qu'elle lui appartienne totalement, elle aussi. Elle se sentit à peine basculer en arrière, retenue dans sa chute par les mains d'Angus, puis par le matelas de son lit. Il prit son temps, écartant les mèches qui encombraient le visage de Lucinda et elle ferma les yeux tandis qu'il semblait mémoriser chaque nuance de son sourire.

— Enfin, murmura-t-il.

C'était comme rentrer chez soi après une très longue absence.

— Ne t'arrête pas, chuchota-t-elle à son oreille. Je t'interdis de t'arrêter.

— Je te le promets, répondit-il.

Il tint promesse. Plus tard, dans le brouillard du plaisir enfin partagé, Lucinda se demanda comment ils avaient fait pour passer six ans et demi en compagnie l'un de l'autre, sans l'amour qui les inondait désormais.

9.

Confortablement blottie entre les draps, la joue posée contre l'oreiller moelleux, Lucinda souriait sans pouvoir s'arrêter.

Après le lit, il y avait eu la douche. Angus l'y avait rejointe. Puis, il l'avait séchée, l'enveloppant d'une épaisse serviette blanche et la frictionnant, ravivant ainsi ses sens engourdis par l'orgasme. Il avait déniché un vieux T-shirt dans sa valise, comme s'il savait que la nuisette de soie noire ne lui correspondait pas vraiment, et l'avait aidée à le passer. Et puis il l'avait assise sur le banc de la salle de bains, s'était agenouillé et…

Lucinda sentit le lit se creuser alors qu'Angus la rejoignait. Les yeux clos, elle réussit à articuler :

— Hum… ?

Elle s'attendait à ce qu'il dépose un baiser sur son épaule et s'éclipse. C'était probablement son *modus operandi* : aucune promesse, pas d'espoir mal placé. Mais à sa grande surprise, il se glissa à ses côtés, collant son corps, nu à l'exception du boxer noir qu'il avait passé, contre elle. L'étreinte n'avait plus rien de sexuel, c'était seulement de la tendresse. Lucinda et Angus. La réalité dépassait ses fantasmes.

— Angus ? appela-t-elle d'une voix enrouée.

— Luci ? murmura-t-il à son oreille.

— Pourquoi est-ce que tu es venu, tout à l'heure ? Tu semblais avoir quelque chose d'urgent à dire.

— Oui, Jouvence, dit-il. J'ai oublié de… J'ai été distrait par… d'autres choses…

— Ah, vraiment ? demanda-t-elle avec un petit sourire.

Angus lui mordit tendrement l'épaule, lui arrachant un petit cri qui s'apaisa sous ses baisers.

— J'ai eu une idée capitale.

— Dis-moi.

— Maintenant ? s'étonna-t-il.

— J'aimerais bien savoir…

Torse nu, dressé sur un coude, une main sous la joue, il était craquant. L'intimité qu'ils partageaient le transfigurait.

— Elena a dit quelque chose qui m'a rappelé tes paroles, murmura-t-il en faisant courir un doigt sur le bras de Lucinda. Tu te rappelles ce dont tu m'avais parlé ? La tradition japonaise de la poussière d'or, pour souligner les réparations sans les cacher ?

— Le *kintsugi*.

Elle adorait cette technique, qui l'avait aidée à surmonter plusieurs événements désastreux. Elle avait appris à vivre avec ses erreurs et ses regrets. Ses cicatrices mentales guérissaient pour former de longues lignes d'or, autour de son âme.

— C'est ce qu'il faut appliquer à Jouvence. Il ne s'agit pas de couvrir les défauts d'un visage, de les cacher à coups de fond de teint…

— Alors, de quoi Jouvence est-il le nom ?

— De chacune des femmes. De toi en premier lieu… Jouvence fait qu'une femme se sent spéciale, mais il la fait aussi se sentir elle-même. Que ce soit grâce à un parfum qui la ramène à ses racines, un rouge à lèvres qui la fait se sentir aimée… Jouvence, sa longévité, son historique émotionnel, c'est la poussière d'or, la ligne qui fait tenir les souvenirs d'une vie ensemble.

Il fallait du cœur pour avoir trouvé cela. De la tendresse. Lucinda déposa un baiser sur ses lèvres. Angus la plaqua sur l'oreiller.

Combien de temps s'était écoulé lorsque tous deux furent rassasiés à nouveau ? Angus murmura contre sa bouche :

— J'imagine donc que je suis sur la bonne voie…

Elle le taquina :

— Tu es une merveille, Angus Wolfe. Quand, dans plusieurs centaines d'années, tu quitteras enfin ton enveloppe charnelle pour devenir pure lumière, il faudra répliquer ton cerveau pour le bénéfice de l'humanité…

— Seulement mon cerveau ?

— Eh bien, je pense à une ou deux autres parties de ton corps qu'il serait bon de confier à la science pour une étude approfondie…

Angus s'immobilisa, l'expression subitement sérieuse. Lorsqu'il parla, sa voix était sincère :

— Je ne sais pas ce que j'ai fait pour te mériter, Lucinda Starling…

Elle se blottit contre lui et il la tint ainsi, doucement, jusqu'à ce qu'elle s'endorme.

La porte de la chambre d'hôtel se ferma derrière lui avec un cliquetis discret. Angus s'appuya contre le chambranle. Face à lui, le couloir était vide. Les autres clients devaient profiter de leur grasse matinée : l'aube apparaissait à peine derrière les collines. En s'habillant, il avait contemplé les premières lueurs du jour qui éclairaient le visage de Lucinda, et il avait été pris d'une envie impérieuse de la réveiller sous ses baisers pour lui faire l'amour à nouveau, ou simplement se perdre dans son regard.

Il n'avait pas l'habitude de ressentir les choses avec une telle intensité. Pas dans le domaine de sa vie privée. Il avait préféré la laisser en sommeil. Les sentiments n'amenaient rien de bon.

Il prit quelques instants pour réfléchir à la suite. Il n'y avait aucun chemin tracé, aucune carte à laquelle se référer après ce qu'ils venaient de faire. Son cerveau semblait désespérément muet. Il se sentait léger, alerte, mais incapable de planifier quoi que ce soit. Autour de lui, le monde semblait revigoré, rajeuni, comme un paysage après une forte averse. Les mots de Lucinda tournaient en boucle dans un coin de sa tête. « J'attends cela depuis une éternité… » Il n'avait rien répondu. Dès leur rencontre, lorsqu'il l'avait vue dans la salle d'attente, Angus avait su qu'elle était unique. Une aura douce semblait émaner de son corps. À la réflexion, c'était comme s'il n'avait eu d'autre choix que de l'inviter à partager sa vie. Mais même alors que leur amitié se renforçait, alors qu'elle lui devenait indispensable, il avait toujours retenu son désir. Ce qu'il y avait de brisé en lui, sa part sombre, renâclait. Il ne voulait imposer cela à personne, encore moins à une femme aussi aimante et douce que Lucinda.

Il avait pourtant cédé, la nuit précédente. À quoi ressemblerait sa vie, ce matin, s'il n'avait pas goûté à Lucinda, s'il n'avait pas senti son corps se cambrer sous lui, n'avait pas entendu les gémissements qu'elle poussait sous ses assauts fiévreux ?

Un bruit au fond du couloir l'arracha à sa réflexion. Il leva les yeux. Cat, en pyjama, les cheveux en bataille, était agenouillée devant Sonny assis contre le mur, en larmes.

Angus marcha rapidement vers eux. Cat se releva en l'apercevant. Sonny renifla et passa sa main sur ses yeux mouillés.

— Qu'est-ce qui ne va pas ? demanda Angus en arrivant à leur hauteur.

— Il est sorti pendant que j'étais dans la salle de bains, répondit Cat, l'air peiné. Un mauvais rêve. Ça ne lui ressemble pas. C'est peut-être quelque chose qu'il a mangé, ou le film d'hier soir…

Angus s'agenouilla pour se mettre à la hauteur de Sonny. Il ne fallait pas gronder l'enfant, ça ne ferait qu'accentuer son désarroi.

— Tu ne crois pas que c'est un peu tôt, pour une petite randonnée ?

— Je ne faisais pas de randonnée, je cherchais maman, dit Sonny en reniflant.

— Elle dort, petit gars. Mais tu sais qu'elle viendra te voir à la seconde où elle sera réveillée…

Il leva les yeux vers Cat qui fixait le bout du couloir d'où il était arrivé. La jeune femme reporta ensuite son attention vers lui. Angus vit ses sourcils se froncer à mesure qu'elle comprenait. Elle l'entraîna plus loin pour lui chuchoter :

— Ne me dis pas que tu viens de sortir de sa chambre… Il s'agit de ma sœur !

Angus fourra les mains dans ses poches.

— Je ne suis pas sûr que ça te concerne.

Il ne ressentait ni honte ni regret.

— Moi qui te pensais assez malin pour garder de la distance entre vous deux ! Bon sang, pourquoi ne l'as-tu pas laissée tranquille ce week-end ?

— Parce qu'elle mérite mieux qu'un imbécile qui annule leurs rendez-vous, passe sa vie au téléphone et répond : « Pas de souci ! » lorsqu'on lui annonce qu'ils ne se verront pas du week-end.

— Et tu penses pouvoir faire mieux, peut-être ? Être là pour elle, corps et âme, à cent pour cent ?

Catriona éclata d'un rire amer, avant de poursuivre :

— Luci est ton assistante, Angus, rien de plus, malgré le flirt étrange que vous vous plaisez à entretenir depuis des années… Sa vie est à nos côtés. Aux miens et à ceux de son fils. Écoute-moi bien : à moins que tu ne puisses me promettre, ici et maintenant, que tu comptes passer le reste de ta vie à veiller sur elle et la faire passer avant tout le reste, avant votre travail, avant toi, pour le meilleur et pour le pire, alors, Angus, je t'interdis de continuer.

Angus sentit ses entrailles se tordre. En temps normal, il n'aurait pas hésité à rabattre le caquet de Cat. Mais tout avait changé cette nuit.

— Luci est plus importante que tout à mes yeux. Son bonheur, celui de Sonny passent en premier.

Les yeux de Cat s'écarquillèrent, un éclair de triomphe brilla dans son regard.

Il poursuivit :

— Elle représente pour moi ce qui ressemble le plus à une famille. Je ne peux pas la perdre. Tout ce que j'ai conquis, appris… Tout ça ne vaut rien sans elle.

Catriona étouffa un rire.

— Eh bien, ce n'est pas trop tard, murmura-t-elle.

Angus n'eut pas le temps de se demander pourquoi Cat le regardait d'un air narquois. La voix de Lucinda résonna derrière eux.

— Qu'est-ce que vous faites tous dans le couloir ?

Il se retourna vivement. Elle les rejoignait, enveloppée dans un vieux châle vert d'eau. Il l'avait déjà vue dans cette tenue, un soir, à l'hôpital, alors qu'ils craignaient que Sonny ne souffre d'une pneumonie. Il ne s'attendait pas au flot de tendresse qui le submergea. Le sourire de Lucinda, ses yeux ensommeillés, l'air épanoui qui flottait sur son visage après leur nuit d'amour, toute son apparence lui arracha à lui aussi un sourire éclatant. Si Lucinda l'avait regardé, elle aurait instantanément su que désormais rien ne serait plus pareil entre eux.

Mais avant que Cat ou lui puissent répondre, Sonny fonça dans les bras de sa mère. Elle s'agenouilla pour l'accueillir et embrassa ses cheveux, avant de lever des yeux interrogateurs vers les adultes. Cat rejoignit sa sœur et posa la main sur l'épaule du petit.

— Sonny est parti à ta recherche, je suis parti à la sienne… Et Angus rôdait dans le couloir.

Lucinda fronça les sourcils, reportant son attention sur Sonny. Elle n'avait toujours pas regardé Angus.

— Tout va bien, mon chéri ? demanda-t-elle à son fils. Je te manquais ? Tu sais que si je te manque, tu n'as qu'à demander à tata Cat de m'appeler, et je serai là en un clin d'œil !

— J'ai fait un mauvais rêve. Ton ami, il me chassait et il voulait me manger…

Lucinda tourna un regard interrogateur en direction de Cat, qui grimaça.

— Tu avais dit que tu partais pour le week-end, Sonny a demandé pourquoi il ne pouvait pas t'accompagner. J'ai dit que tu serais avec un ami.

Lucinda serra Sonny contre son cœur.

— Jameson est végétarien, mon chéri, tu ne crains rien…

— Je ne veux pas qu'il soit mon nouveau papa.

— Mon ange… Ne t'inquiète pas pour ça.

Les pleurs de Sonny redoublèrent et il demanda d'une voix plaintive :

— Si je dois avoir un nouveau papa, pourquoi est-ce que ça ne peut pas être Angus ?

Les trois adultes restèrent interdits face à la bombe que venait de lâcher l'enfant.

— Angus ? demanda Lucinda, recouvrant ses esprits la première. Mon chéri, Angus ne peut pas être ton papa…

— Mais… Mais… pourquoi ? bégaya Sonny, une expression suppliante dans le regard.

Sans avoir à réfléchir, Angus aurait pu penser à un million de raisons pour lesquelles il ne voulait pas devenir père, car aucun des hommes qui avaient fugacement traversé sa vie d'enfant n'avait su remplir ce rôle. Pourtant, à cet instant, son esprit semblait vide. La seule urgence qui le submergeait était celle de répondre au besoin du petit garçon, jurer de les protéger, Lucinda et lui, de tout danger et de toute tristesse.

Mais ça n'était pas à lui de décider. Angus serra les poings dans ses poches. Il fallait que Lucinda s'exprime. C'était à elle de choisir, à elle seule.

— Pourquoi ? répéta Lucinda, le visage défait face à la candide incompréhension de son fils. Parce que c'est Angus… Parce que… Parce qu'il ne cuisine pas, et qu'un père doit savoir cuisiner.

— Toi, tu ne cuisines pas !

— Si, je cuisine ! Pas très bien, mais… Je suis sûre qu'Angus ne sait même pas faire cuire un œuf. Et… Et il ne fait pas le ménage. Tu sais que j'ai besoin de quelqu'un pour m'aider à entretenir la maison. Un papa doit savoir faire ce genre de choses… Angus ne fait jamais les courses, ne répond pas lui-même au téléphone… Il sera trop occupé pour coacher ton équipe de foot, ou te lire une histoire, chaque soir. Angus ne peut pas être ton papa, mon chéri, parce que c'est un grand enfant, lui aussi.

Angus savait que Lucinda tentait d'arrondir les angles avec Sonny, mais chacune des raisons qu'elle avait données lui faisait l'effet de coups de couteau. Elle avait raison, pourtant. Plus ou moins. Mais l'apparente facilité avec laquelle elle avait rejeté sa candidature parlait d'elle-même.Sonny renifla tristement.

— Mais tu dis tout le temps que ce qui est important pour une famille, c'est l'amour ! Et tu aimes Angus et moi aussi je l'aime ! Et Cat aussi.

Derrière eux, Cat étouffa un hoquet.

— C'est vrai, mon chéri, répondit Lucinda en jetant un coup d'œil à sa sœur, à la dérobée.

Si seulement elle avait regardé Angus, même une seconde, si elle lui avait adressé un sourire qui aurait tempéré la violence de ses propos, peut-être aurait-il réagi autrement. Mais Lucinda reporta directement son attention sur son fils.

— Angus est notre meilleur ami. Mais il faut plus que des chatouilles et des plaisanteries pour faire un bon père. Il faut de la patience, de l'engagement. Il faudrait qu'il veuille ça plus que tout au monde. Et tu sais qu'Angus aime énormément son travail et sa liberté. Et puis, il doit d'abord apprendre à s'occuper de lui, avant de pouvoir veiller sur quelqu'un d'autre.

Même Cat cilla face au dernier coup de poignard. Lucinda souriait à son fils, heureuse d'avoir pu éviter le désastre, inconsciente du drame qui se tramait au-dessus d'elle.

— Allez, mon chéri, lança Cat en tendant sa main à

l'enfant. Allons nous commander un bon petit déjeuner ! Maman nous rejoindra bientôt.

Ils firent demi-tour, laissant Angus et Lucinda seuls, face à face. Après un laps de temps qui semblait infini, elle releva enfin les yeux vers lui. Le cœur lourd. Le poids de la nuit qu'ils venaient de passer pesait sur leurs épaules.

— Je suis vraiment désolée pour tout ça, dit-elle, tortillant nerveusement son châle entre ses doigts.

— Tu n'as pas à t'excuser, répondit-il d'une voix blanche.

— Si, vraiment. J'aurais dû le voir venir. Je ne veux pas te mettre dans une position où…

— Il n'y a pas à… Ne t'inquiète pas. C'est un gamin merveilleux et… je l'aime de tout mon cœur, moi aussi.

— Je sais, murmura-t-elle. Je sais que c'est le cas.

Elle lui adressa un petit sourire, empreint des souvenirs de la nuit qu'ils venaient de passer ensemble, de la violence de leur passion, de la douceur du réveil. Mais Angus savait où était le problème : son fils resterait à jamais sa priorité. Quoi de plus normal, après tout ? Les promesses qu'il s'était faites il y avait longtemps lui revinrent en mémoire. Il aurait pu prendre Lucinda dans ses bras. Tout lui avouer. Mais plutôt que de tout risquer, il s'en remit à sa méthode habituelle : laisser Lucinda prendre la décision.

Les mains toujours dans les poches, il s'adossa au mur et déclara :

— Tu peux partir plus tôt, si tu veux. Je finirai. Sonny a l'air d'avoir besoin de toi.

— J'imagine qu'il n'y a pas de raison de rester…

Non, songea Angus avec regret, *aucune*. Ni le fait qu'elle ait admis le désirer depuis longtemps, ni le fait d'avoir passé la nuit ensemble. Ni même le fait qu'il mobilisait actuellement tout ce qu'il lui restait de force pour ne pas la supplier.

Il demeura impassible. Angus était un expert, lorsqu'on

en venait à la dissimulation des émotions. C'était mieux pour tout le monde.

— Alors, je te laisse ?

La fin de sa phrase résonnait comme une question en suspens. Elle était magnifique ainsi, face à lui, tourmentée, les yeux humides. Ils s'en sortiraient. Ils étaient amis, après tout.

— On se voit demain ? demanda-t-elle à nouveau.

— Oui, à demain, confirma-t-il.

10.

Angus avait repris le travail depuis quelques jours, tout entier tourné vers sa tâche : la renaissance de Jouvence. Louis Fournier et son équipe étaient attendus dans moins de deux heures. Il faudrait bientôt les convaincre de jeter à la poubelle le plan validé la semaine précédente… Angus savait qu'il avait raison. La stratégie *kintsugi* était la meilleure et la plus adaptée aux demandes du marché, qui se recentrait vers l'authenticité et le bien-être. Le potentiel était illimité, pour peu qu'on sache le saisir.

Le téléphone sonna de l'autre côté de la paroi vitrée et Angus tourna son regard vers le bureau, pour la millième fois depuis qu'ils étaient rentrés du week-end. Lucinda travaillait, jupe stricte et crayons taillés, ses cheveux rabattus sur une épaule.

Angus se massa vigoureusement les tempes. Il l'avait suivie à Hanover House par peur de la perdre et voilà qu'elle lui échappait quand même. La douleur était insidieuse, qu'il n'arrivait ni à contrôler ni à nommer.

C'en était assez.

— Lucinda ! cria-t-il en se forçant à se lever.

Il la vit se raidir et, quelques instants plus tard, elle entra dans son bureau, muette, son éternel calepin à la main, les sourcils froncés. Comme si de rien n'était. Mais à mieux y regarder, elle avait les joues creusées et une lueur paniquée au fond des yeux qui la trahissait. S'il était déstabilisé par cette situation nouvelle, Angus n'était pas le seul. L'unique manière d'aller de l'avant, c'était de faire semblant. Il avait toujours su compartimenter les choses, ce qui l'avait grandement aidé lors des périodes les plus sombres de son enfance.

Il faudrait bien que cela fonctionne encore.

— C'est à quel sujet ?dit froidement Lucinda.

— J'avais besoin de toi.

Le regard de Lucinda se troubla un instant, avant qu'elle retrouve sa contenance habituelle et se dirige vers son fauteuil rose. Les jambes croisées, concentrée, le stylo suspendu au-dessus de son calepin, elle annonça :

— Je t'écoute.

Il ne put se retenir d'approcher. Lucinda le regardait, ses beaux yeux bruns traversés d'un éclair de tristesse.

— Jouvence, lança-t-il d'une voix rauque. Faisons le point.

— La salle du conseil est prête, le traiteur arrive, le champagne est au frais. Les équipes informatiques travaillent aux derniers ajustements du site, tout devrait être livré dans les temps.

— Parfait.

— Et toi ? demanda-t-elle. Tu te sens prêt ?

Malgré la gêne évidente avec laquelle ils s'étaient adressés l'un à l'autre, ces derniers jours, Angus sentit l'inquiétude transparaître dans la voix de Lucinda. L'affection qu'elle lui portait n'avait pas diminué. Il sentit son cœur se serrer.

— Je le suis, répondit-il.

— Très bien, alors.

Chaque phrase prononcée semblait plier sous le poids des non-dits. Ce qu'ils taisaient les éloignait irrémédiablement l'un de l'autre. Lucinda se leva pour sortir. Si les choses devaient rester en cet état, la situation deviendrait rapidement intenable.

— Luci, appela-t-il dans son dos. Lucinda ?

Elle s'immobilisa, se retourna.

— Oui ?

Je te veux. Je t'adore. J'ai besoin de toi. Je ne peux pas te perdre.

Le cerveau d'Angus stoppa net les paroles qu'il s'apprêtait

à prononcer. Cat avait raison. Il n'y avait pas plus abject que celui qui s'invitait dans la vie d'une mère célibataire sans avoir prévu de se consacrer tout entier à elle.

— Tu sais que je n'aurais rien pu faire de tout ça sans toi, finit-il par dire.

Le regard de Lucinda le transperça comme une lame.

— C'est ce que tu prétends, répondit-elle avec un faible sourire, et je sais qu'une partie de toi en est convaincue. Mais la vérité, c'est que tu n'as pas besoin de moi.

Lucinda fixait sans le voir son bureau, de l'autre côté de la porte vitrée. La joie que son espace de travail lui avait apportée, la légitimité, l'estime de soi, tout semblait désormais un lointain souvenir. Tout était gâché. Par sa faute. Elle avait couché avec Angus, lui avait révélé la vérité sur ses sentiments. Désormais, dès que leurs regards se croisaient, le visage de son patron se teintait de douleur, comme s'il réprimait quelque chose. Que fallait-il faire ? S'excuser ? Continuer à prétendre qu'il ne s'était rien passé ? Ou peut-être devrait-elle le regarder droit dans les yeux et lui annoncer que si elle était amoureuse de lui depuis des années, elle avait désormais l'impression de se noyer.Elle l'avait eu à elle, rien qu'à elle pour un trop court moment, mais le long terme n'était pas au programme. La vie l'avait trop abîmé. Et elle ? Était-elle en train de passer à côté de sa vie ? Sans vraiment savoir où elle allait, elle suivit le couloir jusqu'à l'ascenseur et appuya sur le bouton qui menait à l'étage des ressources humaines.

Le bureau de Fitz avait la même disposition que celui d'Angus, mais alors que celui-ci aimait le calme et l'ordre, l'espace de travail de Fitz était bien plus désordonné, rempli d'objets divers et généralement bruyant. En passant, Lucinda salua Velma qui lui fit signe d'entrer. Fitz leva les yeux en la voyant arriver et lui adressa un sourire chaleureux.

— Tu comptes t'asseoir ou tu préfères rester plantée là ?

Lucinda répondit d'un faible sourire et s'avança jusqu'à l'une des deux chaises placées devant le bureau. En s'asseyant, elle ne put retenir un petit soupir triste.

— Je me demandais quand je te verrais arriver, reprit Fitz. Tu es sacrément forte… Tenir tout ce temps avec un patron pareil, je ne sais pas comment tu as fait. Et revenir travailler, sans avoir rien perdu de ton professionnalisme après ce qui s'est passé ce week-end…

Lucinda se pencha en avant, les joues rouges.

— Tu sais ? Comment ?

— Ma chère, je suis payé pour savoir ce genre de choses. Et plus prosaïquement, je titubais jusqu'à ma chambre, le lendemain de la fête, lorsque j'ai vu Angus rendre sa clé à la réception. Il avait l'air d'un ours blessé. Il n'y a que toi qui puisses le chambouler à ce point.

Lucinda sentit son cœur se serrer. Comment avait-elle pu laisser les choses dégénérer ainsi ?*Parce que tu l'aimes, idiote.*

Elle renifla misérablement et reporta son attention sur Fitz, qui poursuivait :

— Je ne l'ai pas lâché, il a fini par craquer et m'a donné quelques informations. Sans rentrer dans les détails, tu le connais… Mais je n'ai pas eu de mal à assembler les morceaux du puzzle.

— Je ne peux plus continuer comme ça, lâcha Lucinda, les yeux au sol.

Fitz, subitement sérieux, se leva vivement de sa chaise et fit le tour du bureau pour refermer ses bras sur elle en une étreinte réconfortante.

— Je sais. Tu es amoureuse de lui, ce n'est pas difficile à voir…

Elle faillit s'insurger, réfuter ce qu'elle venait d'entendre, mais ne réussit qu'à articuler :

— Est-ce qu'il le sait ?

— Lui ? C'est probablement l'homme le plus intelligent

que j'ai rencontré, mais lorsqu'on en vient aux affaires de cœur, il ressemble à une poule qui aurait trouvé un couteau.

— Ce n'est pas de sa faute.

Fitz laissa échapper un petit rire.

— Il faut être bien amoureuse d'Angus Wolfe pour croire qu'il n'est pas entièrement responsable de sa stupidité, rétorqua-t-il.

Lucinda soupira et laissa reposer sa tête contre l'épaule de Fitz. Elle se sentait nauséeuse. Angus agissait sur elle comme un virus.

— Fitz, j'ai du mal à croire que je suis en train de dire ça, mais je viens te présenter ma démission…

Son interlocuteur ne parut pas étonné.

— Il t'aime aussi, tu sais, lança-t-il comme s'il pouvait lire dans son esprit. À sa manière.

Il était repassé derrière son bureau pour les formulaires nécessaires.

— Je sais, répondit Lucinda. Mais si Angus m'a appris quelque chose, ces dernières années, c'est que je vaux mieux que ça. Ça n'est plus suffisant pour moi. Ne lui dis rien, je t'en supplie… Tout le cirque Jouvence commence dans une heure, c'est trop important pour lui.

— Tu es sûre de toi ? demanda Fitz, les sourcils haussés.

Elle hocha la tête et Fitz, avec un petit sourire amer, lança l'impression du formulaire.

C'était la première floraison de gardénias de la saison. Lucinda se tenait devant la porte de son petit cottage, sous les corniches couleur crème. À 2 heures de l'après-midi…

Après l'entrevue avec Fitz, elle avait retrouvé le chemin de son bureau, malgré l'épais brouillard qui lui embrumait le cerveau. Puis elle s'était réfugiée dans les toilettes, attendant la dernière seconde pour se glisser dans la salle où l'on allait lancer la nouvelle campagne Jouvence. Angus était assis à côté de Louis Fournier. Les jambes croisées, il caressait la fine ligne de sa barbe naissante en une parfaite image de maîtrise de soi.

La réunion s'était ensuite déroulée de façon brillante : analystes et communicants avaient rivalisé d'expertise, diserts, en pleine réappropriation d'image média, redéfinition de la marque et refonte de la présence de Jouvence en ligne. Angus avait attaqué avec la théorie du *kintsugi*, ne s'interrompant même pas pour créditer Lucinda de l'idée. Jouvence célébrerait la femme à tous les stades de sa vie, qu'elle soit mère, fille, sœur ou amie. Au bout de la présentation, Louis avait pris Angus dans ses bras pour une étreinte chaleureuse, murmurant des remerciements, les yeux humides. L'opération était un succès absolu, surtout lorsqu'on considérait la somme de travail abattue au dernier moment, et chacun des employés impliqués nageait en pleine euphorie. Sauf Lucinda, qui s'était éclipsée à la seconde où tout avait été terminé. Le bruit des pas d'Angus l'avait rattrapée dans le couloir.

— Hé, avait-il lancé d'une voix un peu rauque. Ralentis, qu'est-ce qui te presse ?

— J'ai des choses à faire. Tu as été brillant, là-bas.

Elle allait filer mais il l'avait attrapée par le bras, la forçant à se retourner. Elle lui avait fait face.

— Que se passe-t-il ? avait-il demandé.

Elle se rappelait avoir regardé autour d'elle, pour s'assurer que personne ne pouvait les surprendre. Mais personne ne faisait attention à eux. Puis elle avait rejoint le bureau d'Angus et lui avait fait signe de la suivre. Un sourire carnassier était monté aux lèvres de ce dernier. Le mélange d'arrogance et d'intimité qui la rendait folle… Il l'avait suivie à l'intérieur, à des lieues de se douter de ce qui l'attendait. Une fois la porte refermée, elle avait sorti sa lettre de démission et la lui avait tendue…

La porte du cottage s'ouvrit devant Lucinda, la faisant sursauter. Catriona apparut, un toast beurré entre les dents. Elle jeta un coup d'œil à sa montre et lança tout en mâchonnant :

— Je me disais bien que j'avais entendu du bruit. Qu'est-ce que tu fais à la maison à cette heure-ci ?

Lucinda entra.

— J'ai démissionné.

— Quoi ? cria Cat en s'étouffant avec son toast.

Lucinda eut à peine le temps d'accrocher son écharpe aux patères de l'entrée avant que sa sœur se précipite sur elle.

— Dis-moi que tu plaisantes ?

— Je pensais que tu serais contente.

— Comment est-ce que tu peux penser ça ?

— Parce que ça signifie que je ne reverrai pas Angus.

— Et pourquoi est-ce que cela me rendrait heureuse ? demanda Cat en écarquillant les yeux.

— Tu ne l'aimes pas. Tu ne l'as jamais aimé.

— D'abord, ce n'est pas vrai ! s'écria Cat. Et ensuite, depuis quand est-ce que tu te préoccupes de mon avis ?

— Alors tu l'apprécies, tout d'un coup ?

— Luci, je ne plaisante pas. Je suis sérieuse, la nouvelle est bien trop incroyable pour… Enfin, ça n'est pas possible ! Tu ne peux pas quitter Angus !

— Je n'ai pas quitté Angus, j'ai quitté mon travail.

— C'est la même chose.

Lucinda jeta un regard épuisé à sa sœur qui semblait complètement déroutée.

— Cat, s'il te plaît…

Elle ferma les yeux, les images de ses derniers instants passés avec Angus encore fraîches dans sa mémoire. Il avait refusé de prendre l'enveloppe contenant sa lettre de démission, aussi l'avait-elle ouverte, saisissant la feuille de papier entre ses doigts tremblants pour la lui lire elle-même.

— Stop, avait-il dit, la mâchoire serrée, l'interrompant à la moitié.

Elle s'attendait à un refus, une dispute, ou peut-être des aveux. Mais l'homme qui lui faisait face était froid, comme dénué de vie.

— Je n'ai pas besoin de préavis, avait-il fini par articuler.

— Quoi ?

— Va-t'en.

Elle avait reculé d'un pas, comme frappée au ventre.

— Tes mots dépassent…

— Quand m'as-tu entendu dire quelque chose qui dépassait ma pensée ? avait-il aboyé, l'interrompant net.

Et ainsi, sans un mot de plus, elle avait quitté l'homme avec qui elle travaillait depuis plus de six ans. Chancelante. Personne ne l'avait vue partir. Elle avait entendu les échos de la fête en l'honneur de Jouvence, de l'autre côté du couloir…

Elle rouvrit les yeux.

— Il n'a même pas demandé une explication.

Elle avait le regard embué de larmes. Cat prit sa main dans la sienne.

— Il est blessé.

— Lui ? C'est moi qui ai dû supporter ses sautes d'humeur toute la semaine. Son regard qui me fuyait. Comme si j'avais fait quelque chose d'impardonnable ! On était deux, cette nuit-là, dans mon souvenir !

— Ça m'étonnerait qu'il t'ait fui du regard, ce type n'a jamais pu s'empêcher de te dévorer des yeux. Si vous n'étiez pas tous deux également fous l'un de l'autre, ce serait très gênant pour tout le monde, crois-moi !

Lucinda sentit ses poumons se comprimer.

— Comment ça ?

— Tu plaisantes ? On dirait une publicité pour l'amour quand vous êtes ensemble !

Lucinda s'adossa au mur.

— Et ne me lance pas sur la manière dont il te regarde quand tu es avec Sonny, reprit Cat. C'est à fendre le cœur. J'ai l'impression de regarder un orphelin pauvre devant la vitrine d'une confiserie. On dirait Oliver Twist !

— Tu délires complètement. Angus n'a jamais été famille.

Cat croisa les bras sur sa poitrine, les sourcils froncés. Manifestement, elle ne comptait pas reculer d'un pouce.

— Et tu vas me dire sérieusement que tu ne le considères pas comme un membre de la famille ? Qui d'autre que nous trois laisserais-tu seul avec Sonny, lorsqu'il est malade à la maison ?

— Personne, reconnut Lucinda.

— Est-ce qu'il t'a déjà vue pleurer ? T'étouffer en riant ? Te casser la figure en talons hauts ? Jurer ? Est-ce qu'il t'a vue sans maquillage, avec ton horrible châle vert ?

Elle hocha la tête en silence.

— Tu vois, malgré tout cela, il persiste à te regarder comme s'il venait de découvrir une princesse de conte de fées !

Lucinda se laissa glisser jusqu'au sol. Ses jambes ne la portaient plus. Cat, son insupportable sœur, aussi têtue qu'intelligente, s'assit à ses côtés, un petit sourire aux lèvres.

— Ça n'est pas normal, n'est-ce pas ? demanda Lucinda.

— Pour un employeur et son employée ? Non, effectivement. Tu as déjà vu l'un de mes patrons ici ? Tu les as déjà vus me suivre le week-end ?

— Pourquoi est-ce que tu n'en as jamais parlé ?

— Je l'ai fait, à ma façon. J'aurais pu te tendre un miroir, mais à quoi bon ? Tu refuses d'ouvrir les yeux.

Lucinda s'accorda un solide temps de réflexion. Terrifiée par l'abandon, elle avait érigé autour d'elle des murs infranchissables pour la plupart de ses prétendants. Sauf Angus. Angus refusait de se laisser impressionner. Il refusait de se laisser décevoir et refusait de la laisser tomber. Plus elle s'attachait à lui, plus elle avait peur de le perdre.

— J'avais dix-huit ans quand j'ai rencontré Joe. Tu peux le croire ? s'entendit-elle murmurer à Cat. Papa et maman venaient tout juste de mourir. Tu étais de l'autre côté de l'océan, moi à la maison. Seule. Lorsque Joe est arrivé, j'ai cru que ce serait la dernière chance de me sortir de là. Fuir, courir sans me retourner et tout laisser derrière moi, y compris la personne que j'étais. Quand j'ai appris que j'étais enceinte, j'étais submergée de bonheur. Pas à cause de Joe. Parce que l'enfant était à moi. Et que je pourrais l'aimer et être aimée en retour.

Lucinda ne s'était pas rendu compte qu'elle pleurait, jusqu'à sentir le sel de ses larmes sur ses lèvres.

Sonny grandissait. Il abandonnait peu à peu ses jouets de bambin. Il était déjà mûr pour son âge, et elle aurait bien des choses à apprendre de lui : la manière dont il les aimait, dont il leur pardonnait. La manière dont il excusait sa mère lorsqu'elle arrivait en retard du travail. Celle dont il pardonnait à Angus lorsque celui-ci oubliait le nom d'une de ses peluches préférées.

Le fait qu'Angus connaisse les noms des peluches de son fils aurait dû être un signal. Comme un de ces grands panneaux d'autoroute, qui font clignoter des messages urgents.

Il l'aimait. Angus l'aimait. Et ce depuis longtemps.

— Mais… Mais j'ai démissionné, balbutia-t-elle, les larmes coulant librement le long de ses joues, alors qu'elle réalisait la portée de son acte.

— Alors dé-démissionne.

— Je ne suis pas sûre de pouvoir m'en tirer comme ça. Je ne sais même pas si je devrais. Est-ce qu'il me reprendrait seulement ? Je l'ai blessé, tu as raison. La seule personne sur qui il savait pouvoir compter l'a laissé tomber, alors qu'il était en train de savourer l'un des meilleurs moments de sa carrière. J'aurais dû lui parler. Lui dire ce que je ressentais. Au lieu de cela, je l'ai traité comme si son opinion sur notre relation n'avait aucune importance à mes yeux. Je l'ai trahi…

— Viens ici, dit Cat en l'attirant à elle.

Lucinda se fondit dans l'étreinte que lui prodiguait sa sœur. Pour le reste, on verrait demain.

11.

— Hola, doucement, patron ! Reprenez votre respiration !

Angus pila devant le bureau de Fitz : Velma, de toute sa forte carrure, lui barrait le passage. Il n'y avait qu'elle pour l'arrêter. Une ancienne lutteuse, tout de même…

— Je dois lui parler, gronda-t-il. Tout de suite !

— N'oubliez pas que ce garçon fait partie de votre famille, qu'il a une immense affection pour vous et prend vos intérêts très à cœur.

— Laisse-le entrer, Velma, lança Fitz de son bureau.

Velma s'écarta avec réticence et Angus se jeta dans la pièce comme un taureau lâché dans l'arène.

— Assieds-toi donc, dit son cousin d'un ton jovial.

— Certainement pas !

— Bon, si tu tiens à rester debout… Je présume que tu viens parler de la délicieuse Lucinda, déclara Fitz en lui jetant un regard noir.

— Elle a démissionné, grommela Angus.

— Exact.

— Et tu l'as laissée faire !

— Parce que j'avais le choix ? J'aurais dû l'attacher à son bureau, peut-être ?

— Il fallait m'appeler, me prévenir…

— Tu aurais pu la dissuader, tu crois ? À moins de la séquestrer…

Les mâchoires d'Angus se crispèrent.

— Elle ne peut plus travailler pour toi, Angus, pas après ce qui s'est passé, reprit Fitz en soupirant.

— Mais rien ne s'est passé, rien du tout, jamais ! Jusqu'à ce dernier week-end…

— Angus, mon grand, il se passe quelque chose chaque fois que vous êtes dans la même pièce. L'air se met à crépiter et la température monte de plusieurs degrés. Il n'y a que toi pour l'ignorer…

Angus se laissa tomber dans le premier fauteuil et se prit la tête à deux mains. Tout le monde était-il au courant de ce qu'il s'était si longtemps caché ?

— Elle a quitté les lieux il y a un moment déjà, poursuivit Fitz. Pas très en forme…

Angus n'avait pas besoin de cette précision, vu le regard de Lucinda quand il l'avait congédiée. On aurait cru qu'il venait de la gifler.

S'il avait voulu tirer un trait sur leur histoire, après qu'elle lui avait signifié qu'en dépit de leur nuit ensemble elle ne voyait pas de futur pour eux, il avait très bien réussi. Au-delà des espérances… Il se passa une main lasse sur le visage.

— Je ne peux pas m'en sortir sans elle.

Aucun des deux cousins ne parvenait à envisager quelqu'un d'autre à la place de Lucinda. Ni une journée sans son sourire.

Angus n'arrivait pas à se figurer une vie dont elle serait absente. Mais la vie avec elle… Ou plutôt elle dans sa vie ? Elle ne voulait pas de lui…

Lucinda avait dit à son fils qu'Angus n'était pas prêt pour la paternité. Qu'il ne pourrait s'occuper de personne tant qu'il n'aurait pas appris à prendre soin de lui-même. Mais cela faisait des années qu'il tenait le rôle de père auprès de Sonny ! À cela, il était plus que prêt car il l'aimait comme un fils. Mais il avait aussi besoin de Lucinda, comme de l'air qu'il respirait. Il ne raffolait pas tant que ça des séries pour ados que diffusait Netflix, mais cela lui fournissait une excuse pour l'appeler tard le soir. L'entendre le stimulait, elle était son carburant, son défi perpétuel. Elle lui avait appris à vivre, à rire et à aimer.

Soudain, les rouages de sa vie lui semblèrent enfin en place. Le bourdonnement constant de ses tempes se calmait, les fers qui enserraient son cœur tombaient d'eux-mêmes : il savait ce qu'il avait à faire.

Il se leva d'un bloc.

— Sa lettre de démission, elle m'est adressée. Elle ne démissionne pas de Big Picture. Donc, elle peut continuer à travailler pour le groupe…

— Tu ne me crois pas assez malin pour y avoir pensé ? Il n'y a pas que toi qui réfléchis, ici ! Nous devons nous voir demain pour en parler.

— Tu ne comptes pas en faire ton assistante, Fitz ?

— Si je remplace Velma, elle meurt de chagrin ! Non, je ne sais pas à quoi je vais bien pouvoir…

— Ça tombe bien, parce que, moi, je sais.

Il avait beau être au faîte de la réussite, avoir atteint tous les buts qu'il s'était fixés, il n'avait pas su rêver assez grand. Cette fois, il s'y autoriserait.

— Tu es prêt ? lança Fitz à la porte.

— J'arrive.

Il avait tourné et retourné ses plans dans sa tête, vérifiant qu'il ne laissait rien au hasard. Car Lucinda n'était plus là pour lui rappeler ce qu'il risquait d'oublier… Il lui semblait qu'elle était partie depuis des mois et non quelques jours. Il avait dû se débrouiller sans elle, appeler le département informatique quand son ordinateur plantait et charmer seuls ses clients. Aujourd'hui était le jour où elle revenait. Elle avait pris une semaine de congé, on lui devait bien cela, avait précisé Fitz. Ne serait-ce que pour lui laisser le temps de réfléchir au poste qu'on lui proposait.

Une belle promotion : reprendre le rôle de Charlie comme

directeur financier. Charlie était un garçon brillant mais il était incapable de diriger un département. Quand Angus en avait discuté avec lui, Charlie en avait presque pleuré de soulagement tant la charge lui pesait. Il se recentrerait sur son cœur d'activité. Avec son assistant, Kumar, ils ne vivraient plus qu'avec leur calculatrice en main, à s'occuper de gagner de l'argent avec celui des clients de Big Picture. Pendant ce temps, Lucinda dirigerait le département. Et le ferait tourner.

La première question de Lucinda avait été de savoir si Angus serait d'accord. Fitz avait répliqué que c'était précisément l'idée d'Angus…

— Salle de réunion, vite ! le pressa Fitz.

Angus sortit à sa suite et croisa le bureau de Lucinda, étrangement déserté, sans papier ni crayons, sans rien. Il ouvrit un tiroir. Vide. Mais en le refermant il entendit rouler au fond un crayon 2B. Il s'en saisit et le manipula un instant. Un sourire s'épanouit sur son visage. Des crayons à papier à deux sous, ses préférés… Lucinda ne se donnait pas de grands airs, ne faisait pas semblant. Elle était à prendre ou à laisser. Et c'était heureux.

S'accrochant au crayon comme à un talisman, il rejoignit la salle de réunion. Fitz s'y trouvait, en grande discussion avec Velma qui souriait, chose inhabituelle chez elle. Charlie et Kumar étaient assis par terre, adossés au mur, à regarder une vidéo sur un portable. Sans doute les fluctuations du marché. Ou l'atterrissage d'un OVNI…

Angus prit place à la table. Il avait l'impression qu'un feu d'artifice allait éclater dans ses entrailles.

— Désolée !

Il se figea alors que Lucinda entrait en coup de vent dans la pièce. Puis toute sa tension s'évacua, d'un coup. Plus jamais il ne laisserait passer une semaine sans la voir.

— Désolée, reprit-elle, je ne trouvais pas… Enfin, le truc que je cherchais. Désolée.

Fitz leva le pouce pour lui signifier que tout allait bien. Elle marcha alors vers Charlie, visiblement nerveuse. Après tout, elle allait devenir sa supérieure hiérarchique… Mais Charlie étant Charlie, il se leva et la serra dans ses bras.

Puis elle s'assit, lumineuse, comme toujours. Angus était-il le seul à percevoir son aura ? Ce reflet d'or dans ses cheveux, était-ce simplement le soleil dont un rayon se posait sur elle ? En tout cas, il ne pouvait détacher les yeux de son doux visage.

— Bon. Charlie, Kumar, lança Fitz, intéressez-vous un peu à ce qu'on fait et soyez avec nous. Prêt, tout le monde ?

Lucinda intervint.

— Euh…, non. Je n'ai pas de crayon… J'en ai bien cherché un mais je ne trouvais pas le bon. C'est idiot, non ? Un crayon, c'est un crayon…

Angus s'éclaircit la gorge et il vit Lucinda se raidir. Sans même le regarder, elle savait que c'était lui qui faisait ce bruit-là, tout comme il aurait reconnu son parfum entre mille. Son rire entre mille. Et le sourire qu'elle réservait à ceux qu'elle aimait vraiment. Elle leva les yeux vers lui. Quand son regard – ce beau regard de biche, chaleureux, intelligent – se posa sur lui, Angus eut l'impression qu'on lui décochait un coup de poing.

Toute l'assemblée semblait figée, retenant son souffle dans l'attente de ce qui allait se passer.

Lentement, comme au ralenti, il fit rouler vers elle, sur la table, le crayon qu'il avait pris dans son ancien bureau. Qu'elle avait laissé quand elle travaillait encore tout près de lui, quand il la voyait courbée sur son calepin et qu'il la savait à son côté. Louis Fournier avait été le premier homme à voir en lui autre chose qu'un sale gosse ambitieux mais Lucinda était la première femme à croire en lui. À le voir pour ce qu'il était, pas une opportunité de carrière mais un homme avec ses qualités et ses défauts, ses frustrations et son passé qui le rendait plus fort. Un homme qui voyait le monde non pas tel qu'il était mais tel qu'il pourrait être. Lucinda se saisit du crayon au vol.

— Oh ! bon sang, Lucinda, dit Velma de sa voix de stentor, si vous cessiez de regarder Angus comme le Messie ? Je n'ai pas que cela à faire, moi !

Angus reprit ses esprits et vit Lucinda qui le contemplait, les joues rosies par l'émotion. Dans son regard passaient tous les sentiments qu'il n'avait pas su y voir et qu'il découvrait d'un coup. À force d'aveuglement, il avait failli perdre la personne la plus importante de sa vie.

— Très bien, lança Fitz. Velma a du pain sur la planche, alors allons-y ! Au travail !

— Je ne vois aucun travail à faire, décréta Velma posément, si ce n'est de régler cette histoire entre Angus et Lucinda. Une bonne fois pour toutes.

— Pardon ? s'étrangla Lucinda. Quelle histoire ?

— Une histoire de fous, précisa Fitz.

— Ça suffit, tout le monde, dit Angus. Velma a raison. Cette réunion ne concerne que Lucinda et moi, donc, vous pouvez vaquer à vos occupations.

Les yeux de Lucinda s'arrondirent comme devant un fantôme.

Le reste de l'équipe prit la direction de la porte et, quand ils furent seuls, Angus reprit la parole.

— Félicitations. Notre département Finances avait besoin d'un coup de fouet. Tu vas le redresser en un tournemain.

Le sourire de Lucinda monta presque à ses yeux.

— J'ai hâte d'essayer, en tout cas. Fitz m'a dit que l'idée venait de toi… Charlie a besoin de moi. Pas toi, Angus. Toi… tu n'as besoin de personne.

Longtemps, il l'avait cru, lui aussi.

— Tu te trompes, dit-il en se levant et en marchant vers elle. Tu ne sais pas ce dont j'ai besoin.

Il s'arrêta à deux mètres d'elle, comme si, à s'approcher plus, il n'aurait pu résister à l'envie de la toucher. Avant cela, il y avait des choses à dire.

— J'ai un cadeau pour toi, poursuivit-il.

Elle porta la main à son cou, surprise. Ce fut alors qu'il

aperçut la petite coccinelle en or et en émail qu'il lui avait achetée des années plus tôt. Et en la voyant, toutes ses craintes s'évaporèrent.

— Pour moi ? Mais ce n'est pas mon anniversaire.

— Non, mais…

Angus ouvrit la porte et Louis Fournier apparut.

— Monsieur Fournier ? Tout va bien ?

— Merveilleusement bien, ma chère, dit ce dernier en lui tendant une pochette de satin vert tendre.

Elle la prit et sollicita Angus du regard.

— Ouvre, dit-il d'une voix un peu rauque.

D'une main légèrement tremblante, elle dénoua le ruban et dégagea du sachet un flacon de parfum.

Une bouteille très spéciale… Car Angus avait rajeuni le parfum fétiche de Jouvence, celui-là même que son père offrait à sa mère chaque année. Il en avait sorti une édition spéciale qui lui avait coûté une fortune, faisant travailler les meilleurs nez sur la nouvelle fragrance et commissionnant les maîtres verriers de Venise pour le flacon. La couleur avait changé, elle était maintenant vert printemps, le vert favori de Lucinda. Et sur l'étiquette, les mots *Un Jour*, en écriture cursive, figuraient toujours, mais en dessous Angus avait fait ajouter *Chaque Jour*.

Lucinda leva vers Angus des yeux emplis de larmes. Puis elle se tourna vers Louis Fournier qui la regardait avec tendresse.

— Tout ceci est le travail d'Angus, précisa le vieux monsieur. Il peut être très convaincant quand il s'est donné une mission, et travailler très vite. Surtout, ma chère, quand sa mission, c'est vous…

Elle reporta son regard sur Angus, alors qu'un murmure montait de la porte restée entrouverte.

— Alors ? Qu'est-ce qu'il y a dans la pochette ? chuchota Kumar.

La fine équipe était restée collée à la porte…

— Chut ! dit Velma, ne le distrayez pas, il va finalement se décider !

Angus préféra les ignorer. Ce n'était pas difficile alors que Lucinda le regardait droit dans les yeux.

— Tu aimes ? demanda-t-il en désignant le flacon.

— Je… Je ne sais pas quoi dire.

— D'habitude, il n'y a pas moyen de t'arrêter quand on te demande ton avis !

Lucinda émit un rire étranglé. Le sourire qui naquit dans ses yeux illumina son beau visage.

— Tu as vraiment réalisé cela… pour moi ?

Angus hocha la tête.

— Mais tu m'avais dit de partir, reprit Lucinda. Quand j'ai voulu donner ma démission, tu ne m'as pas laissée m'expliquer.

— Tu avais bien dit à Sonny que je ne voulais pas être son père sans me donner une chance de dire ce que j'en pensais.

Elle déglutit, s'humidifia les lèvres.

— C'est vrai. Et qu'en pensais-tu ?

— Que vous avoir dans ma vie l'a transformée. Si tu ne le sais pas, c'est que j'ai été terriblement négligent. Je vais m'assurer, dorénavant, que tu comprends toute l'importance que tu as pour moi, à quel point tu m'es nécessaire et combien je t'aime. Combien je t'aimerai. *Chaque jour.*

Elle s'approcha et lui donna une légère tape sur la poitrine avant d'agripper sa chemise.

— Alors pourquoi n'en as-tu rien dit ? murmura-t-elle. Pourquoi ne pas me l'avoir dit si c'était la vérité ?

— Je crois que je n'en étais pas conscient pleinement, ma chérie, mais c'est bien fini ! Je t'aime et je te veux, pas plus tard que maintenant !

Il prit le visage de Lucinda entre ses mains et l'embrassa passionnément.

— Classé X, soupira Velma dans l'embrasure de la porte. Et devant un client, en plus !

Le P-DG de Jouvence agita sa main élégante en direction de la porte.

— N'oubliez pas que je suis français. Un baiser n'est pas pour m'effrayer.

Angus, oublieux des témoins de la scène, approfondit le baiser, voulant la goûter, savourer leurs désirs mêlés. Lucinda s'écarta soudain.

— Je t'aime aussi, tu le sais, n'est-ce pas ?

— Je le sais.

— J'aurais dû te le dire bien avant : je t'aime depuis toujours, j'étais heureuse de t'aimer sans piper mot mais je vais l'être bien plus dès lors que je peux t'aimer au grand jour. Tu es mon crayon 2 B à moi et je ne te lâcherai jamais.

— Qu'est-ce qu'elle a dit ? demanda Fitz.

Louis secoua la tête, dépassé.

— Sais pas, un truc au sujet d'un crayon.

— Les réunions, de nos jours, ce n'est plus ce que c'était, grommela Kumar. Normalement, on doit entendre ce que disent les autres participants.

— Ça suffit, décida Fitz, éloignant tout le monde de la porte. Retournez au travail, tout de suite !

Louis se retira en leur compagnie et quand ils se retrouvèrent seuls, Angus laissa échapper un soupir de soulagement.

Enfin, enfin, il n'y avait plus que Lucinda et lui.

— Tu es prête pour cette vie, chérie ?

— Je suis née pour… Et toi ?

— Archiprêt. Je brûle de commencer !

Épilogue

Lucinda transporta les trois gobelets de café brûlant au-dessus de la tête des spectateurs assis. Le vent glacé de l'hiver soufflait sur Melbourne et la faisait frissonner. Elle rejoignit Tilda et Francine sur un banc de bois, juste derrière la barrière du terrain de foot où s'entraînait Sonny avec les enfants des deux jeunes femmes. Elles se poussèrent pour lui faire place et prirent avec reconnaissance le café tout chaud.

— J'ai raté quelque chose ? demanda Lucinda alors que Sonny s'élançait à la poursuite du ballon.

— Pas vraiment, dit Tilda. J'ai l'impression qu'ils tournent tous en rond mais je n'y connais pas grand-chose…

Lucinda se mit à rire. C'était agréable d'avoir le temps de suivre son fils sur les terrains de foot et de lier connaissance avec d'autres mères qui, elles aussi, jonglaient avec des emplois du temps ultra-chargés. Le fait de ne pas être la seule dans ce cas la faisait se sentir un peu moins coupable… Sa vie avait tellement changé ces derniers mois ! Elle avait commencé par prendre une décision importante : elle ne se laisserait plus intimider par rien. À partir de là, beaucoup de bonnes choses avaient changé.

Le poste de responsable du département financier lui imposait moins d'heures de travail, ce qui lui permettait de conduire Sonny à l'école ou d'aller le récupérer. Et de l'accompagner à l'entraînement…

Comme Lucinda était plus présente, Cat pouvait souffler un peu. Elle était à Londres pour écrire des articles. Fitz la suppliait de rentrer en disant qu'il s'ennuyait sans elle mais elle faisait la sourde oreille. Pour autant, il ne désarmait pas.

Sonny n'avait jamais été plus heureux. Elle le sentait dans chacun de ses mouvements, dans chacune de ses respirations. Même de loin, alors qu'elle le voyait courir sur le terrain.

Il ne lui fallut pas longtemps pour chercher une autre silhouette : celle du coach de Sonny. Cet entraîneur était vraiment quelqu'un. Incroyablement sexy. Même en tenue de sport…

Les bras tendus, le coach, que tous les enfants appelaient Angus – *son* Angus –, ramena la petite troupe sur le bord du terrain pour leur redire quelques règles simples.

Le cœur de Lucinda se gonfla de fierté : Angus et Sonny formaient une belle équipe, l'un heureux d'apprendre à l'autre et l'autre débordant d'enthousiasme et de volonté de progresser.

Lorsque la fin de la partie arriva, Francine s'adressa à Lucinda :

— Est-ce qu'on a pensé à te remercier de nous avoir prêté Angus ? L'entraîneur de l'an dernier était complètement nul comparé à lui…

Lucinda se leva en riant.

— Oh ! je file avant d'en entendre plus à son sujet. Et je suis ravie de vous voir apprécier Angus !

Elle rejoignit les membres de l'équipe qui étaient en train de sucer des quartiers d'orange pour se remettre de la dépense physique.

— Tu as vu, maman ? cria Sonny en l'apercevant.

— Oui, beau travail d'équipe, approuva-t-elle tout en regardant Angus dont le soleil éclairait le beau profil. Salut, coach !

— Salut, toi !

Il se pencha pour l'embrasser et la moitié des enfants pouffèrent de rire. Angus sourit, et ses yeux noisette pétillèrent. Comment pouvait-on être aussi sexy sur un terrain de sport ? se demanda Lucinda.

— Ça s'est bien passé ? ajouta-t-elle.

— J'adore les voir progresser. Et Sonny ne ménage pas ses efforts…

Angus couva son équipe d'un regard protecteur.

— Merci d'aimer mon fils, murmura Lucinda.

— Merci de me laisser l'aimer.

— Est-ce que je t'ai dit aujourd'hui à quel point je t'aimais toi ?

— Une ou deux fois, oui, dit-il en prenant sa main et caressant sa paume du pouce.

Lucinda enfouit son visage dans le cou d'Angus. Partager sa vie, c'était vivre au paradis sur terre.

— Oh ! les amoureux ! chanta l'équipe en chœur.

— Du calme, la petite classe, recommanda leur entraîneur. Filez aux vestiaires, je vous rejoins.

La troupe s'envola telle une volée de moineaux.

— Tu sais, reprit Angus pensivement, on devrait pouvoir générer des ressources pour ce petit club…

— Tu penses à le faire sponsoriser ?

Angus la regarda, émerveillé.

— Tu y avais pensé, toi aussi ? Décidément, toi et moi n'avons qu'un seul et même cerveau.

— Dans deux corps différents, c'est plus rigolo, répliqua Lucinda en souriant.

Déjà le regard d'Angus se perdait au loin. Lucinda savait qu'il passait mentalement en revue les clients qui pourraient être intéressés par ce sponsoring. Car même s'il avait réduit ses heures de bureau, Angus ne cessait jamais de réfléchir.

Elle le laissa rejoindre les enfants au vestiaire et repartait lorsque son téléphone sonna. Elle sourit en reconnaissant la voix chaude et sexy de la sonnerie qu'elle connaissait si bien : *Lucinda, décroche…*

Le message qu'elle découvrit sur son répondeur lui décrivait très exactement ce qu'un certain coach comptait faire avec elle une fois la nuit tombée. Elle interrompit son écoute avant que ses oreilles deviennent écarlates, et se retourna vers le terrain. Angus la regardait, son téléphone à la main.

Elle leva le pouce en signe d'acquiescement. Pas question pour elle d'effacer ce message, même si elle devait rougir à chaque fois qu'elle le réécouterait. Et après tout, peut-être ne l'effacerait-elle jamais. Il resterait pour elle le symbole de sa fidélité en amour.

CAROL MARINELLI

Un dangereux fiancé

Traduction française de
LOUISE LAMBERSON

AZUR

HARLEQUIN

Titre original :
SICILIAN'S SHOCK PROPOSAL

Ce roman a déjà été publié en 2016.

Prologue

— Il y a une femme, à l'accueil, qui souhaiterait vous voir…

Luka Cavaliere leva les yeux de son écran d'ordinateur et regarda Tara, son assistante.

— Elle s'est présentée comme… votre *fiancée* ! poursuivit celle-ci d'un ton condescendant.

— Dites à Amber de la laisser monter.

— Pardon ? s'exclama Tara d'un air estomaqué.

Comme il se concentrait de nouveau sur son écran et que, manifestement, elle avait peine à croire qu'il puisse connaître la visiteuse, elle insista :

— Luka ? Vous…

— Je ne vous ai pas déjà dit que je n'aimais pas répéter mes instructions ?

— Vous cherchez un prétexte pour me renvoyer, n'est-ce pas ? demanda la jeune femme d'une voix sourde. Vous voulez que je m'en aille…

En effet.

— C'est parce que nous avons fait l'amour, c'est ça ? poursuivit-elle.

Luka aurait pu corriger le propos, mais s'en abstint. Il ne faisait jamais *l'amour.* Il *couchait.* Avec beaucoup de femmes, d'ailleurs.

Sa fortune attirait des créatures superficielles qui, hélas, désiraient toujours davantage que ce qu'il était prêt à leur offrir. Par conséquent, il n'aurait jamais dû s'impliquer avec sa nouvelle assistante. D'autant que celle-ci commençait juste à se montrer efficace.

— Je n'ai pas l'intention d'en discuter avec vous, Tara. Faites-la monter.

— Mais vous ne m'aviez pas dit que vous étiez fiancé… Ni même que vous aviez quelqu'un…

Franchement agacé, à présent, il la coupa d'un ton brutal.

— Prenez votre temps pour déjeuner. En fait, vous pouvez même prendre tout votre après-midi.

Quand son assistante laissa échapper un sanglot étouffé, puis sortit enfin de son bureau en claquant bruyamment la porte, Luka ferma un instant les yeux. Pas à cause de l'éclat de Tara, ni même du bruit de la porte.

Pour se préparer à affronter la visiteuse.

Car il y avait bien quelqu'un. Dans sa tête, sinon dans sa vie. Il y avait *toujours* eu quelqu'un.

Et ce quelqu'un était là.

Il se leva et s'avança vers la fenêtre donnant sur la rue. Après toutes ces années, Sophie et lui allaient se retrouver à Londres, la ville où ils avaient projeté de vivre leurs rêves…

Jusqu'à présent, Luka avait toujours pensé que s'ils se retrouvaient un jour, ce serait à Rome, où il séjournait régulièrement. Ou même à Bordo del Cielo, la petite ville côtière de Sicile où ils avaient grandi tous les deux. De son côté, il n'y était retourné qu'une fois, à l'occasion des obsèques de son père, un an plus tôt. Mais il y retournerait peut-être une toute dernière fois, si Paulo, le père de Sophie, désirait être enterré là-bas. Et si lui-même se décidait à y aller pour lui rendre hommage.

En tout cas, la fin de Paulo approchait. Et Luka pressentait que c'était pour cette raison que Sophie venait le voir.

Il enfonça la main dans la poche de sa veste et en sortit la fine chaîne d'or et la simple croix, qu'il tint quelques instants au creux de sa paume. Oui, il se rendrait une dernière fois à Bordo del Cielo, car ces reliques devaient accompagner Paulo dans la tombe.

Lorsqu'on frappa à la porte, il sursauta en se rappelant l'après-midi lointain où elle avait frappé ainsi.

Sa vie aurait-elle été plus facile s'il ne lui avait pas ouvert, ce jour-là ? Peut-être.

Après avoir remis la chaîne et la croix dans sa poche, il s'éclaircit la gorge et dit d'un ton neutre :

— Entre.

Mais il resta le dos tourné à la porte.

— Ton assistante m'a chargée de te dire qu'elle donnait sa démission. Elle a dit aussi que j'étais « la dernière goutte »...

Sa voix, bien qu'un peu crispée, contenait toujours la même inflexion caressante. Et, alors que Luka se targuait de ne pas avoir peur de grand-chose, il ne se décidait toujours pas à se retourner.

Il se mit à souhaiter que les années ne se soient pas montrées indulgentes envers elle ; qu'elle ait terriblement vieilli, ou soit enceinte de triplés, par exemple... N'importe quoi, à condition que sa flamme en soit atténuée.

Mais lorsqu'il se retourna enfin, il fut forcé de reconnaître que le temps s'était montré cruel... envers lui. Parce qu'elle était encore plus belle, plus fascinante qu'autrefois.

Sophie était vêtue d'une robe à la coupe sobre d'un bel ivoire qui mettait en valeur des courbes ravissantes ; ses longs cheveux noirs et brillants étaient noués en chignon classique sur la nuque.

Ces cheveux qu'il revoyait ruisseler sur ses épaules nues.

Lentement, Luka baissa les yeux et contempla ses jambes à la peau mate, ses mollets aux muscles fins mis en valeur par des chaussures à hauts talons, d'un beige raffiné.

Il obligea ses yeux à remonter, mais ne put aller au-delà de sa bouche. Ses lèvres pleines restaient serrées, alors qu'autrefois elles riaient et souriaient. Soudain, il se les rappela explorant l'endroit le plus viril de son anatomie, et il ne put réprimer un frémissement.

Puis il se risqua à regarder ses yeux de velours sombre. Ils brillaient comme le jour où ils s'étaient séparés. De haine.

— Bonjour, Sophie, dit-il en inclinant brièvement la tête.

Devait-il lui serrer la main ? L'embrasser sur les deux joues ? Il lui désigna une chaise.

Elle s'assit, posa son sac de créateur à côté de ses pieds, et croisa élégamment les chevilles.

— Tu as l'air en forme, fit-il remarquer d'un ton neutre.

Les subtils effluves émanant d'elle lui montaient à la tête, évocateurs de souvenirs brûlants.

— Oui, je vais bien, acquiesça-t-elle en lui adressant un sourire guindé. Et je suis très occupée.

— Tu travailles ? Sur les paquebots, comme tu le désirais ?

— Non. Je suis organisatrice d'événements.

— Vraiment ? demanda Luka sans chercher à dissimuler sa surprise. Toi qui étais toujours en retard…

Il baissa les yeux sur la bague ornant son doigt, un anneau d'or serti d'un rubis. Un bijou un peu vieillot, qui paraissait déplacé sur sa main si fine.

— Tu ne me demandes pas pourquoi je suis venue ?

Lentement, Luka fit remonter son regard, et le plongea dans celui de la seule femme avec qui il avait *fait l'amour*.

— Je suppose que tu vas me le dire, non ?

Il savait bien pourquoi elle était venue le voir, mais il tenait à l'entendre le lui dire, juste pour le plaisir de savourer son embarras.

— Il se pourrait que mon père sorte de prison vendredi prochain, par mesure humanitaire.

— Je suis au courant.

— Comment ça ?

— Il m'arrive de regarder les infos, répondit-il d'un ton sarcastique.

Elle se contenta de le toiser en silence.

— Comment va-t-il ? reprit Luka d'une voix plus douce.

— Ne fais pas semblant de t'intéresser à lui…

— Je t'interdis d'insinuer que je me moque de son sort ! rétorqua-t-il en la foudroyant du regard.

Cette fois, elle battit rapidement des cils.

— Mais pourquoi suis-je surpris par ton attitude ? poursuivit-il. Tu en avais décidé ainsi avant même que le jury ait rendu son verdict.

— Il s'éteint doucement, dit-elle après s'être éclairci la gorge. Par moments, son esprit s'embrouille un peu.

— J'en suis désolé.

— C'est ce qui arrive quand un innocent est incarcéré.

Luka s'abstint de tout commentaire, mais Paulo n'était pas aussi *innocent* que Sophie le laissait entendre.

— Mais que sait un Cavaliere de la prison ? ajouta-t-elle.

— J'ai été incarcéré durant six mois en attendant le procès, dont deux en isolement, lui rappela Luka. Fais-tu allusion au fait que mon père a été déclaré non coupable ?

— Je n'ai pas envie de parler de cet homme.

Elle répugnait apparemment à le nommer. Alors comment réagirait-elle si elle apprenait la vérité ? Tout à coup, Luka eut envie de sortir la chaîne et la croix et de les jeter sur son bureau, afin d'en finir une fois pour toutes.

— Pourquoi es-tu ici, exactement, Sophie ? N'avons-nous pas rompu définitivement, il y a longtemps ?

— Ne crois surtout pas que je sois venue pour des raisons sentimentales !

— Heureusement… Parce que sinon tu aurais perdu ton temps.

— Je sais. En revanche, mon père croit que tu as tenu ta promesse. Il pense que nous sommes fiancés et que nous vivons ensemble à Rome.

— Qu'est-ce qui lui fait penser ça ?

— J'ai préféré lui mentir, pour le rassurer. Et parce que je croyais qu'il finirait sa vie en prison. Mais maintenant qu'il va sans doute sortir, il faut continuer à jouer le jeu. Je lui ai dit que si tu avais parlé ainsi au tribunal, c'était pour essayer de le protéger.

— C'était le cas. J'ai dit ce que j'ai dit dans l'espoir de le protéger, en effet. Ou plutôt pour *te* protéger. Mais quand j'ai tenté de te l'expliquer, tu as refusé de te mettre à ma place.

Il s'interrompit et, l'espace d'une seconde, s'imagina vivant avec elle… Ce serait impossible, conclut-il aussitôt.

— Ça ne fonctionnerait pas.

— Il *faut* que ça fonctionne ! Tu me le dois.

— C'est vrai, reconnut Luka. Mais en plus du fait que ni toi ni moi ne pourrions supporter de nous trouver longtemps dans la même pièce, j'ai ma vie. Je fréquente…

— Je m'en fiche, coupa-t-elle d'un ton vif. Tu peux bien mettre ta vie de côté pendant quelque temps ! Tu es riche, Luka, tu mènes une existence privilégiée et tu as toutes sortes de relations dans le monde entier, je sais… Mais tu es de Bordo del Cielo — tu ne peux pas y échapper. Et tu as beau collectionner les conquêtes comme d'autres les timbres-poste, tu ne peux pas effacer le passé comme ça. Nous avons été *promis* l'un à l'autre depuis notre enfance — et chez nous, cela signifie vraiment quelque chose !

Les yeux étincelants, elle s'interrompit une seconde.

— Alors, tu acceptes de m'aider à adoucir les derniers jours de mon père et à faire en sorte qu'il meure en paix ?

— Tu veux que je m'installe chez toi et que nous fassions semblant de vivre ensemble ?

— Non, je sais que tu as un appartement à Rome… C'est moi qui m'installerai chez toi.

— Et pourquoi pas chez toi ?

— Je vis avec Bella. Tu te souviens d'elle ?

S'il se souvenait de Bella ? Certes…

— Vu qu'elle dirige sa société depuis l'appartement, nous la dérangerions. Et puis, ça paraîtrait bizarre que nous vivions en couple, et avec elle.

— Et notre charmant couple partagerait-il le même lit ?

— Mon père trouverait bizarre que nous dormions séparément…

— Y aurait-il du sexe ? insista Luka en haussant un sourcil.

Au lieu de rougir comme il l'espérait, elle répliqua avec calme :

— Je ne pense pas. Depuis cet après-midi où nous… Vu ce qui s'est passé ce jour-là… j'ai développé une phobie vis-à-vis de ce genre de choses…

Luka la regarda en haussant les sourcils. Sous-entendait-elle qu'il n'y avait eu aucun homme après lui ? Un léger vertige lui monta à la tête à cette pensée, qu'il domina aussitôt.

— Mais si c'est la condition pour que tu acceptes, d'accord : il pourra y avoir du sexe.

— Je croyais que c'était Bella, celle qui s'offrait facilement.

— Nous pouvons toutes le faire, répliqua-t-elle avec une pointe d'agressivité. Alors, oui, s'il le faut, je…

— Non, merci, l'interrompit-il. Le sexe par charité ne m'intéresse pas, et les martyres ne m'ont jamais excité. Je préfère les partenaires consentantes.

Quand elle déglutit, Luka fut certain qu'elle repensait aux moments fabuleux qu'ils avaient vécus ensemble.

— Et tu sais à quel point j'aime les femmes qui prennent des initiatives, n'est-ce pas ? insista-t-il.

— Eh bien, il n'y aura pas de sexe, alors. Parce que je ne prendrai *aucune* initiative. Bon, tu acceptes, ou pas ?

— J'ai besoin d'un peu de temps pour y réfléchir.

— Mon père sortira peut-être vendredi…

— Laisse-moi ta carte, Sophie. Je t'appellerai dès que j'aurai pris ma décision.

Après avoir fouillé quelques instants dans son sac, elle redressa la tête et, pour la première fois, eut l'air troublé.

— Je n'en ai pas sur moi.

— Eh bien, donne-moi ton numéro de téléphone.

— Je t'appellerai, répliqua-t-elle en se levant.

Après avoir fait volte-face, elle se ravisa et se retourna.

— Tu me le dois, Luka, insista-t-elle. Nous étions promis l'un à l'autre, et tu m'as pris ma virginité.

— *Pris* ? répéta-t-il en plissant les yeux. Quelle drôle de façon d'exprimer les choses… Parce que tu vois, dans mon souvenir…

À présent, une rougeur délectable se répandait sur son cou et gagnait ses joues.

Luka contourna le bureau et vint se camper devant elle.

— Vas-tu me sauter au cou, comme autrefois ? À moins que tu ne préfères un banc de cuisine à un bureau ?

Cette fois, elle eut peine à se contrôler.

— Pourquoi est-ce que je ne t'ai pas épousée ? poursuivit Luka. Toi, une si bonne petite Sicilienne…

— J'ai dit à mon père que mon plus beau rêve serait qu'il me conduise à l'autel. Que…

— Arrête tout de suite, Sophie. Non seulement je te répète que j'ai besoin de réfléchir, mais avant que nous allions plus loin, il faut que tu comprennes que je ne t'épouserai *jamais*.

— Tu feras ce qu'il faudra ! rétorqua-t-elle avec emportement.

Luka, incapable de retenir un petit sourire de triomphe, constata qu'elle était aussi farouche, aussi passionnée, aussi entière que dans son souvenir.

— Non, répliqua-t-il avec calme.

— Après ce que tu as fait, ce que tu as dit au tribunal…

— Arrête de jouer les tragédiennes, Sophie. Je reconnais avoir une dette morale envers toi, mais n'exagérons rien. J'accepterai le rôle du fiancé factice, pas celui de faux mari. Et si tu n'es pas contente, autant t'en aller tout de suite.

Et qu'elle sorte une fois pour toutes de sa vie, de sa tête, de son cœur !

Au lieu de quoi, Sophie dut accepter ses conditions, car elle se rassit.

1.

— Joyeux anniversaire, avec un jour d'avance !

Sophie regarda Bella sortir de son sac un paquet emballé avec soin.

— Je peux l'ouvrir avant demain ? demanda-t-elle en souriant.

En fait, elle savait déjà de quoi il s'agissait : une robe pour ses fiançailles, qui seraient fêtées la semaine suivante. Bella et elle travaillaient comme femmes de chambre, mais son amie possédait des talents hors pair de couturière et lui avait confectionné une robe — sans jamais la lui montrer. Sophie n'en connaissait même pas la couleur !

— Oui, mais pas ici. Pas dans le sable : tu l'ouvriras chez toi.

Après avoir terminé leur travail au Brezza Oceana Hotel, elles venaient toujours passer un moment dans leur petite crique secrète. Enfin, pas vraiment secrète, mais comme elle était nichée au bas des falaises, elle ne pouvait être vue depuis l'hôtel. Et le sentier qui y menait étant connu des seuls habitants de Bordo del Cielo, les touristes ignoraient l'existence de cette plage minuscule.

Après la construction du Brezza Oceana, qui avait mécontenté la plupart des gens du coin, Sophie et Bella avaient pris l'habitude d'y venir en sortant de l'école. Et, depuis, elles étaient restées fidèles à leur tradition.

— Je vais pouvoir commencer la mienne, enchaîna Bella.

— Comment sera-t-elle ?

— Gris perle. Très simple… et très sophistiquée. Matteo me remarquera peut-être enfin…

Sophie éclata de rire. Bella était amoureuse du meilleur ami de Luka depuis des années, sans que Matteo lui ait jamais accordé la moindre attention.

— Tu dois être très excitée, poursuivit son amie.

— Bien sûr ! Je…

Elle voulut sourire à Bella, mais ses lèvres se mirent à trembler tandis que les larmes lui brouillaient la vue.

— Qu'est-ce qu'il y a, Sophie ? Dis-moi…

— Je ne peux pas.

— Tu es inquiète à la perspective de… coucher avec lui ? Si c'est ça, tu pourrais lui dire que tu préfères attendre votre nuit de noces, non ?

Un petit rire nerveux échappa à Sophie.

— C'est la seule chose qui ne m'inquiète pas !

Cela faisait très longtemps qu'elle n'avait pas vu Luka, mais il l'avait toujours attirée.

Malvolio, son père, était veuf, et riche : non seulement il possédait l'hôtel, mais aussi la plupart des commerces et des maisons de Bordo del Cielo. Et en plus, il soutirait de l'argent à ceux qui restaient indépendants, en échange de quoi il assurait leur protection.

À la mort de la mère de Luka, Malvolio avait envoyé son fils en pension sur le continent. Et chaque été, quand il était revenu pour les vacances, Sophie l'avait trouvé plus beau.

À présent, après ces années passées à Londres, il devait être… *divinement* beau.

— Je suis impatiente de le revoir, poursuivit-elle.

— Tu te souviens comme tu as pleuré, quand il est parti ?

— J'avais quatorze ans. Demain, j'en aurai dix-neuf…

Bella éclata de rire.

— Tu te rappelles, quand tu as essayé de l'embrasser ?

— Tu parles si je me rappelle ! s'exclama Sophie. Il m'a

repoussée en disant que j'étais trop jeune… Lui, il avait vingt ans, à ce moment-là. Il m'a dit d'attendre.

Elle revit Luka la faisant descendre de ses genoux.

— C'est ce que tu as fait.

— Oui, mais pas lui, répliqua Sophie avec amertume. Il ne se privait pas, à l'époque : il couchait avec des tas de filles.

— Ça te met en colère ?

— Oui, mais surtout…

De petites flèches acérées lui transpercèrent le cœur, comme chaque fois qu'elle s'imaginait Luka en compagnie d'autres femmes.

— Je veux la même chose, continua-t-elle.

— Tu veux sortir avec d'autres hommes ?

— Non, je veux être libre. Et vivre mes rêves. J'ai passé toute ma vie à m'occuper de la maison, de mon père, à lui préparer ses repas, à faire ses lessives. Alors, je ne sais pas si j'ai envie de me marier maintenant. J'aimerais bien travailler sur les paquebots…

Sophie contempla la mer qui miroitait au soleil. Voyager, naviguer… Ç'avait toujours été son rêve.

— Ça ne me dérangerait pas de faire des lits pour gagner ma vie si je pouvais le faire sur un paquebot. C'est comme ton désir de créer des vêtements…

— Oh ! pour moi, ça restera toujours un rêve.

— Pas forcément ! Ta candidature va peut-être être acceptée, et tu vas peut-être partir bientôt pour Milan.

— Elle a été refusée, Sophie. Mes dessins n'étaient pas assez bons pour eux, et je n'aurai jamais les moyens de faire appel à des mannequins et à un photographe pour me constituer un vrai book.

Bella haussa les épaules d'un air désinvolte, mais son attitude ne put tromper Sophie : ce refus la blessait au cœur.

— Je n'aurais jamais pu m'en aller, de toute façon, continua son amie. J'ai besoin de mon salaire pour payer le loyer. Malvolio transformerait la vie de ma mère en enfer, si je…

Il y avait des choses dont elles ne pourraient jamais parler franchement, songea Sophie avec tristesse. Mais, de son côté, elle ne pouvait plus garder certaines craintes pour elle.

— Je ne veux pas être liée davantage à Malvolio. Je ne pense pas que Luka lui ressemble en quoi que ce soit, mais…

— Chut…, l'interrompit Bella en regardant par-dessus son épaule. Ne parle pas comme ça…

— Pourquoi pas ? On bavarde entre amies, c'est tout.

Bella resta silencieuse.

— Je ne veux pas me marier tout de suite, reprit Sophie. J'aurai à peine dix-neuf ans, et il y a tellement de choses que j'ai envie de faire avant de m'installer ! Je ne sais pas si je…

— Tu ne sais pas si tu veux vivre avec Luka dans une belle maison, avec des employés à ton service ? coupa de nouveau son amie d'un ton brusque. Tu ne sais pas si tu veux être riche ? Eh bien, à ta place, je m'estimerais heureuse : le soir de tes fiançailles, Malvolio m'a dit de rester, pour tenir le bar. À partir de la semaine prochaine, je ne ferai plus les lits, je serai…

Un sanglot étouffé jaillit de ses lèvres.

— Telle mère, telle fille, poursuivit-elle d'une voix étranglée. Je n'ai pas honte de ma mère, elle a fait ce qu'elle a pu pour survivre, mais je ne veux pas finir comme elle.

— Alors, refuse ! s'exclama Sophie en secouant la tête. Dis *non* à Malvolio !

— Parce que tu crois qu'il m'écouterait ?

— Tu n'as pas à lui obéir au doigt et à l'œil, Bella. Il ne peut pas te forcer à faire ce que tu ne veux pas faire.

Sophie détestait la façon dont tout le monde s'aplatissait devant Malvolio, y compris Paulo, son propre père.

— Et si tu ne peux pas lui dire non, je le ferai à ta place.

— Laisse tomber, Sophie.

— Non. Quand Luka sera là, mercredi, je lui en parlerai…

— Ça ne changerait rien, soupira Bella en se levant. Bon, il faut que je rentre, maintenant.

Sur le petit sentier escarpé, elle se tourna vers Sophie.

— Excuse-moi… Je ne voulais pas être désagréable avec toi. Et je comprends que tu souhaites décider de ton avenir.

— Toi aussi, tu devrais avoir le choix.

En fait, elles ne l'avaient ni l'une ni l'autre. Tout le monde estimait que Sophie avait de la chance d'épouser Luka, alors que personne ne lui avait demandé son avis.

Quand elles passèrent devant le Brezza Oceana, Bella se tourna de nouveau vers elle.

— Tu n'oublies pas ta pilule ?

Deux semaines plus tôt, elles avaient pris le bus pour se rendre dans la ville la plus proche, afin que Sophie puisse acheter un contraceptif sans que le médecin local soit au courant.

— Oui, tous les jours.

— Je ferais bien de la prendre aussi, répliqua Bella d'une voix résignée qui fit frissonner Sophie.

— Bella…

— Il faut que j'y aille.

— On se voit demain à l'église ?

— Bien sûr ! répondit Bella d'un ton faussement enjoué. Je veux savoir si ta robe te plaît !

Sophie était presque arrivée chez elle lorsqu'elle se rendit compte qu'elle avait oublié d'acheter du pain, et fit demi-tour.

Quand elle entra dans l'épicerie, les quelques personnes présentes dans la boutique se turent — phénomène qui se produisait de plus en plus souvent, depuis quelque temps.

Se forçant à sourire à Teresa, elle lui demanda des olives, du fromage et du pain, puis sortit son porte-monnaie.

— C'est gratuit.

— Pardon ? demanda Sophie, interloquée.

Brusquement, elle comprit et rougit : *Teresa ne la faisait pas payer parce qu'elle allait épouser le fils de Malvolio…* D'un geste rageur, Sophie prit de l'argent qu'elle jeta sur le comptoir et quitta le magasin.

— Tu es en retard, comme toujours, dit Paulo en levant les yeux de son journal.

— J'ai bavardé avec Bella.

— Qu'est-ce que tu nous rapportes ?

— Du pain, des olives…

Sophie s'interrompit en comprenant que son père faisait allusion à son paquet. Mais, avant de lui répondre, elle demanda :

— Papa, Teresa a refusé que je la paie : pourquoi, d'après toi ?

— Je ne sais pas, répondit Paulo avec un haussement d'épaules. Peut-être par gentillesse. Après tout, tu y vas tous les jours.

— Non. Quand je suis entrée dans sa boutique, il y a eu une sorte de malaise : tout le monde s'est tu. Je crois que leur réaction est liée au fait que je vais me fiancer avec Luka.

— Qu'est-ce qu'il y a, dans ce paquet ?

Voyant qu'il changeait de sujet, Sophie laissa échapper un soupir agacé et posa les provisions sur la table, avant d'aller sortir des assiettes du buffet.

— Bella m'a donné mon cadeau d'anniversaire avec un jour d'avance. C'est une robe, pour mes fiançailles. Papa…

Elle coupa une tranche de pain avant de poursuivre d'un ton détaché :

— Tu te souviens que tu m'as dit que tu me donnerais les bijoux de maman, quand je me fiancerais ?

— J'ai dit que tu les aurais pour ton mariage.

— Non ! protesta-t-elle. La dernière fois, tu as dit que tu me les donnerais le jour où je me fiancerais avec Luka. Je peux les avoir, maintenant, s'il te plaît ? Je voudrais les essayer tout à l'heure, en même temps que ma robe.

— Sophie, je viens juste de m'asseoir…

— Eh bien, dis-moi où ils sont et j'irai les chercher.

À cet instant, le téléphone sonna et, sa fatigue ayant disparu comme par magie, Paulo se leva pour aller répondre.

Il usait toujours de prétextes. Depuis des années, Sophie

lui réclamait la chaîne et les boucles d'oreilles de sa mère et, chaque fois, il invoquait une raison ou une autre pour différer le moment de les lui donner.

— Papa…, commença-t-elle quand il revint dans la cuisine.

— Pas maintenant, Sophie. Malvolio veut me voir.

— Mais… c'est dimanche…

— Il a dit que c'était important.

— Ça peut sûrement attendre jusqu'à demain, non ?

— Assez, Sophie ! Il veut me voir, alors j'y vais !

— Pourquoi, s'il te plaît ?

Elle en avait plus qu'assez de voir son père se transformer en marionnette entre les mains de Malvolio.

— Il y a vraiment quelque chose d'important, ou c'est juste un prétexte pour passer la soirée au bar ?

À sa grande surprise, son père éclata de rire.

— On dirait ta mère !

Tout le monde disait la même chose. Et c'était sans doute vrai, mais Sophie ne pouvait pas en juger : elle ne gardait aucun souvenir de Rosa, morte alors qu'elle avait deux ans.

— Tiens, reprit Paulo en lui tendant une petite pochette.

Sophie remarqua qu'il transpirait. Et qu'il avait pâli.

— Merci, papa. Cela représente beaucoup pour moi.

— Je sais… Mais il n'y a que les boucles d'oreilles.

— Je croyais qu'il y avait aussi une chaîne et une croix…

Sophie les avait vues sur toutes les photos.

— Oui, mais la chaîne était très fine…, répliqua Paulo d'une voix tremblante. Elle a dû se briser dans l'accident… Aujourd'hui encore, quand je passe par là-bas, je la cherche dans les buissons. Je suis désolé, Sophie.

— C'est pour ça que tu repoussais toujours le moment de me les donner ? Mais tu sais, je désirais seulement avoir quelque chose qui lui avait appartenu…

Les yeux embués de larmes, elle contempla les fins anneaux d'or sur lesquels brillait un tout petit diamant.

— Et maintenant, j'ai ses boucles d'oreilles. Merci, papa.

— Je dois y aller, Sophie.

Ne désirant pas provoquer de dispute, elle n'objecta rien, mais son père n'avait vraiment pas l'air bien, et aurait mieux fait de se reposer.

— J'essaierai de rentrer à temps pour le dîner, ajouta-t-il.

— Si Malvolio veut bien te laisser partir, ne put-elle s'empêcher de rétorquer.

Son père ferma un instant les yeux, puis se dirigea vers la porte.

— Papa… Je ne sais pas si je suis prête à me fiancer.

Sophie vit ses épaules se raidir.

— C'est normal que tu sois nerveuse, dit-il sans se retourner. Sophie, je dois vraiment y aller.

— Papa, s'il te plaît… On peut parler cinq minutes ?

La porte s'était déjà refermée.

Sophie se rendit alors dans la salle à manger et prit une photo de sa mère. Les mêmes longs cheveux noirs, les mêmes yeux brun foncé, les mêmes lèvres pleines. Elle aurait tant voulu qu'elle soit là… Elle aurait eu tant besoin de ses conseils…

Car elle se sentait en proie à un complet désarroi : une part d'elle-même répugnait à se marier maintenant, mais l'autre désirait ardemment revoir Luka. Elle voulait qu'il soit le premier à l'embrasser, le premier à lui faire l'amour…

Mais lui, que désirait-il ?

Redoutait-il de revenir et de se plier à la promesse faite par Malvolio ? Peut-être ne souhaitait-il pas épouser la pauvre petite Sophie Durante…

Malvolio se servait-il de cela comme d'une menace pour tenir Paulo ? se demanda soudain Sophie.

Après avoir remis la photo à sa place, elle monta à l'étage avec son paquet et l'ouvrit lentement, avant d'admirer la création de Bella en retenant son souffle.

Coupée dans une mousseline de soie d'un beau corail clair, la robe était une véritable merveille. Sophie brûlait de l'essayer, mais elle alla d'abord prendre une douche rapide et se lava les cheveux, les sécha rapidement dans une serviette, puis les peigna avant de soulever la robe étalée sur son lit.

Une fois qu'elle l'eut enfilée, elle se regarda dans le miroir et éprouva un choc. Même porté sans soutien-gorge, le bustier au décolleté profond était élégant et sexy. Cintrée à la taille, la robe tombait en couches d'étoffe superposées, faisant ressortir la rondeur des hanches, que Sophie s'efforçait d'ordinaire d'estomper.

Au lieu de se changer tout de suite, elle mit les boucles d'oreilles de Rosa et alla chercher le gloss couleur groseille acheté exprès pour ses fiançailles.

À l'hôtel, elle avait l'habitude de croiser des femmes superbes mais, pour la première fois, Sophie se sentait aussi séduisante qu'elles.

Que penserait Luka en la voyant ? se demanda-t-elle, le cœur battant. En tout cas, il serait bien forcé de constater qu'elle avait grandi…

Elle avait à peine achevé de se peindre les lèvres qu'on frappa à la porte.

Descendant en hâte au rez-de-chaussée, elle alla ouvrir et sourit en voyant Pino sur sa bicyclette.

— Malvolio veut que tu ailles chez lui, dit le jeune garçon d'un air important.

— Ah bon ? répliqua Sophie avec étonnement.

Elle n'était jamais allée là-bas.

— Pourquoi ? Qu'est-ce qu'il me veut ?

— Il m'a seulement dit de te transmettre le message. Il a ajouté que c'était important et qu'il fallait que tu y ailles tout de suite.

Après être allée chercher une pièce de monnaie, Sophie revint la donner à Pino, qui fila aussitôt.

Pourquoi Malvolio voulait-il qu'elle se rende chez lui, alors que, d'habitude, lui et son père se retrouvaient au bar ?

Perplexe et inquiète, elle repensa au teint blême de son père et aux gouttes de sueur perlant à son front : était-il malade ?

Après avoir enfilé des sandales plates, elle partit en courant vers la maison imposante de Malvolio, qui dominait non seulement la mer, mais la ville tout entière. Une fois arrivée devant la porte, elle frappa en appréhendant de se retrouver face à l'homme qu'elle détestait.

Et pourtant, elle avait fait comme les autres : elle avait été incapable de lui dire *non*.

2.

— Pourquoi n'invites-tu pas Sophie à venir te voir ?

Luka réprima un soupir agacé. Durant six ans, il était resté à Londres contre l'avis de son père — d'abord pour achever ses études, puis pour commencer à se faire un nom par ses propres moyens.

Il avait offert ses conseils financiers à un petit hôtel de luxe, mais la direction s'était avérée incapable de rémunérer ses services *et* d'instaurer les changements qu'il préconisait : c'était l'un ou l'autre. Alors, Luka avait proposé de continuer à travailler pour eux en renonçant à toute rémunération, en échange d'une participation dans l'entreprise.

Pendant un an, il avait ainsi travaillé pour rien, gagnant sa vie en étant employé la nuit dans un bar. Mais à présent, l'hôtel commençait à prospérer, et Luka possédait dix pour cent d'une entreprise florissante.

À Bordo del Cielo, il aurait pu tout avoir. Son père, l'un des hommes les plus riches de Sicile, pensait d'ailleurs que son fils revenait pour s'installer et commencer à reprendre son empire — alors qu'au contraire Luka avait l'intention d'en sortir pour de bon.

En vivant loin de lui, il avait appris à voir Malvolio sous son vrai jour, et avait choisi de rester à l'écart de ses sales activités. Par conséquent, il n'était revenu que rarement en Sicile, au cours de ces dernières années, et pour de très brefs séjours.

Chaque fois, Luka avait délibérément évité de rencontrer

Sophie. Car, depuis son départ pour Londres, beaucoup de choses avaient changé pour lui.

— Tu pourrais passer un peu de temps avec elle avant vos fiançailles, insista Malvolio. Angela est à l'église toute la journée, et ce soir, elle assistera à une réunion organisée par la paroisse. De mon côté, je vais sortir — vous seriez tranquilles, toi et Sophie…

— Il n'y aura pas de fiançailles, l'interrompit Luka en soutenant son regard. Parce que je n'épouserai pas Sophie.

— Alors que vous êtes promis l'un à l'autre depuis l'enfance ?

— C'est toi qui as fait cette promesse, pas moi, répliqua Luka. Tu as choisi ma future épouse, de la même façon que tu as décidé, sans me demander mon avis, que je reprendrais les affaires familiales. Je suis venu te dire que je compte rester à Londres : c'est là-bas qu'est ma vie, pas ici.

— Tu ne peux pas faire ça à Paulo, ni à Sophie.

— Comme si tu te souciais de leur sort !

— Je ne te laisserai pas me faire ça, répliqua Malvolio. Tu n'entacheras pas de honte le nom des Cavaliere.

Luka serra les mâchoires. Son père n'avait jamais connu la honte. Il dépouillait sans scrupules les pauvres, les malades, il régnait sur les habitants de Bordo del Cielo d'une main de fer : c'était *cela*, la vraie honte.

Mais s'il croyait que son fils n'était pas capable de lui tenir tête, il se trompait.

— Je parlerai à Paulo et lui expliquerai que je refuse d'épouser une fiancée que je n'ai pas choisie. Et je ne me laisserai pas imposer une carrière ni une place dans le monde.

— Par ta faute, la réputation de Sophie serait détruite.

— Je ne discuterai pas de ça avec toi. Je viens de te dire que j'informerai Paulo de ma décision et ensuite, s'il m'y autorise, je parlerai moi-même à Sophie.

— Tu ne retourneras pas à Londres, tu travailleras avec moi. Après tout ce que j'ai fait pour toi…

— Tais-toi ! Ne me dis pas que tu as tout fait pour moi, alors que je ne t'ai jamais rien demandé.

— Peut-être, mais tu en as profité, rétorqua son père. Tu as grandi dans la maison la plus confortable de Bordo del Cielo et je t'ai offert les meilleures études. Mes affaires attendent que tu les reprennes : je ne te laisserai pas leur tourner le dos.

— Ce n'est pas à toi de décider de ma vie. Je n'ai pas besoin de ta permission pour quoi que ce soit.

À vingt-quatre ans, il aurait pu arrêter le poing qui allait le frapper, mais il n'en fit rien. Le coup le projeta contre le mur, et Luka sentit du sang tiède couler sur son visage. Mais cela n'arrêterait pas Malvolio, il le savait pour en avoir fait trop souvent l'expérience.

Lorsque sa tête heurta le mur une deuxième fois, son père le frappa violemment au ventre et, au moment où Luka se pliait en deux, le poing de Malvolio s'enfonça dans ses côtes. Mais cela ne fit que le conforter dans sa décision de partir. Pour toujours.

Lentement, Luka se redressa et regarda son père dans les yeux.

— Les hommes intelligents se battent en se servant de leur cerveau, dit-il en voyant Malvolio lever de nouveau le poing. Toi, tu utilises la peur… Mais ça ne marche pas avec moi. Si tu me frappes encore une fois, je me défendrai, tiens-le-toi pour dit.

— Tu l'épouseras.

La rage bouillonna dans les veines de Luka.

— Je vis à Londres ! Je sors avec des femmes superbes, sophistiquées, pas avec une paysanne que tu as choisie pour moi !

— Je dois aller à un rendez-vous, répliqua Malvolio entre ses dents. Nous en reparlerons à mon retour.

Luka ne répondit pas. Le souffle court, meurtri et le visage en sang, il regarda son père prendre ses clés de voiture puis, quand celui-ci fut sorti en claquant la porte, il se dirigea vers l'escalier pour regagner son ancienne chambre.

Là, il ôta sa chemise, puis alla examiner les dégâts dans la salle de bains.

Il avait de gros bleus sur la cage thoracique et à l'épaule. Une vieille balafre au-dessus de l'arcade sourcilière s'était rouverte et saignait. Il aurait probablement fallu la recoudre, mais il s'en occuperait plus tard.

Dans l'immédiat, il appliquerait un pansement et ficherait le camp. Il appellerait Matteo en route, décida-t-il en ouvrant le robinet, pour lui proposer de boire un verre à l'aéroport.

Car, cette fois, Luka en avait bel et bien terminé avec Bordo del Cielo.

Tout en s'aspergeant le visage d'eau froide, il pensa à Sophie. Le choc allait être très rude pour elle, en effet. Alors, avant de partir pour de bon, peut-être devait-il aller s'expliquer avec Paulo et sa fille.

Après avoir repris sa chemise ensanglantée pour la presser sur sa blessure d'une main, il en sortit une autre de sa valise. Il n'avait même pas défait ses bagages : l'affrontement avait eu lieu une heure à peine après son retour.

Quand il entendit frapper à la porte, Luka ne réagit pas, sachant qu'Angela, la gouvernante, irait ouvrir. L'instant d'après, il se rappela qu'elle était sortie pour la journée.

On frappa de nouveau, un peu plus fort. Laissant tomber sa chemise propre dans le fauteuil, il redescendit au rez-de-chaussée et se dirigea rapidement vers la porte.

Mais il resta muet de stupeur devant la vision enchanteresse qui lui faisait face.

— Sophie…, murmura-t-il en retrouvant enfin sa voix.

Les paroles lancées quelques instants plus tôt à son sujet n'étaient justifiées en rien. Il les avait prononcées dans le seul but d'échapper à la tyrannie exercée par son père. Mais maintenant qu'elle se trouvait devant lui…

Ils se contemplèrent en silence, comme s'ils n'avaient pas

besoin de mots pour goûter leurs retrouvailles. Les yeux de Sophie n'avaient pas changé, mais son regard était plus mûr. Il contempla sa bouche, encore plus pulpeuse qu'autrefois, plus sensuelle.

Ses cheveux étaient plus longs, plus épais.

Quant à son corps… Luka ne put s'empêcher de laisser son regard descendre sur son buste épanoui, ses courbes ravissantes.

L'adolescente maigrichonne d'autrefois s'était muée en une femme superbe. À qui il allait briser le cœur.

3.

— Je croyais que tu arrivais mercredi…, dit-elle soudain, en plissant le front.

— J'ai décidé de partir plus tôt.

— Qu'est-ce qui t'est arrivé ?

— Un changement de planning. J'ai…

— Je parlais de ton visage.

— Oh… Juste une vieille cicatrice qui s'est rouverte.

— Les bleus sont tout récents, lui fit-elle remarquer.

— Mon paternel…, reconnut Luka avec un faible sourire.

— Pino est venu me dire qu'il voulait me voir. Que c'était important.

— Je crois deviner pourquoi…

Elle le regarda en haussant les sourcils.

— Il voulait nous laisser seuls, expliqua Luka.

— Ah…

— Tu sais que c'est un manipulateur-né…

Sophie préféra ne rien dire. Tout le monde pensait la même chose, mais personne n'aurait osé le dire à voix haute.

— Entre, Sophie, reprit-il en tenant la porte ouverte.

Après une seconde d'hésitation, elle s'avança.

— Il faut que nous parlions, poursuivit-il.

Toujours en silence, elle le suivit dans la cuisine, fascinée par son dos musclé et ses solides épaules. Luka était si beau, si sophistiqué… Il était tout ce qu'elle-même n'était pas.

Sophie ne se sentait vraiment pas mûre pour le mariage, mais s'entendre dire en face qu'il ne voulait pas d'elle…

— Il faut que je m'occupe de cette plaie, dit-il. Assieds-toi.

Elle resta debout.

— Je ne sais pas où Angela range la trousse de secours…, poursuivit Luka en fouillant dans les placards. Ah, la voilà…

Quand, après avoir sorti une petite trousse blanche, il essaya de couper un pansement d'une main en pressant, de l'autre, sa chemise sur son œil, Sophie sourit.

— Ça ne suffira pas, dit-elle. Il faut te recoudre.

— J'irai voir un médecin demain. À Londres.

Il leva les yeux et croisa son regard, mais elle ne cilla pas.

— Laisse-moi faire, dit-elle en prenant les ciseaux.

Elle coupa le pansement en bandes fines qu'elle posa sur le banc.

— Ça a l'air d'aller, pour toi, dit Luka en s'asseyant.

Sophie sourit. Au moins, il la voyait dans sa belle robe, qui la mettait en valeur. C'était un peu réconfortant, quand on allait se faire plaquer…

Et autant qu'il croie qu'elle se promenait le dimanche en robe de mousseline corail, avec rouge à lèvres et boucles d'oreilles en or… *Et sans sous-vêtements*, se rappela Sophie, brusquement gênée.

— Je ne voudrais pas tacher ta robe, dit-il quand elle se rapprocha de lui.

Puisque c'était la seule fois qu'il la verrait, peu importait.

— Oh ! c'est un vieux truc, répondit Sophie en haussant une épaule. Ne t'inquiète pas !

Luka resta immobile tandis qu'elle essayait de refermer la plaie.

— Pourquoi vous êtes-vous battus ?

— Nous ne nous sommes pas battus : il s'est défoulé sur moi et j'ai préféré ne pas riposter. Mais c'était la dernière fois.

— Je déteste la façon dont il te traite ! s'exclama Sophie. Et dont il traite tout le monde.

Elle pensa alors à Bella. Si elle pouvait au moins obtenir

de Luka qu'il parle d'elle à son père, ce serait déjà une bonne chose.

— La mère de Bella est malade, poursuivit-elle. Elle ne peut plus travailler, et maintenant, ton père veut que sa fille la remplace au bar.

Luka évita de croiser son regard, et Sophie comprit qu'il savait à quoi elle faisait allusion.

— Tu veux bien en parler avec lui de ma part ?

— Sophie, avant de parler d'elle avec Malvolio, je voudrais d'abord parler avec toi.

— Je comprends, mais je préférerais d'abord discuter de ça, insista-t-elle.

Parce que, dans cinq minutes, elle risquait fort de perdre son calme… Car ce n'était pas seulement sa fierté, qui allait souffrir lorsque Luka romprait avec elle. C'était aussi son cœur.

Sophie l'avait adoré depuis sa plus tendre enfance. Adolescente, elle avait rêvé de vivre l'amour fou avec lui. Et même si ce n'était qu'un fantasme, maintenant qu'il était là, tout proche, son cœur battait la chamade et son corps brûlait de goûter à des plaisirs inconnus.

— Bella ne veut pas travailler au bar.

— D'accord, je parlerai à Malvolio. Mais d'abord, je dois parler avec toi. J'avais justement l'intention d'aller voir Paulo…

— Luka…

La main de Sophie se posa sur sa joue. Elle aurait voulu le faire taire d'un baiser, s'abandonner enfin avec lui, et ensuite — seulement ensuite — s'occuper du reste.

— Luka, je sais que c'est difficile, mais…

Luka, en effet, n'était pas pressé d'entamer cette discussion. Il ne savait comment s'y prendre pour lui faire le moins de mal possible, et sans détruire la confiance qu'elle avait en Paulo.

En outre, c'était difficile pour d'autres raisons.

Si Malvolio était un sale manipulateur, Luka n'était pas du genre à changer d'avis juste parce que Sophie était une fille superbe. Et pourtant, il avait un mal fou à rester de marbre alors qu'il avait sous les yeux ses seins hauts et ronds, que sa senteur de femme, chaude et voluptueuse, s'insinuait en lui, que son regard brun s'embrasait…

Le choix de leurs pères avait peut-être été plus avisé qu'il ne l'avait pensé, car le désir qui le taraudait, et le plaisir qu'il éprouvait à parler avec Sophie, à être en sa compagnie, lui faisaient presque oublier sa décision.

Or, il devait se tenir à cette décision, quitte à nier l'attirance et la sensualité qui vibraient entre eux.

Sophie continuait de le regarder, les pupilles dilatées par le désir. Il aurait suffi d'une caresse pour que ses cuisses s'ouvrent, pour qu'elle s'offre, tout entière…

Au lieu de cela, il devait lui annoncer que tout était terminé, avant de s'abandonner au baiser dont il mourait d'envie autant qu'elle.

— Mon père était furieux parce que je lui ai dit que je ne revenais pas m'installer à Bordo del Cielo. Qu'au contraire, je comptais rester à Londres et que je ne voulais rien de lui. Je lui ai dit qu'il ne déciderait pas de l'endroit où je vivrais, ni de ma carrière…

— Et moi, je n'ai pas mon mot à dire ? demanda Sophie d'un air faussement ingénu.

Elle se sentait bien décidée à ne pas lui faciliter la tâche. Elle l'aurait même volontiers giflé. Parce qu'elle voulait non seulement vivre son rêve de liberté, travailler sur des paquebots — mais surtout les rêves que Luka lui avait toujours inspirés.

Le garçon qui avait nagé dans la rivière avec elle… Le jeune homme, qui, ce dernier soir, avait refusé de l'embrasser et lui avait dit d'attendre tandis qu'elle s'accrochait désespérément à lui…

Elle voulait le baiser qu'il lui avait promis ce jour-là.

En attendant, Sophie acheva de refermer sa blessure, puis appliqua un large pansement.

— Mon père ne va pas être content, poursuivit-elle. Il a

toujours pensé que je vivrais non loin de lui, et que ses petits-enfants grandiraient à Bordo del Cielo.

— Ces dernières années, répliqua Luka avec calme, j'ai compris pas mal de choses. La façon dont mon père conduisait ses affaires, par exemple. Et celle dont ma mère fermait les yeux sur ses agissements plus que douteux… Je ne veux rien avoir à faire avec ça.

— Je n'aime pas l'emprise que ton père exerce sur le mien, reconnut Sophie. Je crois qu'il… Je crois que mon père est impliqué lui aussi dans de sales histoires.

— Ça le regarde. À chacun d'assumer ses choix. Et je ne vois pas pourquoi nous serions tenus de respecter une promesse faite par nos pères en notre nom. Nous devrions au contraire pouvoir choisir librement nos partenaires, et tomber amoureux de qui nous voulons.

— Tu as connu beaucoup de femmes ? demanda Sophie à brûle-pourpoint.

Comme il restait silencieux, elle enchaîna :

— Si c'est le cas, c'est injuste, parce que moi, je me suis réservée pour toi. Je ne me suis pas autorisé le moindre baiser, même si j'en ai parfois eu très envie.

C'était pur mensonge. Sophie n'avait jamais désiré d'autre homme que Luka.

— Tu as une liaison sérieuse avec quelqu'un ? insista-t-elle. C'est elle qui veut que tu rompes ta promesse ?

La note de jalousie qui avait teinté sa voix n'était pas feinte.

— Non, répondit enfin Luka. Je n'entretiens pas de liaison particulière, mais…

— Tu as connu beaucoup de femmes ?

— Oui.

— Tu les as embrassées, tu as fait l'amour avec elles… alors que tu savais que tu m'étais promis.

Quand elle leva la main, il lui saisit le poignet, même s'il savait qu'il méritait sa gifle. Mais elle venait juste de refermer sa fichue blessure…

— Tu as toujours de bons réflexes, dit-elle en souriant.

— Sophie ? murmura Luka, surpris par ce revirement.

— Je ne suis pas ravie de savoir que tu t'es bien amusé alors que je restais vierge pour toi, mais je reconnais que je suis un peu soulagée…

Il ne se serait jamais attendu à cette réaction, à vrai dire. Mais Sophie ne l'avait-elle pas toujours surpris ? Elle avait toujours réussi à le faire sourire, ou à lui donner envie de s'arracher les cheveux. Autrefois, il ne savait jamais à quoi s'attendre, avec elle.

— Je croyais…, commença-t-il.

— Tu croyais que j'allais pleurer, hurler, protester, je sais. Et je suppose que tout le monde va me regarder avec commisération… Mais je me fiche de ce qu'ils pensent ! J'aurai dix-neuf ans demain, Luka, et je veux vivre ma vie. Alors, je n'ai pas envie de me marier maintenant.

— Tu avais l'intention de me le dire ?

— Oui, répondit-elle en souriant d'un air malicieux. Mais après qu'on aurait fait l'amour. Je prends la pilule…

— Parce que tu pensais qu'après je serais plus ouvert… ?

— Ça m'avait traversé l'esprit, en effet, admit-elle en souriant de plus belle.

Complètement désorienté, Luka fronça les sourcils.

— Tu serais vraiment prête à le faire ?

— Oui. Mais il reste un petit détail à régler…

Il la regarda, le cœur battant.

— Tu me dois toujours un baiser.

— Sophie, on ne rompt pas avec un baiser.

— Pourquoi pas ? Je veux que tu sois le premier à m'embrasser.

— Sophie…

Tout en le regardant dans les yeux, elle s'assit à côté de Luka et lui referma les bras sur la nuque.

— Tu te souviens de la fête, le soir où tu es parti ?

— Bien sûr que je m'en souviens !

— Avais-tu envie de m'embrasser, à ce moment-là ?

— Non, répondit-il avec franchise.

Il revit la gamine éplorée qui s'accrochait à lui, et s'était muée en une jeune femme ravissante qui se tenait à quelques centimètres de lui — et qui savait ce qu'elle désirait.

— Et maintenant, tu en as envie ? murmura-t-elle.

Pour toute réponse, il s'empara de sa bouche. Sophie goûtait enfin à ses lèvres à la fois fermes et douces, tandis qu'il tenait son visage entre ses mains. Leur baiser était merveilleux. Mille fois plus grisant que ce qu'elle avait imaginé.

Leurs langues se cherchèrent, s'enlacèrent, dansèrent ensemble. Fermant les yeux, Sophie laissa glisser ses paumes sur le torse de Luka, savourant sa force, et lorsqu'elle s'aventura sur ses mamelons plats, il se mit à respirer plus vite. Cette fois, ce fut elle qui prit son beau visage entre ses mains.

Sentant qu'il allait interrompre leur baiser, elle le supplia de n'en rien faire avec sa langue. Elle désirait cette étreinte, autant que Luka la désirait.

Elle désirait que cette main continue de lui caresser le sein à travers l'étoffe, faisant naître des frissons inconnus qui se propageaient partout en elle, au plus intime de son corps.

Et quand il se rapprocha encore, elle écarta d'instinct les jambes.

Tout en poursuivant ses divines caresses d'une main, il laissa remonter l'autre sur la cuisse de Sophie, sur sa hanche, mais, au moment où ses doigts atteignirent sa fesse nue, il arrêta son geste et écarta légèrement sa bouche de la sienne.

— Tu te promènes souvent sans sous-vêtements ?

— Tu ne le sauras jamais…

Sophie sourit, il lui sourit en retour, et recula la tête lorsqu'elle voulut l'embrasser.

— Luka…, protesta-t-elle.

— Tu avais parlé *d'un* baiser.

— Nous avons envie de plus que ça…

— Je ne vais quand même pas rompre *et* prendre ta virginité… Tu as déjà assez de raisons de me traiter de salaud.

— Alors, ne m'en donne pas une de plus. Quand tu es parti, j'ai pleuré toutes les nuits pendant un mois, mais cette fois-ci, je ne verserai pas une larme. Je te les ai toutes données, Luka. Alors, je veux juste un petit morceau de ce qui m'avait été promis.

— Quel morceau ?

— Celui-ci.

Quand Sophie referma la main sur son sexe et le caressa doucement, il ferma les yeux. Elle ne s'était jamais sentie timide, avec lui.

Elle savoura l'expression d'abandon qui imprégnait ses traits, et éprouva une joie insensée en sentant son membre grossir entre ses doigts.

Doucement, elle rapprocha son visage de celui de Luka pour lui mordiller l'oreille. Aussitôt, il rouvrit les paupières et la serra farouchement contre lui.

— Je veux que tu sois mon premier amant, murmura-t-elle. Ça ne peut être que toi, Luka… Il n'y a jamais eu que toi…

4.

Sophie le repoussa doucement, écarta sa main de sa puissante érection puis, tout en souriant, se souleva légèrement du banc et fit passer sa robe par-dessus sa tête.

Elle était nue devant Luka, exposée à la lueur brûlante qui couvait dans ses yeux.

— Oui, c'est ce morceau-là que je veux, dit-elle en faisant glisser la fermeture Éclair de sa braguette.

Son membre était beau. Tout était beau, chez Luka. La peau de son sexe était fine, douce, et ils regardèrent tous deux la main qui le caressait, de haut en bas, de bas en haut, en un lent et ensorcelant va-et-vient.

Jusqu'à ce que Luka ne puisse plus le supporter, et qu'il la prenne dans ses bras, avant de l'installer à califourchon sur lui. Mais au moment où l'extrémité de son sexe caressait l'orée du puits secret, que Sophie le reprenait dans sa main pour le guider en elle, Luka l'arrêta.

— Pas ici, dit-il d'une voix rauque.

En même temps, en totale contradiction avec ces mots, il commença à la pénétrer.

— Si, ici, murmura Sophie.

— Non…, répliqua-t-il en se retirant. Dans mon lit.

Luka voulut se rajuster, mais quand elle l'embrassa à pleine bouche, il céda et répondit avec fougue aux caresses de sa langue.

Tout en la tenant serrée contre lui, il se leva et se débarrassa de son pantalon, puis s'avança vers l'escalier tandis qu'elle enroulait ses jambes autour de sa taille.

— Ici, chuchota-t-elle alors qu'il gravissait les marches.

— Les préservatifs sont dans ma valise.

— Je t'ai dit que nous n'en avions pas besoin.

Luka poussa la porte d'un coup de pied et se dirigea vers le lit où il étendit Sophie qui, cette fois, relâcha son étreinte sans protester.

— Je prends la pilule, insista-t-elle en le regardant soulever le couvercle de sa valise.

— C'est pour te protéger.

— Je n'ai jamais eu besoin de me protéger de toi.

Innocente, songea Luka. En même temps, ses paroles exacerbèrent son désir. D'ordinaire, rien ne l'aurait empêché d'utiliser un préservatif. Mais avec Sophie… Il brûlait de la pénétrer sans aucune barrière, de glisser nu dans sa chair nue.

Sophie le regarda revenir vers elle, grimper au-dessus d'elle et s'avancer à quatre pattes, comme un fauve magnifique. Puis il fut sur elle. Enfin. Jamais elle n'oublierait son sourire.

— Maintenant, tu vas me faire l'amour, murmura-t-elle en souriant à son tour.

— Tu te sens nerveuse ?

— Je ne me sens jamais nerveuse avec toi.

C'était vrai. Comment aurait-elle pu avoir peur, avec Luka ? Avec cet homme merveilleux qui s'emparait fiévreusement de sa bouche — cet homme dont la langue experte entraînait la sienne dans un ballet d'un érotisme torride ?

Soudain, il redressa la tête, avant de se pencher vers son sein pour le suçoter, mais en évitant soigneusement le mamelon qui réclamait ses caresses. N'en pouvant plus, Sophie poussa une petite plainte et, lorsqu'il aspira la pointe gonflée entre ses lèvres, elle se mit à gémir sans retenue.

Comment aurait-elle pu être nerveuse alors que son corps, grâce à lui, s'éveillait à la vie ?

Après avoir rendu hommage au sein jumeau avec la même ardeur, Luka se redressa et resta agenouillé à la regarder.

Sa bouche était gonflée, ses seins humides, ses mamelons dressés et gonflés…

— Luka…

— Ça sera peut-être douloureux…

— Tant mieux.

Il rit et se pencha pour l'embrasser. Un chien aboya au loin, qu'il entendit à peine. À vrai dire, Luka se sentait partagé : il aurait voulu embrasser chaque centimètre de ce corps délectable, goûter à son nectar de femme avec sa langue, pas seulement avec ses doigts ; il voulait la sentir jouir dans sa bouche… Mais par ailleurs, il était impatient de la pénétrer — autant qu'elle était impatiente qu'il la prenne.

Plus tard… Il goûterait toute l'étendue de son corps plus tard. Une petite voix eut beau lui susurrer que le temps leur était compté, il était certain qu'ils referaient l'amour. Que ce n'était pas la fin de leur histoire.

Sophie souleva les hanches sous lui ; sa bouche protesta quand il s'écarta.

— Luka…

— C'est le moment !

— Oui… Viens…

Décontenancée, Sophie vit un sourire malicieux arrondir la belle bouche de son amant.

— Je veux dire que c'est le moment où tu peux obtenir tout ce que tu veux d'un homme. Pas après…

— Je m'en souviendrai…

Elle n'eut pas le temps de s'interroger sur l'éclat qui traversa les yeux de Luka : il s'enfonça en elle, étouffant de sa bouche le sanglot qui lui échappait.

C'était effectivement douloureux, bien plus que Sophie ne s'y était attendue, mais bien plus fabuleux, aussi, qu'elle n'aurait jamais osé le rêver. Luka l'emplissait, étirant ses muscles intimes. Soudain, elle sentit la fine membrane se déchirer, et retint un cri.

— Luka…

Doucement, il lui glissa un bras sous les reins.

Sophie ne savait pas ce qu'elle désirait, ni même ce qu'elle voulait dire, mais quand il commença à aller et venir en elle, toute pensée, toute souffrance disparurent. Parce qu'à chaque coup de reins il la possédait tout entière.

— Je ne te ferai pas de mal, lui murmura-t-il à l'oreille.

Cette fois, elle ne le crut pas. La douleur physique s'était estompée, mais au profit d'une autre, bien plus grande et plus insidieuse. La peur qu'il ne la quitte.

Sophie aurait presque préféré que Luka la prenne sans douceur, à la hâte, plutôt que de répandre en elle la lente torture de l'amour. Parce que c'était exactement ce qui se passait.

Les jambes enroulées autour de sa taille, elle essaya de contenir la marée qui montait en elle, balayant tout sur son passage.

« Comment vais-je pouvoir te laisser partir ? », se demanda-t-elle en réprimant un nouveau sanglot. Au même moment, une vague immense la souleva, avec une force incroyable, presque effrayante.

— Luka, je…

— Laisse-toi aller…

Puis il donna un coup de reins vigoureux qui la fit basculer dans l'extase.

Éblouie, Sophie poussa un cri, entendit la plainte rauque de Luka, et sentit sa semence se répandre en elle tandis qu'il écrasait sa bouche sur la sienne.

5.

— C'est toujours comme ça ? demanda Sophie.

— Non.

La tête appuyée sur le torse de Luka, elle aperçut un navire qui passait au loin tandis que le soleil descendait au-dessus de la mer.

— Ah bon ?

— Tu veux la vérité ? D'habitude, j'ai une sorte de crispation, ici.

Il lui prit la main et la posa sur son plexus solaire.

— Pourquoi ?

— Je n'en sais rien, reconnut-il. Tu n'as jamais ressenti ça ?

— Non.

— Dis-moi, tu as vraiment envie de travailler sur un paquebot ? demanda-t-il en lui caressant les cheveux.

— Je préférerais voyager à bord sans avoir à travailler ! répondit Sophie en souriant. Mais pour l'instant, ce serait déjà merveilleux de me faire embaucher…

— Comment réagirait ton père ?

— Tu veux dire : comment il *réagira*. Je ne sais pas… Tout le monde pensera sans doute que je m'en vais pour échapper à la honte d'avoir été plaquée par toi.

Elle rit doucement, puis reprit son sérieux :

— Je ne sais pas ce qu'en pensera mon père, mais de toute façon, je ne crois pas que je tiendrai compte de lui quand je prendrai ma décision… Je n'ai pas envie de rester à Bordo del Cielo, Luka. Le passé est trop lourd, ici…

Luka comprit qu'elle éprouvait les mêmes sentiments que lui.

— Je crois que mon père est embringué dans des affaires pas très claires, avoua-t-elle. Je l'aime, mais en même temps, je voudrais m'éloigner de lui. La vie qu'il mène ne m'intéresse pas.

Durant ses dernières années de lycée, Luka avait commencé à s'interroger sur les activités de son propre père, ce qui l'avait poussé à se battre pour aller poursuivre ses études en Angleterre. Là-bas, ses yeux s'étaient dessillés complètement, et il avait décidé de rester loin de Bordo del Cielo.

De son côté, Sophie avait tout compris en restant sur place. Ou du moins *commençait-elle* à comprendre.

— Mon père ne travaille pas, poursuivit-elle. Il reste assis sur son tabouret de bar presque toute la journée et rentre tard. Il répète tout le temps qu'il doit se rendre à des rendez-vous, des réunions…

— Viens avec moi à Londres, proposa Luka sans réfléchir.

— Partir ? Avec toi ?

— Si tu veux vraiment travailler sur un paquebot, pourquoi ne pas poser ta candidature de là-bas ? Au début, je pourrais t'aider. Je suis copropriétaire d'un hôtel : je pourrais t'y faire embaucher avant que tu décroches le job de tes rêves…

Immobile, la tête toujours appuyée sur son torse musclé, Sophie réfléchit à sa proposition. Que Luka soit copropriétaire d'un hôtel ne la surprenait pas : Malvolio avait évidemment veillé à ce que son fils ne soit pas démuni.

— J'ai un appartement, poursuivit-il Tu pourrais y vivre avec moi pendant quelque temps.

— Vivre avec toi ? répéta-t-elle en battant des cils. Je ne sais pas si ça fonctionnerait…

— Pourquoi pas ?

— Luka, ce que nous venons de partager était fabuleux, vraiment… Mais je n'ai pas très envie de te voir rentrer avec une autre femme…

Quand il éclata de rire, Sophie bondit au bas du lit en réprimant à grand-peine son irritation.

— Je vais prendre une douche, dit-elle sans le regarder. Je dois aller à l'église…

Elle s'interrompit en voyant la tache de sang sur le drap.

— Oh…

— Je vais m'en occuper, ne t'inquiète pas. Personne n'en saura rien. Va prendre ta douche…

Quelques secondes plus tard, tout en offrant son visage au jet puissant, Sophie repensa à la proposition de Luka, et à sa propre réaction.

Il fallait *absolument* qu'elle contrôle ces accès de jalousie qui s'emparaient d'elle chaque fois qu'elle l'imaginait avec une femme ! D'un autre côté, elle ne pouvait concevoir de ne plus faire l'amour avec lui… Comment avait-elle bien pu croire qu'une seule fois lui suffirait ? Elle ne cessait de se poser la question en se savonnant délicatement les seins. Son sexe était encore dilaté et brûlant, et, quand elle y posa les doigts, elle eut aussitôt envie de Luka.

Lorsqu'elle sortit de la salle de bains, enveloppée dans une serviette, elle trouva Luka en train de changer les draps. Éblouie par sa beauté, elle regarda son corps nu, dont les muscles jouaient sous la peau hâlée au moindre mouvement.

— C'est la première fois que tu fais un lit ? lui demanda-t-elle, taquine.

— C'est le premier que je fais ici, oui, répondit-il en se retournant. Sophie, j'ai un petit appartement, à Londres…

Luka songea qu'elle le croyait très riche, alors qu'il ne l'était pas. Mais il lui expliquerait tout cela plus tard. Pas maintenant. Parce que, avant d'aborder les affaires de famille, ils devaient d'abord parler d'eux. De la possibilité d'un avenir commun loin de Bordo del Cielo.

— Et tu te trompais, tout à l'heure, quand tu m'imaginais rentrant avec une autre femme, poursuivit-il. Je ne te ferais jamais une chose pareille. Et je n'apprécierais pas que tu vives avec moi et fréquentes un autre homme…

— Je ne comprends pas…

— Je veux dire que je ne souhaite pas rompre avec toi, Sophie. Pour l'instant, je ne sais pas si j'ai envie de me marier, ni même de me fiancer, mais oui, tu pourrais vivre chez moi au début, et nous pourrions sortir ensemble, apprendre à nous connaître, loin de nos familles. Nous devons décider de nos vies, sans cette pression, ces attentes…

Sophie frémit au plus profond de son être. Luka ne lui offrait pas seulement un moyen de quitter Bordo del Cielo, mais une chance de continuer à le voir, de *vivre avec lui…*

— Si nous sortons ensemble, tu es sûr que cela ne t'ennuiera pas que je cherche à travailler sur un paquebot ?

— Sophie… Demain, tu auras dix-neuf ans. Tu es donc absolument libre de vivre tes rêves et de travailler dans le domaine qui te plaît !

Il prit un drap et le lui lança.

— Mais en attendant, tu peux peut-être m'aider…

Sophie obéit et borda le drap de son côté.

— Rien ne sent aussi bon qu'un drap ayant séché au soleil, tu ne trouves pas ?

— Non, répondit-il en lui faisant signe de s'approcher. Il y a autre chose : toi.

Sophie monta sur le lit et rampa vers lui.

— Et toi, murmura-t-elle.

Quand elle se redressa devant lui, il se pencha et s'empara de sa bouche.

Luka l'embrassa longtemps, lentement, savourant chaque instant de ce merveilleux baiser. Quand il se résolut à détacher ses lèvres de celles de Sophie, le ciel se teintait d'orange et de pourpre. Une cloche sonnait dans le lointain, appelant les fidèles.

— Je vais descendre chercher ta robe, sinon tu vas être en retard à l'église.

— Je suis *toujours* en retard.

— Quand nous serons à Londres, nous pourrons passer toute la journée…

Il n'acheva pas sa phrase. La serviette s'était dénouée et glissait sur le corps de Sophie, qui ne faisait rien pour la retenir. Et quand Luka reprit sa bouche, il sentit son érection palpiter contre son ventre doux et chaud.

— Je voudrais t'embrasser là…, murmura-t-elle en écartant légèrement ses lèvres des siennes.

Lorsqu'elle pencha la tête pour lui embrasser le ventre, puis descendit de plus en plus bas, Luka renonça à lui rappeler qu'elle était censée aller à l'église.

— Comme ça ? chuchota Sophie.

L'extrémité de son membre puissant avait un goût de sel… Doucement, elle promena sa bouche sur la peau fine, tandis que Luka l'encourageait en poussant des plaintes de plus en plus rauques.

— Oui…, murmura-t-il en s'agrippant à ses cheveux. Plus profond…

— C'est le moment ? demanda Sophie en levant les yeux.

Elle sourit quand il laissa échapper un juron.

— Pourquoi t'ai-je dit ça, bon sang ! Qu'est-ce que tu veux ? soupira-t-il.

— Que Bella vienne avec nous à Londres.

— Sophie… Bon, d'accord… Mais d'abord…

— Oui, je sais…, l'interrompit Sophie en riant.

Luka ferma les yeux. Les mains plaquées sur ses fesses, elle reprenait sa torture exquise ; ses longs cheveux tombaient comme un voile qui lui caressait la peau… Pour lui, la fellation était l'acte sexuel le plus intime. Et Sophie, même si elle manquait d'expérience, s'y prenait avec un art qui le ravissait, l'enchantait, lui procurant un plaisir qu'il n'avait encore jamais éprouvé.

Et lorsqu'il se laissa aller dans sa bouche, Luka eut l'impression d'être transporté au paradis.

Une fois qu'il fut redescendu sur terre, il la prit dans ses bras et la serra contre lui.

— Cette fois, c'est moi qui vais te laver, murmura-t-il en lui essuyant les lèvres. Et ensuite, j'irai voir ton père.

Mais dans l'immédiat… Elle était si excitée, si prête, qu'il l'allongea sur le lit et s'agenouilla devant elle. Elle jouirait en quelques secondes, il en était certain. Son sexe était luisant, offert… Son clitoris rose foncé, gonflé…

Choquée et prête à s'envoler dans l'extase, Sophie le regarda approcher son visage de l'endroit le plus intime de sa féminité. Un petit rire nerveux lui échappa, suivi d'un long gémissement : Luka fouillait maintenant son sexe avec sa bouche, sa langue, ses doigts.

Pressentant qu'elle ne pourrait pas résister longtemps, elle creusa les reins en haletant.

Elle aurait fait n'importe quoi pour retenir ces instants qui n'appartenaient qu'à eux. Des instants de pur bonheur, exempts de toute honte. L'avenir brillait, radieux, ses rêves les plus fous devenaient réalité…

Quand, soudain, un vacarme épouvantable monta du rez-de-chaussée, suivi de pas lourds montant rapidement l'escalier. De pas *nombreux*.

La première pensée de Sophie fut que c'était Malvolio qui revenait — mais pourquoi aurait-il été accompagné ? L'instant d'après, la porte vola littéralement en éclats, des agents de police pénétrèrent à grand fracas dans la chambre et les encerclèrent en vociférant.

Luka tira précipitamment le drap sur elle.

— Ne bougez pas ! ordonna l'un des policiers.

Terrifiée, Sophie vit deux de ses collègues s'emparer de Luka, le plaquer brutalement au sol et lui passer les menottes.

— Tout va s'arranger, et surtout ne t'énerve pas, lui dit-il avant de tourner la tête vers celui qui semblait être le chef. Laissez-la se rhabiller, bon sang !

Pour toute réponse, le policier lui lança la chemise sortie par Luka avant l'arrivée de Sophie.

— On n'est pas à l'église, ce soir ? demanda l'homme d'un ton goguenard, en la regardant l'enfiler maladroitement.

— Ne dis rien, intervint Luka avec calme.

Mais lorsqu'ils saisirent sans ménagement les mains de Sophie, avant de la menotter à son tour, il protesta avec véhémence :

— Pourquoi faites-vous ça ?

— Je ne comprends pas…, dit Sophie.

Lorsqu'elle baissa les yeux et croisa le regard de Luka, elle finit par comprendre.

C'était de leurs pères qu'il s'agissait. Pas d'eux.

Après avoir goûté au bonheur parfait, elle se retrouvait plongée en enfer.

Quelques instants plus tard, ils furent poussés hors de la chambre, traînés dans l'escalier, puis évacués de la maison, devant laquelle attendaient un fourgon et une voiture. Massée de l'autre côté de la rue, toute la petite ville semblait être venue assister au spectacle, ajoutant encore à l'horreur de la situation.

Soudain, Sophie aperçut Bella qui agitait vigoureusement la main dans sa direction.

— Je vais aller te chercher des vêtements et te les apporter ! cria-t-elle avant de tourner les talons pour partir en courant.

— *Puttana*…

Sophie l'entendit murmurer, certaines personnes le dirent même à voix haute.

Ces gens parmi lesquels elle avait grandi se retournaient contre elle en l'espace d'un soir.

Une fois installée à l'arrière de la voiture entre deux agents baraqués, elle leva la main vers son oreille et caressa furtivement la boucle de sa mère. Mais quand elle voulut toucher l'autre…

Elle en parlerait à Luka plus tard. La boucle devait être tombée quelque part dans sa chambre. À moins que… Sophie baissa les yeux et regarda par terre, se demandant si elle l'avait perdue lorsqu'on l'avait poussée dans le véhicule.

— Alors, où est ton père, ce soir ? demanda le chef, assis à l'avant.

Sophie ne répondit pas et tourna le visage vers la vitre.

La voiture passait devant l'hôtel, au moment où Malvolio en sortait, encadré par deux policiers et menotté lui aussi.

— Ah, Cavaliere père…, dit l'officier. Je me demande où est Durante…

Quand ils prirent la petite rue où se trouvait l'épicerie, ils furent bientôt arrêtés par des pompiers. Sophie aperçut avec stupeur la boutique… en flammes.

— Vous êtes venue ici, cet après-midi, n'est-ce pas ? demanda le chef en se retournant vers elle.

Sophie hocha la tête. À quoi bon le nier ?

— Votre père était passé avant vous. Pour la troisième fois.

6.

— Mademoiselle Sophie Durante…

Sophie se leva. Il avait fallu attendre six mois avant que le procès eût lieu. Après l'arrestation, elle avait été relâchée dès le lendemain matin, mais son père, Luka et Malvolio avaient été inculpés de différents délits.

En attendant le procès, elle avait habité chez Bella et sa mère parce que, même en prison, Malvolio régnait encore sur Bordo del Cielo, si bien que Paulo avait dû lui céder sa maison pour payer un avocat.

Sophie avait pu le voir, pour de courtes visites surveillées.

C'était terrible à admettre, mais elle aurait préféré voir Luka : chaque fois, elle avait espéré l'apercevoir. Par ailleurs, elle n'arrivait plus à regarder son père en face.

— Au tribunal, tu entendras raconter beaucoup de choses, l'avait-il prévenue. Certaines seront vraies, mais la plupart ne seront qu'un ramassis de mensonges…

À présent, Sophie ne savait plus que croire. Diverses babioles et des bijoux avaient été retrouvés chez eux. Des « souvenirs », avait déclaré la police, ayant appartenu aux victimes.

Ces objets avaient été apportés là *exprès*. Faisant le ménage, elle était bien placée pour le savoir. Mais elle savait aussi que son père, s'il n'était pas un assassin, n'était pas non plus un enfant de chœur. Et cette certitude lui pesait sur le cœur.

— Malvolio m'envoyait leur donner des avertissements… Ça ne veut pas dire que je leur faisais du mal…, avait-il tenté de lui expliquer.

— Peut-être, mais rien qu'avec ces *avertissements*, tu faisais régner la terreur. Pourquoi lui obéissais-tu ainsi ?

— Sophie…

— Non, je ne me tairai pas ! Tu *choisissais* de lui obéir — et ne me dis pas que tu l'as fait pour moi, s'il te plaît. C'est un salaud, il nous a délibérément maintenus dans la pauvreté.

— Tu as Luka.

Sophie avait éclaté d'un rire incrédule.

— Ah… Tu lui obéissais à cause de ça, peut-être ! Je l'aurais eu de toute façon, Luka, avec ou sans ton aide !

Elle en était *presque* sûre.

Ces six mois d'attente avaient été si longs… Elle brûlait de partir avec Luka à Londres… De commencer enfin à vivre ses rêves…

— Après le procès, tu pourras quitter Bordo del Cielo et recommencer à zéro, avait-elle poursuivi.

Paulo avait l'air si las, si accablé… En dépit de son ressentiment envers lui, elle devait l'aider, car il n'avait plus qu'elle au monde.

— Je n'abandonnerai pas ta mère.

— Elle est morte depuis dix-sept ans ! Je vais m'en aller, papa. Je vais partir à Londres avec Luka. Je ne veux plus voir cette ville, ni les gens qui m'ont jugée.

Après s'être interrompue un instant et avoir rassemblé son courage, elle avait poursuivi :

— Toi aussi, tu entendras des choses sur moi, au tribunal. Des choses qui ne vont pas te plaire. Lorsque la police a débarqué chez Luka, nous…

— Sophie, vous êtes quasiment fiancés, protesta son père. Vous n'avez pas à avoir honte de ce que vous faisiez ensemble. Viens témoigner au tribunal la tête haute !

Hélas, ce serait difficile…

Ce jour-là, sur le trajet de retour, elle s'était arrêtée devant la vitrine de Giovanni, le bijoutier, et l'avait aperçu derrière son comptoir.

— On ne vous a toujours pas rapporté ma boucle d'oreille ? avait-elle demandé en poussant la porte.

Giovanni s'était contenté de secouer brièvement la tête avant de se détourner. Personne ne voulait être vu en train de lui parler.

Machinalement, Sophie avait contemplé les nouveaux bijoux exposés dans la vitrine et remarqué une énorme émeraude sertie sur un fin anneau d'or rose. Elle aurait tant aimé que Luka lui offre cette bague…

Tout en marchant dans la rue, elle avait pensé à lui. Il n'avait personne, sa mère étant morte depuis longtemps.

Si, il avait quelqu'un : elle. Et il était hors de question qu'elle le laisse tomber maintenant. Alors, comme l'avait dit son père, elle irait témoigner la tête haute, sans avoir honte de ce qu'ils avaient fait ensemble cet après-midi-là.

Jusque-là, Sophie n'avait pas été autorisée à entrer dans la salle d'audience, mais aujourd'hui, elle était appelée en tant que témoin. Et, même si elle redoutait d'entendre exposés en public des détails embarrassants, et qu'elle avait peur pour son père, elle était soutenue par la perspective de voir enfin Luka.

Dès qu'elle s'avança vers la barre, elle l'aperçut, et leurs regards se soudèrent. Ses yeux bleu azur brillèrent tandis qu'il lui adressait un petit sourire encourageant. Il avait minci. Sa blessure à l'œil avait dû être peu ou mal soignée, si bien que la cicatrice ressortait, violacée. Et puis, on lui avait coupé les cheveux bien trop court…

Sophie perçut la colère qui vibrait en lui. Mais pas contre elle, car une douce chaleur irradiait de ses yeux.

Après un rappel plutôt embarrassant des circonstances dans lesquelles les policiers les avaient trouvés, on lui posa une question directe.

— Quand vous êtes allée à l'épicerie, vous saviez que Teresa n'était pas bien, n'est-ce pas ?

— Comment aurais-je pu le savoir ?

— Et vous avez interrogé votre père en rentrant chez vous ?

— J'y ai juste fait une allusion.

Sophie déglutit en se sentant rougir. À entendre l'avocat, on aurait dit qu'elle avait soumis son père à un interrogatoire.

— Je pensais que l'attitude de Teresa était en relation avec mes futures fiançailles, continua-t-elle. Et au fait que Malvolio allait devenir mon beau-père…

— Contentez-vous de répondre aux questions.

Sophie fronça les sourcils. Malvolio et Luka étaient défendus par le même avocat, mais même celui de Paulo lui posait des questions bizarres.

— Ces souvenirs que la police a trouvés chez nous…

Elle aurait voulu expliquer que les objets ayant appartenu à des personnes décédées ou provenant de maisons démolies ne s'étaient jamais trouvés chez eux, auparavant. Qu'étant donné qu'elle s'occupait de la maison, elle les aurait forcément vus.

— Nous nous occuperons de cela plus tard, l'interrompit l'avocat de son père.

Mais il n'en reparla jamais.

Quand elle quitta la barre, Sophie fut autorisée à rester dans la salle d'audience pour assister à l'interrogatoire des inculpés.

Les questions posées à Malvolio furent totalement inoffensives, taillées sur mesure pour lui, si bien qu'il regagna le banc des accusés avec une auréole de saint et un sourire arrogant.

Paulo se présenta à son tour à la barre, et répondit bientôt avec difficulté, de plus en plus faible et confus. Indignée, Sophie se leva pour protester : de toute évidence, son avocat lui brouillait délibérément les idées.

Rien n'était juste, dans ce procès de pacotille !

— Taisez-vous, sinon vous serez évacuée de la salle !

— C'est injuste, murmura Sophie en se rasseyant.

Assise à côté d'elle, Bella lui posa doucement la main sur le bras.

Paulo reconnut qu'une deuxième visite signifiait que si les gens ne payaient pas leurs dettes, ils auraient des ennuis. La troisième était l'ultimatum.

— Je n'avais pas le choix, dit-il pour se justifier. Je devais obéir à Malvolio.

Sophie tressaillit devant sa pauvre défense. Puis ce fut le tour de Luka, en costume noir et cravate, le teint blême. Quand il arriva à la barre, il repoussa le policier qui lui tenait le bras et redressa les épaules.

Sophie devina qu'il ne mentirait pas pour sauver Malvolio. À cet instant, Luka se tourna vers son ami Matteo et lui fit un petit signe de tête, puis il la regarda. Il tentait manifestement de lui faire comprendre avec les yeux que tout irait bien, qu'il contrôlait la situation.

— Vos inquiétudes concernant les agissements de Paulo Durante ont-ils joué un rôle dans votre décision de rompre avec sa fille ?

Tout le monde retint son souffle. Bella prit la main de Sophie.

— Sophie et moi avons décidé de disposer de nous-mêmes et de notre avenir, répondit Luka avec calme.

— Nous reviendrons sur ce point, mais d'abord, pouvez-vous répondre à ma question ? Étiez-vous inquiet à propos des agissements de Paulo ?

— Je n'ai jamais songé vraiment à Paulo.

— Sophie vous avait-elle dit qu'elle s'inquiétait à propos des activités de son père ?

Luka tressaillit. Il avait juré de dire la vérité, mais il ne pouvait supporter que les paroles de Sophie soient utilisées contre Paulo.

— Non.

Il venait de mentir pour elle. Sous serment.

— Alors, de quoi avez-vous parlé, ce jour-là ?

— Je ne m'en souviens pas vraiment.

— Vous étiez sans doute trop occupés à autre chose ?

Luka comprenait que son avocat travaillait pour Malvolio,

pas pour lui. Et il sacrifierait Paulo pour assurer la liberté de Malvolio.

— Je ne comprends pas…, continua l'avocat. Cet après-midi-là, vous aviez bien dit à votre père que vous aviez l'intention de rompre avec Sophie Durante, n'est-ce pas ?

— Oui, répondit Luka. Mais…

— Vos paroles ont dérouté Malvolio, l'interrompit l'avocat. Vous vous êtes même battus quand vous avez parlé de façon ignoble de la fiancée qu'il vous avait destinée depuis presque toujours. Vous avez dit que vous ne vouliez pas épouser la *paysanne* qu'il avait choisie pour vous. Vrai ou faux ?

Sophie ferma les yeux et serra les paupières, puis se força à les rouvrir lorsque Luka reconnut qu'il avait bien prononcé ces mots.

— J'essayais de m'affranchir de mon père…

L'avocat ne le laissa pas terminer sa phrase.

— Vous avez dit à votre père que vous préfériez les femmes « superbes et sophistiquées ». Alors, comprenez que je sois un peu perdu… Lorsque Sophie Durante est venue chez vous…

— Mon père l'avait fait venir pour pouvoir déposer ses souvenirs chez Paulo en son absence, coupa Luka.

Il voyait clairement comment tout s'était passé — en six mois de détention, dont deux passés en isolement, il avait eu le temps de réfléchir. Son père n'avait pas voulu les réunir, Sophie et lui, il en était certain. Ayant sans doute eu vent d'une descente de police, Malvolio avait voulu se débarrasser des souvenirs et les faire déposer chez Paulo.

Hélas, personne ne souhaitait entendre la vérité.

— Sophie Durante a appris que vous alliez renoncer à l'épouser, elle est venue vous voir ce dimanche après-midi pour vous faire changer d'avis, et vous vous êtes retrouvés au lit. Ou, plus exactement, vous avez couché ensemble dans la cuisine.

— Non.

— Ainsi, vous affirmez que rien ne s'est passé dans la cuisine ? insista l'avocat.

— Comme je viens de le dire, je m'étais disputé avec mon père, Sophie s'occupait de ma blessure…

— Oh ! je vois… Vous saigniez si abondamment qu'elle s'est vue obligée d'ôter sa robe pour arrêter l'hémorragie et l'a ensuite laissée tomber sur le sol ?

Mortifiée, humiliée dans sa chair, Sophie entendit toute la salle éclater de rire.

— Mon père avait proposé que Sophie vienne me voir *avant* que je lui fasse part de ma décision de ne pas l'épouser. Il voulait la faire sortir de chez elle pour pouvoir…

— Sophie Durante désirait-elle, de son côté, quitter la maison de son père ? l'interrompit une fois de plus l'avocat. Était-elle inquiète de l'implication de celui-ci dans des activités criminelles ? Vous a-t-elle dit qu'elle voulait s'éloigner de lui ?

Luka sentit de la sueur glacée lui couler entre les omoplates. Alors qu'il faisait tout pour donner calmement sa version des faits, ses paroles ne tombaient jamais juste. L'avocat était brillant, mais au lieu de défendre le père et le fils, il se servait de Luka pour discréditer Paulo.

S'il répondait « oui » à la question, c'était la prison à vie pour le père de Sophie.

— Non.

— Vous êtes sous serment, lui rappela l'avocat.

— Non, répéta Luka d'une voix posée. Elle n'a rien dit de tel.

— Vous avez néanmoins affirmé à votre père que vous n'aviez pas l'intention de vous fiancer avec elle ?

— Oui.

— Et vous avez dit la même chose à Sophie Durante.

— Oui.

L'avocat lui adressa un sourire machiavélique. C'était Malvolio qui payait ses honoraires, pas son fils.

— Luka, pouvez-vous vraiment espérer que la cour va vous croire, quand vous dites qu'il n'y a eu aucune conversation…

— Nous étions occupés à autre chose, comme vous l'avez suggéré vous-même.

— Et une fois que vous en avez eu terminé avec cet *autre chose*, vous n'avez pas bavardé et évoqué son père ?

— Non. Nous avons à peine échangé quelques mots.

— C'est impossible. Vous…

Sans laisser à l'avocat le temps de poursuivre, Luka se tourna vers le juge.

— Sophie a sans doute voulu essayer de me faire revenir sur ma décision en tentant de me séduire, commença-t-il avec un haussement d'épaules. Alors, j'en ai profité : j'ai pris ce qu'elle m'offrait.

Il regarda les membres du jury, puis revint au juge.

— Ce sont mes actes ou ma libido qu'on juge ici ?

Le rire qui parcourut la salle mit fin à son interrogatoire. Mais, quand Luka quitta la barre, Sophie ne le regarda pas.

7.

Durant les jours qui suivirent le procès, les gens ricanaient sur son passage, ou toisaient Sophie avec mépris, mais à présent que le verdict allait être rendu, il n'y avait ni sourires méprisants ni rires moqueurs dans la salle d'audience.

— Luka Romano Cavaliere, non coupable.

En dépit de sa colère, Sophie ne put retenir un soupir de soulagement. Pour la première fois, elle tourna les yeux vers lui et, quand elle croisa le regard bleu dardé sur elle, tout le reste s'évanouit.

Luka lui adressa un petit signe d'excuse, comme s'il cherchait à lui faire comprendre qu'il lui expliquerait tout, qu'ils seraient bientôt ensemble.

« Il ne pensait pas ce qu'il a dit, lui avait répété Bella. L'avocat ne lui a pas laissé le choix… »

— Malvolio Cavaliere, non coupable.

— Non ! murmura Bella à côté d'elle.

Sophie lui serra la main tandis que la brute adipeuse souriait dans leur direction — cela faisait si longtemps que Malvolio convoitait Bella…

Une agitation incroyable s'empara de la salle. Terrifiés de nouveau, mais déterminés à feindre la loyauté vis-à-vis du tyran, les gens applaudirent à l'unisson.

Atterrée, Sophie baissa la tête en refoulant ses larmes. Elle savait ce qui allait suivre. Quand elle la redressa, elle vit son père à la barre, si affaibli qu'il tenait à peine debout.

— Paulo Durante, coupable.

Il serait transféré à Rome où sa sentence serait prononcée, et il purgerait sa peine là-bas. *Paulo mourrait en prison*, pressentit Sophie avec un frisson glacé, tandis que des policiers l'emmenaient.

— Je ne t'abandonnerai pas ! lui cria-t-elle.

Lorsque Malvolio sortit du tribunal, il fut accueilli par des hourras, mais Sophie ne les entendit pas. Sans attendre que Luka apparaisse à son tour, sans rien voir, sans regarder personne, elle retourna chez Bella et commença aussitôt à faire ses bagages.

— Je vais à Rome pour être près de lui — et tu dois t'en aller aussi, expliqua-t-elle à son amie. Malvolio est de retour, il...

— Je ne peux pas abandonner ma mère, l'interrompit Bella.

— Elle comprendra...

— Non, Sophie. Je ne peux pas, elle est trop malade.

Quelqu'un frappant à la porte, Bella alla ouvrir et revint aussitôt.

— Je ne veux pas le voir, dit Sophie.

— Ce n'était pas Luka, répliqua Bella d'une voix crispée. C'était Pino qui m'apportait un message. Il va y avoir une grande fête à l'hôtel, ce soir. Tout le monde est invité et je dois travailler au bar.

— Non ! s'écria Sophie. Tu viens à Rome avec moi !

— Je ne peux pas laisser maman maintenant. Mais toi, tu dois partir, et pas seulement pour veiller sur Paulo : tu es devenue un bouc émissaire, ici. Tout le monde sait que c'est Malvolio le coupable, mais ils ne le diront jamais à voix haute.

Brusquement, Bella fondit en larmes.

— Je ne veux pas que mon premier amant soit Malvolio... Tu vas me dire qu'il faut que je lui résiste, je sais...

— J'ai bien compris que ce n'était pas aussi simple, dit doucement Sophie en lui passant un bras autour des épaules.

— Quand ma mère sera partie, et ça ne saurait plus tarder, j'irai te rejoindre à Rome. Mais pas maintenant. Je dois rester ici pour veiller sur elle, de la même façon que tu t'en vas pour t'occuper de Paulo.

Des coups furent de nouveau frappés à la porte et, cette fois, c'était Luka.

— Je n'ai rien à lui dire, déclara sèchement Sophie.

— Il dit qu'il ne s'en ira pas tant qu'il ne t'aura pas parlé.

Soudain, la honte et la souffrance se conjuguèrent à l'inquiétude qu'elle éprouvait au sujet de son père, la transformant en véritable tornade.

Sophie se précipita alors dans l'entrée où attendait Luka.

— Félicitations ! lui cria-t-elle au visage. Toi et ton père, vous êtes libres, alors que mon père va moisir en prison ! Où est la justice, là-dedans ?

— Il n'y a pas de justice, répliqua calmement Luka. Pouvons-nous aller faire un tour ?

— Dis ce que tu as à dire…

— Non, pas ici.

— J'ai confiance en Bella. Et après tout ce que tu as dit au procès, j'ai bien plus confiance en elle qu'en toi !

— Tu sais pourquoi j'ai dit ce que j'ai dit.

Au plus profond de son cœur, Sophie le savait, en effet. Alors, même si elle se débattait dans un chaos épouvantable, elle hocha imperceptiblement la tête et alla informer Bella qu'elle sortait, mais pas pour longtemps.

Sans échanger un mot, Luka et elle descendirent la rue et longèrent bientôt le Brezza Oceana. Les voitures commençaient déjà à arriver, des livreurs apportaient des fleurs, des employés s'affairaient en tous sens.

Bella travaillerait là ce soir, et chaque fois que Malvolio le lui ordonnerait, songea Sophie avec un serrement de cœur.

— Tu viendras à la fête ? demanda-t-elle sans regarder Luka.

— Non. Je ne veux plus rien avoir à faire avec mon père.

Ils arrivèrent au petit sentier conduisant à la plage et commencèrent à descendre vers la crique.

— J'y viens très souvent avec Bella et nous l'appelons

notre « plage secrète »… même si tout le monde fait sans doute la même chose !

Sophie s'efforçait de parler d'un ton dégagé, alors qu'au fond d'elle-même elle souffrait le martyre.

— Sophie, je retourne à Londres demain, et je veux que tu partes avec moi, ainsi que Bella. Matteo s'en va aussi, mais personne n'est au courant pour l'instant. Ce soir, il participera à la fête et fera semblant de se réjouir que Malvolio ait été libéré, mais demain, il fiche le camp.

— Bella ne peut pas quitter sa mère.

— Il le faut.

— Elle ne partira pas : je viens d'en parler avec elle. Je la comprends, sa mère a besoin d'elle pour payer le loyer. Autrefois, elle était propriétaire de sa maison, mais ton père la lui a prise pour *l'aider* à payer les soins médicaux…

Luka le savait. Il savait tout, à présent, mais la note acide perçant dans la voix de Sophie raviva la colère qui bouillait en lui.

— Je dois la conforter dans sa décision, ajouta-t-elle.

— Sophie, partiras-tu à Londres avec moi ?

— Non. Je vais aller m'installer à Rome pour m'occuper de mon père.

— Si tu viens à Londres avec moi, je te donnerai de l'argent pour que tu puisses aller le voir régulièrement.

— Je ne veux pas de ton argent ! Ma parole, tu es aussi arrogant que ton père… Je vais te dire une chose, Luka : je préférerais travailler au bar et faire la pute avec Bella plutôt que de t'accompagner à Londres. Est-ce que tu as la moindre idée de la honte que j'ai ressentie au tribunal, quand tu as dit ce que tu as dit ?

— Sophie…, commença Luka en lui prenant le bras.

Il la força à se tourner vers lui.

— Tu *sais* pourquoi je l'ai fait. Pour que tes propres paroles n'aient pas d'incidence sur le verdict concernant ton père.

Mais manifestement, elle ne voulait rien entendre.

— Va vivre ta vie, Luka. Va t'amuser à Londres avec tes femmes superbes qui ne convoitent que ton corps et ton argent. Vous allez bien ensemble. Et profite bien du sale fric que ton père t'a donné !

— Il ne m'a rien donné.

— Je t'en prie..., ironisa Sophie. Je me débrouillerai mieux sans toi.

— Tu en es sûre ?

— Certaine.

— C'est incroyable..., répliqua Luka en hochant la tête. J'ai passé six mois en prison, dont deux en isolement, et la seule chose qui m'ait aidé à tenir, c'était la perspective de te revoir quand je sortirais.

Seul dans sa cellule, il avait en effet tenu le coup en revivant en pensée ce merveilleux après-midi, en repensant aux draps qui sentaient bon le soleil, aux projets d'avenir qu'ils avaient ébauchés ensemble. En sortant du tribunal, il était allé droit chez Giovanni. La bijouterie était fermée, mais il était allé le trouver chez lui et lui avait demandé d'ouvrir. Et Luka avait acheté ce dont il avait rêvé en prison, pour la femme qu'il aimait et avec laquelle il voulait partager sa vie.

— Au fait, qu'est-ce que tu as dit à ton père, au juste ? demanda Sophie. Je suis curieuse de l'apprendre.

Au lieu de songer à l'avenir, elle voulait remuer le passé.

— On a examiné mon passé à la loupe, dans les moindres détails, Sophie. Mais je n'aurais jamais pensé qu'en retrouvant enfin la liberté je serais de nouveau jugé par toi.

Il la regarda dans les yeux avant d'ajouter :

— J'ai menti sous serment pour toi.

— Je me fiche de tes mensonges faits sous serment ! riposta-t-elle, les yeux flamboyants de rage. Ce qui m'intéresse, c'est ce qui a été dit de *vrai*. Retourne à Londres, va retrouver tes mannequins et tes actrices — sans t'encombrer d'une paysanne...

C'était cela qui avait anéanti Sophie, qui lui avait donné

envie d'aller se terrer quelque part, pour toujours. Mais plutôt que disparaître, elle préférait se battre.

Elle avait toujours senti qu'elle n'était pas à la hauteur, pour Luka, et quand elle avait appris ce qu'il avait dit à Malvolio sur elle, devant tout le monde, ç'avait été pire que si elle avait été trimbalée nue dans les rues de Bordo del Cielo.

— Quand tu as dit ça à ton père, tu ne mentais pas sous serment, Luka.

— Tu oublies le contexte, Sophie. Je le défiais, et il m'a battu. J'ai eu tort de dire ça à propos de toi, je le reconnais. Je m'en suis rendu compte dès l'instant où j'ai ouvert la porte et que je t'ai vue… si belle… si…

Sans le vouloir, il venait de la blesser encore une fois. Car la femme qui s'était tenue devant lui, dans la robe merveilleuse créée par Bella, avait été une créature presque irréelle.

Et si Luka connaissait la vraie Sophie, l'ordinaire, il ne la trouverait pas assez bonne pour lui.

— Je ne te le pardonnerai jamais ! lui lança-t-elle au visage. Je n'oublierai jamais la honte que j'ai ressentie en apprenant que mon premier amant m'avait d'abord repoussée en me traitant de paysanne !

— Visiblement, j'avais raison ! rétorqua Luka.

Il se maudit de lui parler ainsi, mais il souffrait trop pour se contenir.

— Tu crois vraiment que j'ai envie de rester là à chercher à convaincre une femme qui se conduit comme une mégère, alors que je sors à peine de prison ? C'est de champagne, que j'ai besoin, Sophie ! Et de rire, en compagnie d'une femme douce et ravissante.

— Tu as terminé ? demanda-t-elle en redressant le menton, les yeux étincelants.

— Oui.

Sans ajouter un mot, Luka lui tourna le dos et se dirigea vers le petit sentier.

8.

Luka constata qu'il ne ressentait rien, tandis que la voiture quittait l'aéroport et prenait la direction de Bordo del Cielo. Ou, plus exactement, rien de ce qu'il aurait dû ressentir le jour des obsèques de son père.

Cela faisait cinq ans qu'il n'était pas revenu. Pas *physiquement*, du moins. Car, même s'il refusait de le reconnaître, ses rêves le ramenaient souvent en Sicile.

Lorsque la voiture bifurqua sur la gauche, il aperçut la surface étincelante de la Méditerranée et, d'un seul coup, toute son enfance lui revint. Puis ce furent les rues, les maisons dont il avait gardé le souvenir intact…

En ce jour où son père allait être enterré, il n'éprouvait pas de tristesse à son sujet. Il ne songeait qu'à Sophie, avec qui il avait partagé les moments les plus heureux de sa vie, l'espace de quelques heures.

Sophie, qui occupait toujours son cœur et ses pensées.

Avec le recul, Luka avait souvent réarrangé le passé à sa guise, s'imaginant qu'ils étaient partis dès qu'elle était sortie de la douche. Avant la descente de police. Avant que tout s'écroule.

Arrivé devant l'église, il se gara et, quand il y entra, il ne put retenir un sourire cynique. Hormis Angela, assise au milieu des chaises vides, il n'y avait personne. Après l'avoir saluée d'un mouvement de tête, Luka s'avança vers le premier rang, lorsqu'il entendit la porte s'ouvrir et se refermer. Le cœur battant, il se retourna malgré lui.

Mais ce n'était pas elle. C'était Pino, devenu un homme, qui s'avança dans l'allée centrale et s'assit, deux rangs derrière Angela.

Luka le salua, mais quand il s'assit pour assister à la brève cérémonie religieuse, c'était à Sophie qu'il pensait.

Elle aurait dû être là. S'il représentait encore quelque chose pour elle, elle aurait dû se trouver à son côté.

La cérémonie des obsèques se déroula comme dans un mauvais rêve. Malvolio avait tout orchestré à l'avance, mais le cercueil de chêne rutilant ne fut admiré par personne. Les habitants de Bordo del Cielo avaient préféré rester chez eux.

Pino s'éclipsa dès la fin du service religieux et, après avoir remercié le prêtre, Luka se dirigea vers le cimetière avec Angela.

— J'ai préparé une collation, dit-elle. Je ne savais pas combien de personnes viendraient. Moi, j'avoue que je n'ai pas faim.

— En dépit de sa fortune et de son pouvoir, répliqua Luka avec un sourire désabusé, il n'avait rien. Rien qui compte, en tout cas.

— Je croyais que Matteo serait venu avec vous. J'ai entendu dire que ça marchait bien, pour vous deux.

— Il est en voyage d'affaires au Moyen-Orient. Il m'a proposé de venir, mais je préférais être seul.

Enfin, pas exactement. Luka sonda la rue du regard, espérant encore la voir arriver…

Il ferait mieux de partir, à présent. Ses avocats s'occupaient de la propriété et des biens de Malvolio. Quant à lui, il pouvait à peine supporter d'en entendre parler.

La plus grande partie de la ville était passée entre les mains de cet individu, qui avait promis à ses concitoyens, en retour, de régler tous les problèmes de santé, de situations précaires en tout genre…

Pas étonnant que l'église ait été quasiment vide. Dès que Luka serait parti, la ville entière célébrerait la chute du tyran.

Plus tard, lorsqu'ils apprendraient les dispositions prises par Luka, ils auraient de bonnes raisons de faire *vraiment* la fête.

Lui-même ne voulait rien des biens de son père. Le processus serait long et fastidieux, mais toutes les maisons seraient restituées à leurs propriétaires légitimes ou à leurs descendants. Mais à ce moment-là, il aurait quitté Bordo del Cielo depuis longtemps.

Luka s'arrêta devant sa voiture et regarda le visage fatigué d'Angela.

— Quand dois-je m'en aller, Luka ?

— Jamais, Angela. La maison sera bientôt à vous, légalement.

— Luka ! protesta-t-elle en secouant la tête. Bordo del Cielo est devenu un lieu de vacances réputé, les maisons sont hors de prix !

— La maison est à vous, Angela. Et avec vous comme propriétaire, elle sera plus chaleureuse, j'en suis sûr.

Il s'interrompit un instant avant de poursuivre avec un léger sourire :

— Est-ce que je peux vous demander de garder ça pour vous durant quelque temps ?

Les yeux emplis de larmes, Angela hocha la tête.

— Venez à la maison, Luka.

— Non merci, Angela. Je…

— Juste un petit moment, avant de repartir…

Après tout, il avait au moins un bon souvenir là-bas, songea-t-il avant de finir par accepter.

Depuis la descente de police, Luka n'avait plus remis les pieds dans la maison de Malvolio : après sa dernière entrevue avec Sophie, au lieu d'aller rejoindre les autres pour fêter la libération de son père, il était revenu sur la plage, où il était resté à se repasser en boucle les paroles de Sophie.

Il se les remémora une fois de plus en entrant dans la cuisine. Puis il la revit assise sur le banc, en train de soigner sa blessure.

— Je vais faire un petit tour dans la maison, dit-il en s'avançant vers l'escalier.

L'escalier qu'il avait gravi en la serrant contre lui, en dévorant sa bouche.

Quand il poussa la porte de la chambre, il resta figé sur le seuil.

Rien n'avait changé. Angela avait fait le ménage, bien sûr, mais la pièce était exactement dans l'état où il l'avait laissée.

Luka ferma les yeux. Il repensa aux merveilleux moments vécus avec Sophie. À leurs projets. À leurs rêves. Depuis, il avait connu de nombreuses femmes avec lesquelles il entretenait des liaisons éphémères, sans jamais approcher l'intensité des moments partagés avec Sophie.

C'était de l'amour qui avait commencé d'éclore entre eux, cet après-midi-là. Il ne s'était pas seulement agi d'une étreinte charnelle fabuleuse. Il y avait eu un partage authentique. Qui leur avait été volé avant même de pouvoir se développer.

Il ouvrit le tiroir de la table de nuit, s'attendant à ne rien y trouver, sinon un vieux carnet, un stylo hors d'usage…

Ce qu'il découvrit lui causa un véritable choc, si violent qu'il s'assit sur le lit, le cœur battant à tout rompre.

Sa boucle d'oreille. Il prit délicatement le simple anneau d'or sur lequel brillait un petit diamant, et le posa dans sa paume. C'était le seul vestige concret de ces moments magiques.

— Vous n'avez jamais tenté de reprendre contact avec elle ? lui demanda Angela un peu plus tard, tandis qu'ils buvaient le café.

— De qui parlez-vous ?

— Vous le savez bien. De celle à qui vous étiez promis depuis l'enfance et qui s'est retrouvée couverte de honte à cause de vous.

— Je n'avais pas le choix, Angela. J'ai été *obligé* de dire ce que j'ai dit au tribunal.

— Je sais.

— Mais pas Sophie.

— Elle était si jeune…, répliqua Angela en reposant sa tasse.

— Oui, moi aussi, soupira-t-il. Et j'ai encore aggravé la situation en lui répétant la même chose sur la plage…

— À Sophie ! s'exclama Angela d'un air estomaqué.

Puis elle sourit.

— Elle ressemble tellement à sa mère ! Rosa aurait pu vous écorcher vif rien qu'à vous regarder… Je me souviens du jour où elle est venue voir Malvolio ici. Une vraie furie… Elle hurlait, lui ordonnant de laisser sa famille tranquille…

Soudain, Luka se rappela l'épisode. Il revit la silhouette de Rosa dans l'entrée, criant et faisant de grands gestes des mains. Il devait avoir huit ou neuf ans, à l'époque.

— Oui, vous étiez jeunes, tous les deux, reprit Angela. Et vous, vous veniez tout juste de sortir de prison, Luka. Ce n'était peut-être pas le meilleur moment pour prendre des décisions raisonnables.

Il acquiesça d'un hochement de tête.

— Alors, vous avez cherché à la revoir ? insista Angela.

— Il y a deux ans, je suis resté dans ma voiture devant la prison où est incarcéré Paulo, reconnut-il. Tous les jours pendant un mois. Avant d'apprendre qu'à ce moment-là il avait été transféré à l'hôpital.

— Vous n'êtes jamais allé le voir ?

— Je m'en sentais incapable. Il a trinqué pour mon père. Et quand j'ai appris qu'il était condamné à quarante-trois ans…

Luka n'acheva pas sa phrase.

— Il n'était pas complètement innocent non plus, fit remarquer Angela.

— Non, c'est vrai. Je ne sais pas quel moyen de pression mon père exerçait sur lui, mais Paulo ne pouvait manifestement ni lui dire non ni s'en aller.

Il secoua lentement la tête.

— En tout cas, il ne méritait pas d'en prendre pour quarante-trois ans, alors que mon père ressortait de cette affaire complètement blanchi.

— Je suis sûre que Sophie va toujours voir son père.

— Je devrais peut-être aller le voir aussi.

À présent qu'il avait mûri, il pourrait regarder Paulo en face. Et lui demander des nouvelles de sa fille.

Peut-être méritaient-ils une seconde chance.

— Je vais essayer de la retrouver, dit-il à Angela. Et j'irai voir Paulo et ferai la paix avec lui.

— Vous pourriez lui demander où est sa fille ?

— J'ai une boucle d'oreille à lui rendre, dit-il en répondant à son sourire.

— Elle est peut-être mariée…

— Si c'est le cas, autant le savoir.

C'était de rester dans l'ignorance qui le rendait fou.

— Je vais m'en aller, reprit-il après avoir vidé sa tasse.

— Vous ne voulez pas jeter un coup d'œil à ses affaires ?

— Prenez ce que vous voulez, et débarrassez-vous du reste.

— Et les bijoux ? Vous ne voulez pas les prendre ?

— Non !

Il était hors de question qu'il hérite de bijoux acquis par son père de façon douteuse, voire criminelle, mais il ne désirait pas non plus qu'Angela ait des ennuis à cause de ceux-ci.

— Je vais les déposer chez Giovanni en allant à l'aéroport. Il en fera ce qu'il voudra.

Angela le conduisit à l'étage, ouvrit la porte de la chambre de Malvolio et lui désigna un large coffret de bois. Mais quand il en souleva le couvercle, Luka eut l'impression que son cœur s'arrêtait de battre.

— Je voudrais rester seul quelques instants, dit-il d'une voix sourde.

Sans dire un mot, Angela se retira et referma doucement la porte derrière elle.

D'une main tremblante, Luka prit la chaîne en or et la croix.

Oui, il se souvenait de Rosa. Ayant appris au cours du procès comment se déroulaient les choses, il savait que ces bijoux avaient dû être gardés comme *souvenirs*, après sa mort.

Paulo le savait-il ? Angela aussi ?

Horrifié, Luka revit Rosa hurlant dans le hall, répétant qu'elle ne renoncerait jamais à sa maison, qu'il faudrait d'abord lui *passer sur le corps*…

Ensuite, il se souvint de son enterrement. De Paulo portant dans ses bras sa petite fille de deux ans… De Malvolio faisant l'éloge funèbre de la défunte et promettant de soutenir « son ami et la petite Sophie ».

Alors qu'il était responsable de la mort de Rosa ? Était-ce pour cette raison que Paulo ne pouvait rien refuser à Malvolio ? Était-ce le moyen dont celui-ci usait pour faire pression sur son *ami* ? Paulo lui avait-il obéi au doigt et à l'œil pour éviter que Sophie ne connaisse le même sort que sa mère ?

Pauvre Paulo, que Luka avait toujours considéré comme un homme faible…

À présent, il entrevoyait la peur qui n'avait sans doute jamais lâché le père de Sophie.

Paulo avait tout fait pour la protéger.

Indigné, révolté, Luka décida de mettre un avocat sur l'affaire dès son retour. Et de se battre jusqu'à ce que Paulo soit libéré.

Mais, la mort dans l'âme, il comprit qu'à présent il ne pourrait jamais reprendre contact avec Sophie. Toute seconde chance leur était ôtée.

Parce qu'il la connaissait bien : si elle apprenait la vérité, elle ne pardonnerait jamais au fils de l'assassin de sa mère.

La dernière lueur d'espoir s'éteignit au moment où Luka glissa la chaîne et la croix dans sa poche.

Une seule chose demeurait en son pouvoir : tout faire pour obtenir la libération de Paulo.

9.

— J'ai vu Luka.

Sophie avait toujours su que ce moment arriverait un jour, mais lorsque Bella prononça ces mots, elle ne trouva rien à dire et souleva le matelas de son côté sans regarder son amie.

Au départ, Marco, le directeur de l'hôtel, avait refusé qu'elles travaillent ensemble. Mais la démission inattendue d'une femme de chambre ne lui ayant pas laissé le choix, il avait fini par accepter. Et, depuis, il ne l'avait pas regretté car, même si elles bavardaient beaucoup, Sophie et Bella lui avaient prouvé que cela ne les empêchait pas de travailler efficacement.

— Il était dans l'ascenseur, tout à l'heure, reprit Bella.

Horrifiée, Sophie se redressa vivement.

— Nous ne nous occupons pas de sa chambre, j'espère ?

Dieu merci, Bella secoua la tête.

— Non, n'aie pas peur : vu son allure, il doit être au dernier étage.

L'hôtel Fiscella était globalement luxueux, mais les suites avec terrasse étaient réservées aux clients les plus fortunés.

Luka… Cela faisait cinq ans que Sophie ne l'avait pas vu. Pas depuis leur dernière entrevue, sur la petite plage.

Malvolio était mort quelques mois plus tôt. Elle l'avait appris le jour même où le médecin avait déclaré que la maladie de Paulo entrait désormais dans sa phase terminale. Par la suite, elle avait lu dans la presse que Luka avait acheté un appartement à Rome et vivait maintenant entre la capitale italienne et Londres.

Parfois, elle redoutait de le croiser dans la rue, ou qu'il apprenne qu'elle était toujours femme de chambre alors qu'elle lui avait lancé à la figure qu'elle se débrouillerait mieux sans lui. Et le fait de savoir qu'il séjournait au Fiscella la rendait affreusement nerveuse.

— Pourquoi descend-il à l'hôtel alors qu'il possède un appartement en ville ?

— Je n'en sais rien, répondit Bella. Mais je suis sûre que c'était bien lui !

— Il t'a reconnue ?

À ces mots, son amie éclata de rire.

— Parce que tu crois que Luka perd son temps à regarder une femme de chambre ! Mais j'avoue que je suis restée planquée derrière le chariot du porteur, au cas où il tournerait la tête de mon côté. Ce qu'il n'a pas fait.

— Je ne veux pas qu'il me voie comme ça…, murmura Sophie en cédant à la panique. Je ne veux pas qu'il sache que je suis toujours femme de chambre…

— Il n'y a pas de quoi avoir honte, Sophie.

— Je n'ai pas honte, protesta-t-elle. Mais je ne veux pas lui donner la satisfaction de voir que je n'ai pas avancé.

— Ne t'inquiète pas : je l'ai entendu dire qu'il retournait à Londres dès cet après-midi.

— Parfait.

— Tu veux savoir autre chose ?

— Non, affirma Sophie en secouant la tête. Je ne veux même pas penser à lui.

Et pourtant, quand elle s'écroulait sur son lit, le soir, dans le petit appartement qu'elle partageait avec Bella, Luka était là : il l'attendait dans ses rêves. Chaque matin, elle se réveillait furieuse contre son subconscient qui se montrait si enclin à lui pardonner. Car, dans son sommeil, elle retournait inexorablement à son enfance inondée de soleil, ou revivait ces moments de passion brûlante, ces quelques heures merveilleuses passées avec son seul et unique amant.

Une fois qu'elles eurent achevé de faire le lit en silence, Bella alla s'occuper de la salle de bains, tandis que Sophie faisait le ménage du salon.

Luka ne l'intéressait pas, se répéta-t-elle farouchement en époussetant les meubles. Mais elle ne tint pas longtemps et alla rejoindre Bella qui astiquait le grand miroir.

— À qui a-t-il dit qu'il repartait à Londres ?

— À une femme.

Une douleur aiguë lui traversa la poitrine.

— Elle était belle ?

— Je n'ai pas vraiment fait attention, répondit Bella en se concentrant sur une petite tache.

— Dis-moi la vérité, Bella !

— OK, elle était belle…, soupira son amie.

— Il l'a appelée par son prénom ?

— Oui. Claudia.

— Et lui, il était comment ?

— Il avait l'air en forme.

— *Très* en forme ?

— Vu que la dernière fois que je l'avais aperçu, il sortait de prison, oui, il avait l'air en forme par rapport à ce jour-là.

Sophie comprit que son amie s'efforçait de la ménager.

— Il a les cheveux plus longs qu'avant, mais sa coupe est très soignée. Et il a toujours sa cicatrice au-dessus de l'œil.

— Il t'a semblé heureux ? insista Sophie.

Jamais elle ne laissait couler ses larmes. Il était ridicule d'éprouver des émotions pareilles au sujet d'un type qu'elle détestait, et qui avait fait tant de mal à sa famille. Mais en dépit de ses efforts, Sophie ne put refouler les accès de jalousie qui la terrassaient à la pensée qu'il puisse sortir avec d'autres femmes et se vautrer dans le luxe, alors que Bella et elle avaient du mal à joindre les deux bouts, tout en travaillant comme des forcenées.

— Luka n'a jamais l'air vraiment heureux, répondit Bella. De ce côté-là, il n'a pas changé.

Elle avait raison : avec les autres, il restait toujours assez sombre, mais avec elle, il avait ri, souri, s'était laissé aller…

Durant toute la journée, elle demeura sur les nerfs, terrifiée à la pensée de le croiser. Aussi fut-elle soulagée d'ôter son uniforme et d'enfiler sa jupe et un simple T-shirt avant de quitter le luxueux établissement.

Alors qu'elle aurait aimé rentrer à la maison et se coucher, elle alla prendre le bus pour aller voir son père, à l'infirmerie du centre pénitentiaire où il avait été transféré.

Dès qu'elle fut entrée, Sophie sortit de son sac la bague ayant appartenu à la mère de Bella et l'enfila, puis signa le registre des visiteurs. Ensuite, son sac fut fouillé, une gardienne la palpa rapidement partout, puis elle fut autorisée à se rendre à l'infirmerie.

Comme chaque fois que Paulo voyait sa fille, son visage s'éclaira.

— Sophie ! Tu n'es pas forcée de venir tous les jours !

— Je le fais parce que j'en ai envie, papa.

Maintenant qu'il se trouvait à l'infirmerie, les visites quotidiennes étaient permises, et Sophie en profitait car elle savait que son père ne vivrait plus longtemps.

— Comment va Luka ?

Son père n'avait jamais été très costaud, mais le procès l'avait amoindri à tel point qu'il n'était plus que l'ombre de lui-même. Alors, pour le ménager, pour qu'il ne s'inquiète pas à son sujet, Sophie avait menti, et lui avait dit qu'elle vivait désormais avec Luka.

Paulo étant de plus en plus confus, elle trouvait toujours le moyen de justifier le fait que son compagnon ne venait pas le voir.

— Il va bien, mais il travaille énormément, comme d'habitude, répondit-elle en souriant. Il m'a demandé de te saluer et de te dire qu'il essaierait de venir te voir bientôt.

— Et Bella ?

— Ça va. Elle travaille toujours à l'hôtel.

Les questions restaient invariablement les mêmes, et Sophie connaissait la routine par cœur. Mais quand elle sortit ce qu'elle lui avait apporté, Paulo se récria.

— Des framboises ! Tu me gâtes trop, Sophie ! Tu as dû les payer une fortune…

En effet, elle dépensait beaucoup d'argent pour lui faire plaisir, mais Paulo avait toujours adoré les framboises.

— Ne t'en fais pas, Luka gagne bien sa vie.

— Il est si généreux… Pourquoi ne t'épouse-t-il pas ? demanda son père en fronçant les sourcils.

— Je te l'ai déjà dit, papa : parce que je veux que ce soit toi qui me conduises à l'autel. Nous attendons que tu sois libéré.

Ce jour n'arriverait jamais, évidemment. Paulo n'avait plus que quelques semaines à vivre et, de toute façon, il avait été condamné à quarante-trois années de réclusion…

— Je veux vous voir vous marier dans l'église où j'ai épousé ta mère.

Sophie lui sourit avec chaleur.

— Je sais. Alors, encore un peu de patience…

— Oui…, murmura son père, les yeux brillants. La directrice est venue me voir ce matin, et elle m'a dit de ne pas perdre espoir, que ça avançait bien.

La gorge nouée, Sophie prit sa main frêle dans la sienne.

— Nous saurons mercredi prochain si je peux sortir, poursuivit Paulo.

À cet instant, une infirmière entrebâilla la porte.

— La directrice voudrait vous voir, mademoiselle Durante.

— Merci, dit Sophie en se levant. J'y vais tout de suite.

Elle se tourna vers son père.

— À tout à l'heure, papa.

Après avoir suivi l'infirmière dans une enfilade de couloirs, Sophie fut introduite dans un bureau où l'attendait une femme à l'air fatigué, mais qui l'accueillit avec un sourire bienveillant en lui désignant une chaise.

— Il est plus confus que jamais, commença Sophie. Maintenant, il croit qu'il va être libéré mercredi…

— C'est possible, en effet.

Abasourdie, Sophie la regarda en écarquillant les yeux.

— L'audition de votre père a été avancée. Nous avons effectué toutes les démarches et rempli toutes les formalités nécessaires.

— Je ne comprends pas… Je ne savais même pas qu'il devait y avoir une audition…

— Nous espérons que votre père sera libéré pour raisons humanitaires. Il ne représente de menace pour personne, et il est vraiment trop faible pour aller ailleurs que dans un établissement de soins ou chez vous. Alors, c'est au juge d'en décider, mais l'avocate qui travaille sur son dossier est très réputée pour son efficacité.

— Je ne savais pas non plus qu'une avocate travaillait pour lui… Pourquoi ne m'en a-t-on pas informée ?

— Tout s'est enchaîné très vite. Dès le début de la révision du procès, un non-lieu a été envisagé, mais vu l'état de santé de votre père, cela aurait pris trop de temps, malheureusement. Alors, ils ont opté pour une demande de remise en liberté pour raisons humanitaires.

Elle sourit de nouveau à Sophie.

— Je ne voudrais pas vous donner de faux espoirs, mais je crois pouvoir dire que dans quelques jours vous allez repartir chez vous avec votre père, mademoiselle Durante.

Sophie lui rendit son sourire. C'était merveilleux, inespéré, fabuleux…

Et en même temps, *terrifiant*. Parce qu'elle avait échafaudé tout un univers chimérique pour son père : une existence avec Luka, dans un bel appartement, pas dans un deux pièces minuscule partagé avec Bella…

Le seul élément véridique était le fait que son amie travaillait comme femme de chambre.

Par chance, Paulo n'avait pas posé trop de questions, et il oubliait vite les détails. Si bien qu'il pensait simplement que Luka avait tenu sa promesse et s'était fiancé avec sa fille.

Comment lui avouer, à présent, que cette version idyllique de la réalité n'était qu'un tissu de mensonges ?

— Je vous ai fait venir pour que vous puissiez commencer à organiser sa sortie, poursuivit la directrice.

Sophie réussit à la remercier sans montrer son désarroi, et même à aller dire au revoir à son père en souriant. Mais une fois dehors, elle courut vers l'arrêt de bus.

Une demi-heure plus tard, elle grimpait l'escalier étroit quatre à quatre, et poussait la porte avant de s'effondrer sur une chaise.

— Qu'est-ce qui se passe ? demanda Bella en voyant sa tête.

— Papa va sans doute sortir de prison…

— Mais c'est fantastique ! s'exclama son amie.

— Oui, bien sûr, mais je lui ai dit que je vivais avec Luka, dans un grand appartement superbe !

— Tu ne peux pas lui révéler la vérité. Ton père mérite de mourir en paix, et de savoir que quelqu'un veille sur sa fille.

Bella ferma un instant les yeux et, quand elle les rouvrit, ils brillaient de larmes contenues.

— Ma mère n'a pas eu cette chance. Je crois que le soir où Malvolio a été remis en liberté et m'a obligée à travailler au bar, elle en a eu le cœur brisé. Et ça a hâté sa fin. Nous ne permettrons pas que ton père subisse le même sort, Sophie.

— Et comment est-ce que je fais ? répliqua Sophie en roulant des yeux. Je me procure une photo de Luka, je la fais agrandir et je la pose sur une chaise, c'est ça ? Mon père a l'esprit confus, mais il n'est pas fou…

— Il n'y a qu'une solution…, commença Bella en fronçant les sourcils. Tu vas aller voir Luka et lui dire qu'après ce qu'il a dit sur toi au tribunal il peut bien t'aider et jouer la comédie le temps qu'il faudra !

— Tu crois que je pourrais réussir à le convaincre ?

Sophie baissa les yeux sur sa jupe toute simple.

— Je ne peux pas aller le voir accoutrée comme ça…

— Je sais encore coudre, Sophie ! répliqua Bella en plissant un œil. Alors, tu peux compter sur moi pour te métamorphoser en créature sophistiquée comme Luka n'en a jamais rencontré… Et crois-moi, il va vite devoir revenir sur ce qu'il a dit au tribunal…

10.

— Je voudrais voir Luka Cavaliere.

Dieu merci, sa voix n'avait pas tremblé, alors qu'en réalité Sophie se sentait prête à s'effondrer.

— Vous avez rendez-vous ?

— Non. Je voudrais simplement savoir à quel étage se trouve son bureau.

— Je suis désolée : M. Cavaliere ne reçoit que sur rendez-vous.

— Je comprends, répliqua Sophie avec assurance. Mais il fera une exception pour moi.

L'hôtesse au maquillage parfait lui adressa un sourire poli.

— Malheureusement, il ne fait jamais *aucune* exception.

Sophie baissa furtivement les yeux sur son badge. *Amber.*

— Excusez-moi, reprit la prénommée Amber en soulevant le téléphone qui sonnait.

Quand elle reposa le combiné, elle se tourna vers Sophie en battant des cils, comme si elle était étonnée de la trouver encore là.

— Je peux faire quelque chose pour vous ?

— Oui : dites à M. Cavaliere que sa fiancée souhaite le voir.

— Sa *fiancée* ? répéta Amber avec incrédulité.

Elle posa ses yeux bleu pervenche sur la bague ornant l'annulaire de Sophie.

— Oui, sa fiancée. Si vous voulez bien le prévenir ?

— Et vous êtes mademoiselle… ?

Sophie ne répondit pas. Luka devinerait tout de suite l'identité de la visiteuse surprise — elle voyait même l'expression de stupeur sur son beau visage viril, quand il apprendrait que sa *fiancée* avait le toupet de réapparaître dans sa vie…

Les joues roses de confusion, Amber reprit son téléphone et avertit son interlocuteur que la fiancée de M. Cavaliere se trouvait à l'accueil et désirait le voir. Puis elle raccrocha en adressant un sourire artificiel à Sophie.

— Son assistante va le prévenir que vous êtes là. Si vous voulez bien vous asseoir, en attendant…

Sophie traversa l'espace lumineux et aperçut au passage sa silhouette dans un haut miroir. Elles avaient accompli un véritable prodige, Bella et elle.

Depuis des années, son amie passait au crible le contenu des poubelles des suites luxueuses qu'elle vidait tous les jours — les clientes jetaient des choses insensées !

Sous le lit de Bella, il y avait deux grands cartons remplis de merveilles.

— Celle-ci sera parfaite, avait-elle dit en sortant une robe de soie couleur ivoire. Elle a une petite tache de rouge à lèvres, et sa propriétaire ne s'est même pas donné la peine de l'envoyer au pressing… Quant à ces chaussures…

Elle lui avait tendu une paire d'escarpins magnifiques.

— Ils ont besoin d'être ressemelés, c'est tout. Quel gâchis ! Mais tant mieux pour nous…

Ensemble, elles avaient choisi vêtements et accessoires, et, grâce aux doigts de fée de Bella, la robe un peu trop large moulait maintenant à la perfection le corps de Sophie.

Après un passage chez le coiffeur, elles étaient allées acheter des produits de maquillage dans un grand magasin, pendant que les escarpins étaient confiés à la cordonnerie. Ensuite, Bella lui avait verni les ongles des mains et des pieds et, très tôt ce matin-là, Sophie avait pris l'avion pour Londres, qu'elle devait quitter le soir même.

D'un commun accord, elles avaient en effet décidé d'utiliser l'argent économisé pour offrir une fin de vie heureuse à Paulo, au lieu de rapatrier sa dépouille après sa mort, comme elles l'avaient d'abord envisagé.

À présent, qui aurait pu deviner que les vrais vêtements de Sophie et ses chaussures étaient enfermés dans un casier, à la consigne de l'aéroport ?

Amber quitta son bureau et s'avança vers elle d'une démarche chaloupée.

— M. Cavaliere vous attend. Je vais vous conduire aux ascenseurs.

Réprimant une envie subite de s'enfuir, Sophie hocha la tête et suivit la jeune femme au corps de mannequin.

Quelques instants plus tard, à mesure que la cabine se rapprochait en silence du vingt-troisième étage, Sophie eut l'impression que ses jambes allaient lâcher.

Lorsque les portes coulissèrent, une jeune femme en larmes lui apparut, et lui lança entre deux sanglots qu'elle était « la dernière goutte ».

— Vous lui direz que son assistante donne sa démission ! ajouta-t-elle avant de s'engouffrer dans l'ascenseur.

Sans pouvoir retenir un sourire, Sophie songea qu'elle avait *déjà* semé le chaos dans la vie de Luka Cavaliere.

Mais lorsqu'elle s'avança dans le vaste hall, qu'elle aperçut les ravissants arrangements floraux disposés çà et là, il lui fallut quelques secondes pour s'acclimater au luxe et à la beauté qui l'entouraient.

Et là, derrière cette double porte de bois satiné, Luka l'attendait.

Refoulant sa nervosité, Sophie frappa.

— Entre.

Au simple son de sa voix, son assurance fondit comme neige au soleil. Après des années d'abstinence voulue et assumée, tous ses sens se révoltaient, frémissaient…

S'interdisant de trembler, elle posa une main aux ongles rouge carmin sur la poignée et la tourna, prête à l'affronter.

Puis, après s'être avancée d'un pas, elle s'arrêta un bref

instant, le temps d'accepter qu'elle pénétrait dans l'univers de Luka. Sur son territoire.

Sophie devina, en le regardant, que cela devait être difficile pour lui aussi. Debout devant la fenêtre, le dos tourné, il resta longtemps immobile, comme s'il avait besoin d'un peu de temps pour s'habituer à sa présence.

Après quelques instants de silence tendu, Sophie commença d'une voix neutre :

— Ton assistante m'a chargée de te dire qu'elle donnait sa démission. Elle a dit aussi que j'étais « la dernière goutte »...

« Ne te retourne pas, le supplia-t-elle en silence. Pas encore... Attends que mon cœur ait repris son rythme normal. »

Au même moment, Luka se retourna, lentement. Son regard bleu azur croisa le sien. Mais la chaleur qui y avait brillé autrefois avait complètement disparu, remplacée par une lueur impersonnelle et froide.

C'était mieux ainsi, se dit Sophie. Cette froideur l'aiderait à rester et à garder ses distances, alors que son instinct lui commandait de fuir — pas seulement cet homme somptueux, mais aussi le désir irrésistible de se jeter dans ses bras.

Il lui désigna une chaise ; Sophie s'y assit. Puis elle lui expliqua pourquoi elle était venue.

Ensuite, en dépit de ses efforts pour garder son calme, elle se retrouva finalement debout en face de lui, le cœur battant à tout rompre, les joues en feu...

Mais après lui avoir répondu qu'il avait besoin de temps pour réfléchir, il précisa qu'il ne l'épouserait jamais.

Sentant qu'elle avait presque gagné, Sophie se rassit.

— Tu veux boire quelque chose ? demanda alors Luka.

Il souleva le téléphone, avant de le reposer aussitôt.

— Allons plutôt déjeuner.

— Je ne veux pas parler du bon vieux temps. Je...

— Sophie, je t'assure que je n'ai pas envie d'un charmant déjeuner en tête à tête. J'ai un rendez-vous à 14 heures et j'aimerais avoir pris quelque chose avant, c'est tout.

Quelques instants plus tard, ils descendirent au rez-de-chaussée sans échanger un mot, mais quand ils passèrent devant le bureau d'accueil, Sophie ne se priva pas d'adresser un sourire triomphant à Amber.

Toujours sans parler, ils marchèrent côte à côte sur le trottoir, jusqu'à un restaurant situé juste au coin de la rue.

Manifestement, Luka était un habitué de l'endroit, car tout le monde l'appela par son prénom, et un serveur souriant les conduisit dans une salle située à l'arrière.

— Non, pas de vin, merci, dit Luka en repoussant la carte.

— Pas d'alcool pour parler affaires ? demanda Sophie.

— Si c'était le cas, j'aurais déjà commandé un excellent vin rouge.

— Et si nous étions là pour le plaisir ?

— Le champagne, je le bois au lit, répliqua Luka. Juste une coupe pour moi : je dois retourner au bureau après.

— Au lit… avec Amber, par exemple ? demanda Sophie en haussant un sourcil moqueur. Et elle aussi retourne au bureau *après* ?

— Dans ces cas-là, je lui donne toujours son après-midi, répliqua Luka. Je suis très gentil…

Bouillant de colère, Sophie serra les mâchoires, puis se rendit compte avec effarement qu'il commandait la même chose pour elle, sans même lui demander son avis.

— Je préférerais choisir ce que je mange…

— Je n'en doute pas, mais j'ai trente-deux minutes pour déjeuner, j'ai faim, je suis en colère, et je suppose que tu aimes les pâtes… Je te répète qu'il ne s'agit pas d'un tête-à-tête romantique, Sophie. Je ne peux pas recevoir quelqu'un le ventre vide — surtout que je n'ai pas pris de petit déjeuner ce matin.

— Pourquoi ? ne put-elle s'empêcher de demander.

Il se pencha au-dessus de la table en plissant le front.

— Ne me pose pas de questions sur ma vie, Sophie. Tu aurais pu en faire partie, mais tu as préféré vivre *ta* vie…

À cet instant, le serveur revint avec deux assiettes débordant de pâtes et emplit leurs verres d'eau minérale.

Sophie ne pleurait *jamais*. Et pourtant, elle eut du mal à retenir ses larmes. Elle avait obtenu des pâtes et trente-deux minutes de son temps si précieux. Elle avait Luka en face d'elle, mais en version « homme d'affaires pressé »…

— Alors comme ça, tu travailles dans l'événementiel ? reprit-il. À plein temps ?

— Non. Enfin, si…, corrigea-t-elle aussitôt. Mais je n'avais pas de rendez-vous, aujourd'hui. Et puis, j'ai pris quelques jours pour préparer la sortie de mon père…

— Tes clients ont dû être ravis…

— J'ai une amie qui fait le même job : elle a accepté de prendre le relais.

— Tant mieux.

Quelques instants plus tard, il sortit son portable de sa poche et appela Rome pour prévenir le gardien de son immeuble que sa fiancée allait venir s'installer chez lui.

— Elle arrivera ce week-end, précisa-t-il.

Sophie lui rappela que le jugement définitif ne serait rendu que le mercredi suivant, mais il mit fin à l'appel et rempocha son portable.

— Tu auras besoin de temps pour emménager. Il suffira que tu donnes ton nom en arrivant, et on te remettra les clés. Ne t'inquiète pas : quelqu'un t'aidera à monter tes bagages. Je te rejoindrai mardi soir.

— On pourrait peut-être attendre la décision du…

— Nous dînerons ensemble et en profiterons pour mettre au point les derniers détails…

Luka jeta un coup d'œil à sa montre.

— Je dois retourner au bureau.

Quand elle se leva, il l'arrêta d'un geste.

— Tu peux rester. Donne-moi juste ton numéro de téléphone, au cas où.

— C'est moi qui t'appellerai.

— Très bien.

Sur ces mots, il se détourna et disparut dans la grande salle. Sans se retourner une seule fois.

Sophie redressa le menton et héla le serveur.

— Je peux avoir l'addition, s'il vous plaît ?

— M. Cavaliere a déjà réglé, madame, répondit le jeune homme en souriant.

Elle le regarda s'éloigner, contempla les hommes d'affaires buvant leur café, les groupes d'amis qui bavardaient en riant, deux amoureux qui prenaient leur temps et sirotaient leur vin en se regardant dans les yeux…

Le retour en métro vers Heathrow lui parut affreusement long. En revanche, le vol Londres-Rome passa en un éclair.

À son arrivée à l'aéroport de Fiumicino, Bella l'attendait et se précipita vers elle.

— Alors, il y a cru ? demanda-t-elle en l'embrassant.

— Oui, répondit Sophie.

Luka la croyait riche. Il pensait qu'elle menait une brillante carrière.

Mais, même ainsi, il ne la considérait toujours pas comme une femme pour lui.

11.

— Qu'est-ce que c'est beau…, s'extasia Bella.

Elle s'avança pour effleurer les lourds rideaux de brocart encadrant une haute fenêtre cintrée.

— Dire que tu aurais pu *vraiment* vivre ici…, soupira-t-elle. Tu as vu ? Il y a même un ascenseur privé… On va faire un tour sur la terrasse ?

— Non, pas maintenant, répondit Sophie.

L'appartement de Luka était superbe, en effet, déployant un mélange de luxe ultra-contemporain et de ravissants meubles anciens.

Bella ayant de nouveau fait des miracles, elles venaient de suspendre une garde-robe succincte mais raffinée et élégante dans le dressing, avant d'y déposer quelques paires de chaussures tout aussi chic. Elle avait aussi prêté à Sophie la brosse à cheveux en argent héritée de sa mère, qu'elle venait de poser à côté des accessoires de toilette qu'elles avaient achetés ensemble.

Cette fois, le restant de leurs économies y était passé.

— Ce luxe ne te fait pas envie ? insista Bella.

— J'ai choisi de ne pas partir à Londres avec Luka, ne l'oublie pas. Et puis, qui sait ce qui se serait passé si je l'avais accompagné ? Peut-être que ça n'aurait pas marché entre nous.

Mieux valait prendre un ton détaché, plutôt que de reconnaître que Luka lui manquait terriblement, jour et nuit.

— À quelle heure doit-il arriver ?

— Il ne devrait pas tarder. Nous allons dîner ensemble pour mettre au point les derniers détails.

— Montre-toi aussi difficile que les clientes de l'hôtel. Et surtout, ne dis pas « merci » au personnel, et ne…

Bella s'interrompit et lui sourit.

— Tu vas très bien te débrouiller, j'en suis sûre. Oh ! J'allais oublier : j'ai un petit cadeau pour toi. Non, deux, en fait.

— Bella ! protesta Sophie en déballant le smartphone dernier cri. Nous n'avons pas les moyens de…

— Si, l'interrompit Bella. Tu ne peux quand même pas prétendre être une organisatrice d'événements sans avoir de portable ! Après, je veux bien le récupérer, si tu ne souhaites pas le garder.

— Qu'est-ce que c'est ? murmura Sophie en ouvrant le second paquet. Bella…

Elle déboucha le flacon de cristal ancien et le porta à ses narines.

— Mmm… Ça sent divinement bon…

— Tu ne pouvais pas non plus te balader sans parfum…

— Mais comment as-tu fait ? demanda Sophie en rebouchant le flacon. Nous ne sommes pas riches…

— Eh bien…

— Tu l'as volé ?

— Oh ! j'en ai juste emprunté un peu… Et non seulement je ne me sens pas coupable, mais je suis heureuse de l'avoir fait pour toi.

En dépit du ton enjoué de son amie, Sophie vit une ombre de tristesse passer dans son regard.

— Bella ?

— Je voudrais te poser une question… personnelle.

— Mais oui, bien sûr !

— Quant tu as vu Luka, t'a-t-il parlé de Matteo ?

— Non, répondit sincèrement Sophie.

— Je croyais qu'ils travaillaient ensemble…

— Nous n'avons pas beaucoup parlé, tu sais.

— J'ai peur d'apprendre que Matteo est marié. Même si je sais qu'il me prend sans doute toujours pour une prostituée.

— C'est lui qui t'a donné de l'argent, Bella.

— Je pense à lui tout le temps, avoua celle-ci. Tu crois qu'il se souvient de moi ?

— Évidemment ! Mais tout cela est arrivé il y a si longtemps, Bella… En revoyant Luka, j'ai compris une chose, c'est que les gens avancent. Il a sa vie, ses maîtresses… Il ne repense sans doute jamais à ce qui s'est passé entre nous. Quand tout ça sera terminé, il faut qu'on avance aussi, toi et moi. Et qu'on essaie enfin de vivre nos rêves. Je me fiche de ce que ça coûtera, mais tu iras t'inscrire dans une école de stylisme, et moi, je poserai ma candidature pour me faire embaucher sur un paquebot.

— Tu as peut-être raison.

— *J'ai* raison, Bella ! Je ne vais pas passer le reste de ma vie à regretter Luka. Je veux en finir avec lui une fois pour toutes.

— Je dois m'en aller, Sophie.

— Merci encore, Bella.

Son amie se força à sourire.

— Je veux tous les détails, d'accord ?

Sophie lui sourit et l'accompagna jusqu'à la porte, mais, quand Bella fut partie, elle se mit à arpenter nerveusement l'appartement.

Soudain, alors qu'elle n'avait jamais eu envie de retourner à Bordo del Cielo, elle ressentit une profonde nostalgie pour sa petite ville natale. Elle aurait voulu retourner avec Bella dans leur crique secrète, tremper ses pieds dans cette eau qui restait si claire, si fraîche, même au cœur de l'été.

Les yeux embués, Sophie contempla l'immense chambre qu'elle allait partager avec Luka. L'ameublement en était sobre, masculin, et une subtile énergie mâle en émanait.

Elle regarda le lit immense, couvert d'un jeté de soie d'un beige raffiné, sans parvenir à s'imaginer dedans avec Luka.

Pire, elle continuait de l'imaginer au lit avec une autre, et cette simple pensée la mettait littéralement hors d'elle.

— Sophie ?

Sa voix profonde la fit sursauter.

— Je ne t'ai pas entendu entrer, dit-elle en pivotant sur ses hauts talons.

— Tu t'attendais à ce que je frappe à la porte ?

— Bien sûr que non…

Elle avait du mal à soutenir son regard. À Londres, elle l'avait vu furieux, distant et arrogant, mais jamais encore elle ne l'avait vu ainsi : la bouche pincée, de toutes petites rides auréolant ses yeux bleus, le teint pâle sous la peau hâlée, vibrant de tension contenue…

Comme s'il redoutait cette situation autant qu'elle.

— Où veux-tu dîner ? demanda-t-il.

— Nous pourrions nous faire livrer quelque chose.

— Nous ne sortirons sans doute pas beaucoup, une fois que ton père sera ici, répliqua-t-il. Alors, profitons-en.

— Je ne m'attends pas à ce que tu passes beaucoup de temps avec nous, dit Sophie. Nous n'aurons qu'à prétexter que tu es très occupé par ton travail.

— Il va mourir, Sophie. Et il n'est pas stupide. Si j'étais vraiment fiancé avec toi, si je t'aimais, je passerais la plus grande partie de mon temps libre avec toi.

— Oui, bien sûr…

— As-tu prévu de faire venir une infirmière ?

— J'ai pensé qu'il valait mieux attendre de voir ce qui se passerait demain.

En vérité, elle n'avait pas les moyens d'embaucher une infirmière à domicile.

— J'irai au tribunal demain matin, répliqua Luka. Je te tiendrai au courant par SMS.

— Pourquoi irais-tu là-bas ?

— Pour t'éviter d'y aller.

Sophie sentit son cœur faire un petit bond. C'était typique

de Luka. De l'homme adorable et attentionné qu'elle avait repoussé autrefois.

— Je ne sais pas si tu te rends compte, poursuivit-il, mais il va y avoir un monde fou, des tas de journalistes…

— Je commence à m'en rendre compte. J'ai regardé les informations, et je les ai vus camper devant le tribunal.

— Ils espèrent apercevoir Paulo, mais ils vont être déçus : il pourra quitter l'infirmerie à leur insu, heureusement.

Sa belle bouche virile esquissa un sourire crispé.

— Tu as autre chose à me dire ?

— Non. De toute façon, nous pourrons en parler en dînant.

— J'ai changé d'avis, répliqua Luka. Je sors seul.

— Où vas-tu ?

— Qu'est-ce que ça peut bien te faire ?

— Nous sommes censés être fiancés, non ?

— La comédie ne commence que demain, Sophie. Demain, nous partagerons ce lit. Demain nous ferons semblant de nous aimer, mais je viens de réaliser que ce soir, je n'ai même pas à feindre de te trouver sympathique. Je vais savourer ma dernière nuit de liberté avant de purger *ma* peine.

Quand il s'avança vers la porte, Sophie ne put s'empêcher de lui lancer :

— Excuse-moi d'avoir troublé le cours de ton existence de rêve…

— *De rêve* ? répéta-t-il en faisant brusquement volte-face. J'aimerais bien savoir de quoi tu parles, Sophie. J'ai travaillé dix-huit heures par jour pour arriver où je suis. À t'entendre, on dirait que ça m'a été apporté sur un plateau !

— Démarrer comme copropriétaire d'un hôtel avec l'argent de papa, ça aide…

— Malvolio n'a rien à voir là-dedans. C'est mon travail qui m'a permis d'avancer, pas son sale argent. Je ne l'ai pas dit au tribunal, mais cela faisait des années que je savais que mon père était pourri jusqu'à la moelle, et que Paulo était son âme damnée. Alors, ne me parle pas de mon existence de rêve, Sophie. Quand je suis revenu à Londres, après le procès, tu crois vraiment que mes partenaires m'ont accueilli à bras ouverts ? Six mois d'incarcération, ça nécessite des explications… J'ai dû leur prouver que j'étais digne de confiance, et plus d'une fois.

La bouche crispée, elle l'écoutait en silence.

— Je n'ai rien accepté de mon père de son vivant, et je n'ai rien voulu après sa mort, poursuivit Luka. J'ai tout fait pour réparer les torts qu'il avait causés. La seule chose dont j'ai profité, ce sont mes études. Et j'ai dû faire des efforts surhumains pour oublier certaines choses…

Sophie comprit, avec un frisson, qu'il parlait d'eux.

— J'ai complètement rompu avec Bordo del Cielo, continua-t-il. Je n'y étais revenu que pour m'affranchir de mon père et de mon engagement envers toi — et je n'aurais jamais dû ouvrir la porte, quand tu es venue, ce jour-là !

Avant même qu'elle eût levé la main, il lui saisit le poignet.

— Vas-y, essaie encore de me gifler !

— Et tu riposteras, c'est ça ? lança Sophie d'un ton de défi.

Luka ne put s'empêcher de sourire. Elle était son égale, et il adorait la voir s'enflammer ainsi, tout entière. Il aurait tant voulu que cette joute se termine autrement : il brûlait d'embrasser cette bouche pulpeuse, jusqu'à ce que Sophie se soumette… Mais il s'interdit ce plaisir.

— Gifle-moi et nos soi-disant fiançailles sont annulées. Tu diras ce que tu voudras à Paulo. Je ne plaisante pas, Sophie.

Elle ne bronchait pas, sachant qu'il avait gagné. Mais Luka enfonça le clou.

— Maintenant, je vais sortir et je passerai la nuit avec une femme qui ne pose pas de questions, une femme douce et chaleureuse…

— Embrasse Claudia pour moi, l'interrompit-elle d'un ton acerbe.

— Claudia ? demanda Luka en haussant un sourcil.

— Tu étais avec elle au Fiscella.

— En effet, Matteo et moi envisageons d'acheter cet hôtel, et Claudia fait partie de mon équipe d'avocats.

— Elle était là à cause de votre projet ?

— Non. Je l'ai embauchée pour faire libérer ton père.

Elle resta pétrifiée sur place.

— Pourquoi as-tu embauché une avocate pour faire sortir mon père de prison ? demanda-t-elle d'une voix blanche.

Luka était bien résolu à ne pas lui parler de la chaîne enfouie dans sa poche, ni de la culpabilité atroce qui l'avait poussé à obtenir coûte que coûte la libération de Paulo. Il préféra mentir.

— Pour jouir de cet instant, Sophie. Pour que tu viennes me demander de jouer au fiancé attentionné. Pour avoir le plaisir d'être allongé à côté de toi dans mon lit et de ne *rien* faire…

— Pourquoi me détestes-tu autant ?

— Tu le découvriras en temps voulu. Pour l'instant, je m'en vais : nous nous retrouverons demain avant le lever de rideau.

12.

Sans doute était-elle la fille la plus ingrate de la terre car, à midi, Sophie se mit à espérer que la demande concernant son père avait été rejetée — et qu'elle allait pouvoir quitter cet appartement et Luka sans même le revoir.

Mais en fin d'après-midi, elle reçut un SMS de lui :

« Ton père a quitté l'infirmerie et sera avec toi d'une minute à l'autre. Le juge a fait part de sa décision en privé pour des raisons de sécurité. Elle sera bientôt rendue publique. »

Oubliant un bref instant l'enfer qui l'attendait, Sophie comprit que, sans Luka, la libération de son père aurait représenté un véritable cauchemar.

À la télévision, elle vit avec effroi une meute de journalistes rassemblés devant le tribunal, et d'autres postés à l'affût devant l'infirmerie. Comment Bella et elle auraient-elles pu les affronter ?

Paulo arriva à l'appartement alors que les journalistes l'attendaient toujours à l'autre bout de la ville.

— Luka n'est pas là ? demanda-t-il après que Sophie l'eut installé confortablement.

— Il était au tribunal, répondit-elle. Il m'a tenue au courant de ce qui se passait.

— Vous avez un bel appartement, dit-il en admirant la vue depuis son fauteuil. Il y a un balcon ? J'aimerais bien respirer un peu d'air frais…

— Tu en as un dans ta chambre, et il y a aussi une terrasse sur le toit, avec un jardin.

— Je ne pourrai pas monter l'escalier.

— Vous n'en aurez pas besoin : nous avons un ascenseur.

Comme chaque fois qu'elle entendait la voix de Luka, Sophie sursauta, mais heureusement, son père ne s'en aperçut pas.

— Luka ! s'exclama joyeusement Paulo, en s'appuyant sur les accoudoirs pour se lever avec peine.

Il prit Luka dans ses bras et l'embrassa chaleureusement.

— Merci, reprit-il avec émotion. Merci pour tout ce que vous avez fait — je sais que c'est grâce à vous que j'ai été libéré…

— Pas du tout ! l'interrompit Luka. Le juge avait raison : il y avait eu toutes sortes d'irrégularités, lors du procès. Vous l'avez bien méritée, votre liberté !

— Tu savais que c'était Luka qui avait tout organisé ? demanda Sophie.

— Bien sûr !

— Papa…, commença-t-elle en observant son père avec attention. Faisais-tu semblant de… d'avoir l'esprit un peu confus ?

Paulo sourit.

— De temps en temps.

— Il n'est même pas vraiment malade, dit Luka avec un clin d'œil à l'adresse de Paulo. C'était un petit jeu.

— Très drôle ! commenta Sophie.

Mais quand elle regarda son père, elle comprit, au fond de son cœur, qu'il n'en avait plus pour très longtemps.

— En tout cas, je t'ai préparé des pâtes, avec ta sauce préférée, reprit-elle en lui souriant.

Un peu plus tard, il dégusta ses pâtes d'un air ravi.

— C'est presque comme à la maison, murmura-t-il en s'essuyant les lèvres.

Sophie contempla l'assiette de Luka : il n'y avait pas touché.

Sans dire un mot, il versa du vin dans les trois verres.

— Tu es sûr que c'est raisonnable ? demanda-t-elle en voyant son père soulever le sien. Ce n'est pas contre-indiqué, avec ton traitement ?

— Tu es bien la fille de ta mère ! s'esclaffa Paulo. Je sors de prison, Sophie !

— Oui, je sais, mais…

— Tu te fais trop de soucis, rétorqua son père.

Après avoir goûté le vin, il reposa son verre avec un soupir heureux.

— Vous savez ce qui me ferait plaisir ? reprit-il en souriant. C'est qu'on organise une fête. On n'a jamais célébré vos fiançailles.

Sophie souleva son verre.

— Nous n'avons pas besoin de fête, papa.

— Mais si, histoire de marquer le coup, insista son père. Juste une petite soirée entre amis.

Quand il se mit à tousser, elle comprit qu'il était temps qu'il se repose, et elle l'aida à se lever avant de l'accompagner jusqu'à sa chambre, laissant Luka seul.

— S'il te plaît, Sophie…, dit son père une fois qu'il fut au lit. Je voudrais que tu gardes des photos en souvenir…

Sophie songea, en quittant la chambre, qu'elle n'aurait pas besoin de photos pour se rappeler cette aventure.

— Il dort, dit-elle après avoir rejoint Luka au salon.

— Il a de la chance, répliqua celui-ci d'un ton brusque. Je pourrais m'installer dans l'une des chambres d'amis…

À cet instant, elle entendit la porte de la chambre de Paulo se rouvrir.

— Tu peux m'apporter mon verre de vin, Sophie ? Je ne l'ai pas terminé…

— Papa !

— Arrête de faire des histoires, répliqua Paulo en apparaissant sur le seuil. Et je voudrais que tu me montres comment fonctionne la radio : j'aimerais bien m'endormir en musique.

Lorsque Sophie fut sortie pour aller chercher son verre, Paulo sourit à Luka.

— Où dormez-vous, tous les deux ? Juste pour savoir, au cas où j'aurais besoin de Sophie, cette nuit. Je ne vous dérangerai pas, bien sûr : je me contenterai de frapper discrètement.

— Sophie dort ici, répondit Luka en désignant la porte de la chambre principale. Et moi…

Paulo éclata de rire.

— Je vous en prie, Luka ! Pas de ça avec moi !

Comme Sophie revenait avec son verre à moitié plein, il se tourna vers elle.

— Ton fiancé voulait me faire croire que vous faisiez chambre à part ! Je ne suis pas si vieux jeu, quand même… Ne vous gênez pas avec moi, mes enfants.

— Formidable…, dit Luka entre ses dents, lorsque Paulo fut enfin recouché.

— Je t'avais dit qu'il n'y croirait jamais, répliqua Sophie.

— Je n'avais pas deviné que ça allait être un véritable enfer…

Sophie alla dans la salle de bains, se déshabilla, puis fit sa toilette avant d'enfiler une chemise de nuit courte. Ensuite, tout en contemplant son reflet dans le miroir, elle se força à respirer calmement. *Non, elle n'était pas du tout nerveuse…* Du moins, elle tâcha de s'en persuader en souriant à son reflet.

Quand elle eut regagné la chambre, Luka se déshabilla devant elle tandis qu'elle lui tournait le dos et se couchait.

— Il tient à sa fête…, soupira-t-elle.

— Eh bien, il l'aura. Je vais appeler Matteo pour lui demander de venir.

— Tu ne crois pas qu'il risque de faire une gaffe ?

— Pas du tout : Matteo est au courant de ce qui se passe et c'est mon meilleur ami.

— Tu lui as tout raconté ?

— Bien sûr.

— Je pourrais inviter Bella.

— Si tu veux. Je vais appeler Matteo tout de suite.

— Il est presque minuit, lui fit remarquer Sophie.

— Oui. Je me couche tôt, ce soir.

— Tu es vraiment *obligé* de me rappeler à la moindre occasion que tu as une vie sexuelle hyperactive ?

— Ça a l'air de t'ennuyer beaucoup, Sophie…

Cette fois, elle ne trouva rien à répliquer.

Après s'être allongé à côté d'elle, il appela Matteo.

— Nous allons organiser une petite fête pour Paulo, dit-il après avoir bavardé quelques instants avec son ami. Tu pourrais venir ? Sophie va peut-être inviter Bella… Mais oui, bien sûr, tu peux amener qui tu voudras.

Il posa son portable sur la table de nuit, évitant de regarder Sophie.

— Il pourra quitter Dubaï, mais pas avant demain. Il a une réunion importante à organiser là-bas.

Il s'interrompit un instant avant d'ajouter :

— Au fait, il viendra avec sa petite amie.

Dans ces conditions, Sophie décida qu'elle n'inviterait pas Bella. Celle-ci n'aurait pas supporté de voir Matteo en compagnie d'une autre femme.

— Je vais préparer quelque chose de simple, dit-elle. Je préparerai les plats préférés de Paulo et…

— Pas question, l'interrompit Luka. Je comprends que ce soir tu aies voulu lui redonner un petit goût d'autrefois, mais je vais te dire une chose : si tu étais vraiment ma fiancée, tu n'aurais pas à te casser la tête à lui préparer des sauces, alors que nous avons les meilleurs restaurants de l'autre côté de la rue. Fais aussi venir quelqu'un pour préparer le jardin, et des musiciens…

Il se tut brusquement et se tourna vers elle.

— Excuse-moi : j'oubliais que tu étais organisatrice d'événements.

Sophie comprit qu'il avait deviné qu'elle mentait.

— Tu en as déjà assez ? poursuivit Luka. Commencerais-tu

à te rappeler pourquoi tu voulais tant t'en aller de Bordo del Cielo ?

— Oui, reconnut Sophie en ne pouvant retenir un petit sourire. J'en ai assez d'entendre Paulo répéter que je suis comme ma mère, en tout cas.

— Rosa faisait de lui ce qu'elle voulait.

Cette fois, Sophie resta silencieuse. Allongée ainsi à côté de Luka, elle se sentait affreusement mal à l'aise, alors que lui ne semblait pas embarrassé le moins du monde.

Soudain, elle vit sa main bouger sous le drap et le regarda, choquée.

— Vu que j'ai une érection, je remets mon caleçon en place, dit-il avec un sourire innocent. Ne t'inquiète pas, je ne vais pas me rapprocher de toi.

— Tu es de très bonne humeur, tout à coup…

— Oui. Je m'étais trompé. Cette petite comédie n'est pas un enfer, finalement — je m'amuse beaucoup, au contraire ! Je suis content de voir ton père en liberté et j'adore te voir sur les nerfs.

Sur ces mots, il fit une chose d'une cruauté inouïe : il se rapprocha d'elle, l'embrassa sur le bout du nez, puis se retourna.

Deux minutes plus tard, il dormait.

13.

Quand il se réveilla, Luka découvrit le beau visage endormi tourné vers lui.

Celui de Sophie, la seule femme qui aurait jamais dû se trouver dans son lit.

Il regarda le sein qui avait jailli de la soie blanche et retint son souffle. Dans le sommeil, leurs jambes s'étaient étroitement mêlées.

Sans même avoir besoin de se parler, ils communiquaient. Parce que leurs âmes se comprenaient.

Un soupir lui échappa. Il aurait tant aimé que tout soit différent. Que Sophie ne soit pas aussi fière, aussi entière…

Et pourtant, s'il en avait eu le pouvoir, l'aurait-il changée ? Non, parce que ç'aurait été comme d'altérer une œuvre d'art.

— Pourquoi est-ce que tu me regardes ? demanda-t-elle en soulevant les paupières.

— Parce que tu es dans mon lit.

Luka baissa les yeux sur son sein dénudé et sourit en voyant Sophie se rajuster aussitôt, avant de dégager prestement ses jambes.

— Une petite érection matinale, Luka ? demanda-t-elle en souriant à son tour.

— Qu'est-ce que ça peut te faire ? répliqua-t-il avec un sourire moqueur.

Sophie quitta lestement le lit et se dirigea vers le dressing. À vrai dire, elle ne savait pas quoi mettre. Bella lui avait confectionné une garde-robe fabuleuse, mais rien qui convienne pour aller préparer le café. Après avoir hésité un bref instant, elle prit une chemise de Luka.

— Plus de phobie ? Pas de réminiscences douloureuses ? demanda Luka quand elle regagna la chambre. La dernière fois que tu as porté l'une de mes chemises, il y avait dix policiers autour de nous.

Sophie ne se donna pas la peine de lui répondre, et sortit de la chambre pour se diriger vers la cuisine. Lorsqu'il l'y rejoignit, un peu plus tard, il portait un costume et semblait fin prêt à partir pour le bureau.

— Je pensais que tu prendrais un jour de congé.

— Non. De toute façon, je me suis dit que tu aimerais passer un jour seule avec ton père.

— Je vais lui porter son petit déjeuner.

— Le médecin viendra le voir à 9 heures, répliqua-t-il en posant une carte de crédit sur la table.

— Pourquoi laisses-tu cette carte ?

— Pour la nourriture, le vin, la décoration, les musiciens…

— J'ai de l'argent, mentit Sophie.

— Arrête, s'il te plaît. Tu m'as demandé de jouer la comédie, non ? Alors, si nous étions fiancés, ça se passerait ainsi. Commande des mets raffinés, du bon vin, fais décorer le jardin — et s'il le faut, sers-toi de mon nom, ça facilitera les choses.

Effectivement, les gens ne tremblèrent pas de frayeur quand elle cita le nom de Cavaliere. Au contraire, ils se montrèrent sincèrement désireux d'aider Sophie alors qu'elle s'y prenait à la dernière minute.

C'était une consolation, songea-t-elle en soupirant. Car en vérité, elle vivait les moments les plus tristes de sa vie.

Sur la terrasse, deux jeunes gens dynamiques disposèrent des ampoules minuscules dans les plantes gigantesques et les buissons décoratifs, qui s'allumeraient dès le coucher du soleil. Un quatuor à cordes avait été engagé, et les plats avaient mis l'eau à la bouche de Sophie alors même qu'elle les sélectionnait.

— Qu'est-ce que c'est ? demanda Paulo quand elle lui tendit un grand paquet blanc.

— Une nouvelle chemise et un nouveau costume pour toi, répondit-elle en souriant. Tu les essaies ?

Tout devenait si simple, quand on avait de l'argent…

Une demi-heure plus tard, une esthéticienne sonna à la porte et, installée sur l'un des fauteuils tapissés de velours de la chambre, Sophie fut bientôt coiffée et maquillée.

— Du rouge vif, pour les lèvres ? demanda la jeune femme en souriant.

— Non. Je préférerais une simple touche de gloss, plutôt groseille, si vous en avez.

— Remettez-en de temps en temps, dit l'esthéticienne.

Lorsque la jeune femme fut partie, Sophie choisit une robe noire à la coupe sobre et des escarpins à brides, noirs eux aussi. Mais lorsqu'elle se vit dans le miroir, elle fronça les sourcils : ce décolleté était bien trop vertigineux !

Luka entra dans la chambre et trouva Sophie devant le miroir. Il la vit de dos, d'abord, caressa des yeux sa peau lisse et hâlée sur laquelle ses cheveux tombaient librement, en ondulations soyeuses. Laissant descendre son regard, il contempla les mollets mis en valeur par les hauts talons. Et quand il s'avança vers elle, il savoura le petit sursaut qu'elle fit en le voyant apparaître dans le miroir.

— Je suis désolée, murmura-t-elle. Toute cette agitation…

— Ne sois pas désolée, répliqua-t-il avec un haussement d'épaules. J'ai accepté de jouer le jeu. Et c'est normal que ton père ait envie d'une soirée qui sorte de l'ordinaire.

— Merci.

Luka regarda sa bouche sans pouvoir s'empêcher de fantasmer : elle était exactement comme ce jour si lointain, à Bordo del Cielo, où il l'avait embrassée. Puis il contempla les seins hauts et fermes saillant du profond décolleté.

Immobile devant le miroir, Sophie sentit un souffle passer sur son dos, comme une caresse. Mais ce n'étaient pas les doigts de Luka, car il tenait un verre dans une main et desserrait sa cravate de l'autre.

Ses nerfs lui jouaient des tours, la faisant tressaillir d'un espoir absurde.

— Je vais me changer, dit-elle en se retournant.

Mais Luka ne s'étant pas écarté, elle le heurta de plein fouet, sans qu'il lâche pour autant son verre.

Sophie eut l'impression que son cœur se brisait sur le sol.

— Garde cette robe, dit-il avec calme. Ça m'excite.

— Pourquoi ?

Pourquoi en effet leur imposer ce supplice à tous les deux ?

— Pour une petite séance de mortification charnelle, répondit-il avec l'ombre d'un sourire. C'est mon nouveau jeu.

Il déboutonna sa chemise, tandis que Sophie le regardait faire, refusant d'inhaler sa délicieuse senteur virile. Mais au lieu de se diriger vers la salle de bains, il sortit une chemise propre du dressing.

— Tu ne vas pas prendre une douche ? demanda-t-elle.

— Je n'en ai pas le temps.

— Luka, s'il te plaît…

— Tu trouves que je sens trop fort ?

Quand il s'avança vers elle et leva le bras, Sophie détourna la tête.

— Non, ça sent bon, conclut-il avec un petit sourire en coin. Et puis, tu m'auras à l'état brut…

Elle l'aurait préféré inodore et incolore. Aseptisé…

— Tu vois, reprit-il en boutonnant tranquillement sa chemise. C'est un excellent jeu. Pour moi, en tout cas. J'oubliais que tu avais développé une phobie vis-à-vis de ces choses-là…

— Je vais aider mon père à se préparer, dit-elle en s'avançant vers la porte.

— Pas la peine, répliqua-t-il sans la quitter des yeux. Je suis revenu avec une infirmière : elle est avec lui en ce moment, et une autre viendra la remplacer à minuit. Ne t'inquiète pas, j'ai fait vérifier leurs références.

— Je préfère m'occuper de lui moi-même.

— Bien sûr. Mais tu t'occuperas de Paulo en tant que fille, pas en tant qu'infirmière.

— Je n'ai pas les moyens d'embaucher quelqu'un, avoua Sophie avec réticence.

Luka ne cilla pas.

— Tu es enfin sincère, Sophie… Bon, il faut monter sur la terrasse. Matteo et Shandy sont peut-être déjà arrivés. Je crois qu'ils vont bientôt se fiancer…

— Shandy ? On dirait un nom de cheval…

Pauvre Bella… Lorsqu'elle apprendrait que son cher Matteo envisageait de se fiancer, elle ne s'en remettrait pas.

— Elle est bien de retour ! s'exclama alors Luka en riant.

— Qui ?

— La *vraie* Sophie, que tu réprimais si farouchement. Laisse-la s'exprimer, et ne t'inquiète pas, je saurai lui faire face…

La *vraie* Sophie prit l'ascenseur avec lui sans desserrer les dents.

Son père était déjà installé sur la terrasse, grâce à l'infirmière. Avec Matteo et la dénommée Shandy, en effet.

— Bravo, tu t'es bien débrouillée, dit Luka.

C'était vrai, Sophie pouvait être fière d'elle. Les lumières colorées parsemaient gaiement le jardin, tandis que le quatuor jouait doucement et que les serveurs se tenaient prêts à entrer en scène.

— Cela faisait si longtemps ! dit-elle en embrassant Matteo sur les deux joues.

— Si on veut…, répliqua-t-il sans sourire.

Il la détestait lui aussi, de toute évidence, sans qu'elle sache pourquoi.

— Je te présente Shandy, reprit-il en se tournant vers sa compagne.

Sophie regarda la blonde glamour : avec ses longues jambes et ses dents légèrement en avant, elle ressemblait effectivement un peu à un cheval…

— Bonsoir, Shandy, dit-elle en l'embrassant à son tour.

Luka lui adressa un regard sévère, mais il n'avait rien à craindre, elle saurait se tenir.

Tout était exquis, le risotto aux cèpes, les *pappardelle* aux truffes noires et leur sauce crémeuse à souhait, le pain aux herbes et aux olives. Paulo fit cependant remarquer d'un ton nostalgique que ce pain romain était bon, certes, mais que celui de Sicile…

— *Rien* ne peut rivaliser avec le pain sicilien, renchérit Sophie.

Elle avait dit cela en pensant à Bella, pour que Matteo pense à l'absente, et pourtant, c'est Luka qu'elle avait regardé en prononçant ces mots.

— Détends-toi, lui murmura-t-il. Fais comme moi.

Luka était ravi de voir la vraie Sophie refaire surface ; il aimait l'observer tandis qu'elle tentait de refréner sa véritable nature. Cependant, ils savaient tous les deux qu'ils jouaient à un jeu très dangereux.

Le dessert fut un pur régal : de l'authentique *cassata* glacée sicilienne comme Sophie n'en avait pas dégusté depuis une éternité, suivie de minuscules cannelloni à la ricotta et au citron.

— Du *limoncello*…, dit Paulo avant de porter le petit verre de liqueur à ses lèvres.

Puis il se leva et se tint droit sur ses jambes frêles.

— Je bois à aujourd'hui, déclara-t-il en souriant. À mes amis d'autrefois et aux nouveaux…

Il se tourna vers Shandy et leva son verre, imité par Luka et Matteo. Mais Sophie dut faire un effort surhumain pour lever le sien.

Paulo continua son petit discours, fit remarquer qu'elle et Luka étaient merveilleusement assortis, qu'ils étaient faits l'un pour l'autre…

— Luka avait douze ans à la mort de sa mère, et je me souviens de Sophie pleurant toutes les larmes de son corps pour lui.

Sophie avait oublié cet épisode. Délibérément. Pour ne plus souffrir.

Soucieux de sauver les apparences, Luka posa sa main sur la sienne, mais sans la moindre tendresse.

— Quand, plus tard, Luka est parti à Londres et qu'une petite fête avait été organisée pour fêter son départ, je me souviens qu'elle s'était préparée pendant des heures, prête à tout pour qu'il la remarque, continua Paulo. Elle avait quatorze ans et brûlait d'impatience… Alors, je lui ai dit d'attendre mais elle n'a pas voulu m'écouter, bien sûr.

Il se tourna vers elle.

— Cette fois-ci, écoute-moi, Sophie. Le moment est venu pour vous d'être heureux, alors ne le gâche pas.

Ensuite, ce fut au tour de Luka de prendre la parole. Après s'être éclairci la gorge, il remercia les invités d'être venus tandis que, du coin de l'œil, Sophie remarquait que son père souriait, mais s'affaiblissait de seconde en seconde.

À cet instant, Luka se tourna vers elle.

— Si, comme disent certains, je mène une existence *de rêve…*, commença-t-il avec un sourire qui n'éclaira pas ses yeux. En fait, c'est grâce à toi, Sophie…

Quand il lui tendit la main, elle la prit et se leva.

— Je sais que tu as déjà une bague, mais je voulais t'offrir quelque chose de particulier, en souvenir de cette soirée.

Sophie ouvrit le petit écrin et découvrit un fin bracelet sur lequel étaient gravés ces trois mots :

« Pour toujours ensemble. »

Réprimant l'envie de le balancer par-dessus le balcon, elle le tendit à son père, qui chaussa ses lunettes pour déchiffrer l'inscription.

— Nous allons bientôt vous laisser, dit alors Matteo.

— Déjà ? demanda Sophie en redressant le menton.

— Vous pourriez passer la nuit ici, proposa Luka.

Matteo secoua la tête.

— Je préfère voir comment ça se passe à l'hôtel.

— Où êtes-vous descendus ? demanda Paulo.

— Au Fiscella.

Sophie frissonna. Pourvu que Bella ne travaille pas le lendemain matin…

— Luka et moi envisageons de l'acheter, poursuivit Matteo. C'est un endroit charmant, mais qui aurait besoin de rénovation. Je veux me rendre compte sur place des travaux à effectuer.

Paulo regarda sa fille.

— Ce n'est pas là-bas que Bella travaille ?

— Si, répondit Sophie d'une voix crispée.

— Comme quoi ? demanda Matteo.

— Comme femme de chambre, répondit Paulo. C'est bien ça, Sophie ?

Elle acquiesça d'un hochement de tête.

— Je pensais que tu aurais porté les boucles d'oreilles de ta mère, ce soir, continua son père. Tu les voulais pour tes fiançailles…

— Elles n'allaient pas avec cette robe.

— Viens, dit alors Luka en lui prenant la main. Dansons.

« Je ne veux pas danser avec toi, aurait voulu protester Sophie. Je ne veux pas être dans tes bras, pour ne pas croire que c'est réel… »

Il la tenait par la taille, et elle sentait sa joue contre la sienne. C'était leur première danse, et leur dernière, parce que le simple fait de se retrouver ainsi dans ses bras lui causait une douleur insupportable.

En même temps, Sophie aurait voulu que cette danse ne s'achève jamais.

— Pourquoi m'as-tu offert ce bracelet ? demanda-t-elle. Et pourquoi y avoir fait graver cette inscription ?

— Tu aurais préféré : « Tu ne seras jamais heureuse et moi jamais consolé », comme le dit le vieux proverbe sicilien ?

— Tu as besoin d'être consolé, Luka ? répliqua-t-elle avec un sourire forcé.

— Es-tu heureuse ? riposta Luka du tac au tac. N'as-tu aucun regret ?

— Regret de quoi ?

En réalité, elle savait ce qu'il allait répondre.

— De tout ce que nous aurions pu vivre ensemble.

— Tu as rompu. Tu étais revenu à Bordo del Cielo uniquement pour me dire que tu ne voulais pas m'épouser.

— Oh ! tu es très douée pour récrire l'histoire, Sophie… J'ai rompu la promesse que d'autres avaient faite pour nous, c'est tout. Et ce que nous commencions, ce que nous choisissions de vivre, cela ne regardait que nous. C'est *toi* qui as refusé de partir avec moi. Alors, je te répète ma question : tu ne regrettes rien ?

Répondre par l'affirmative aurait équivalu à reconnaître qu'elle l'aimait. Et en admettant son amour pour Luka, Sophie admettrait aussi qu'elle avait gâché ces dernières années — aveu qui serait encore pire que d'être embarquée par la police, vêtue de sa seule chemise.

Aussi se raccrocha-t-elle à sa fierté en luttant pour ne pas appuyer la tête sur son épaule.

— Non.

— Alors, tu es plus stupide que je ne le pensais.

— Ah, parce que, en plus d'être une paysanne, je suis stupide, maintenant ?

— Tu ne lâcheras jamais, n'est-ce pas ? Tu te laisseras toujours emporter par ton fichu tempérament volcanique, lui murmura Luka à l'oreille, en la serrant contre lui. Tu seras toujours incapable de tenir ta langue…

— Je ne comprends pas de quoi tu parles…

Luka éclata d'un rire sombre.

— Ça ne marche pas, Sophie ! Et tu devrais faire plus

attention quand tu me provoques : je suis tout à fait capable de coucher avec toi et de ficher le camp ensuite.

— Je n'en doute pas.

— Alors, ne joue pas avec le feu.

— Pourquoi me méprises-tu ? demanda Sophie.

— Parce que j'ai tendance à devenir mufle quand j'ai un peu trop bu.

— Et pourquoi me détestes-tu ?

— Pour des tas de raisons.

— Par exemple ?

— Tu retournes contre moi ce que mon père a fait. Tu me compares à lui alors que je ne t'ai jamais traitée comme lui.

— Mon père à moi est un homme bon.

— Peut-être, mais pas complètement innocent. Alors, n'en fais pas un saint, s'il te plaît.

Il pencha la tête pour déposer un baiser brûlant sur son épaule nue, sans que Sophie puisse le repousser. Quant à lui résister, cela devenait de plus en plus difficile et douloureux.

— Je n'ai jamais dit ça… Tu as d'autres reproches à me faire ?

— Oui, tu es incapable de reconnaître tes torts. Maintenant, je vais t'embrasser, et tu ne pourras ni t'enfuir ni aller te cacher. Je vais te redonner un aperçu de ce que tu as refusé, tu vas goûter à ce qui te manquera chaque jour…

— Ce n'est pas un petit baiser qui va me faire craquer…

— Qui t'a parlé d'un *petit* baiser ?

— Nous ne sommes pas seuls. Mon père…

— Tu crois vraiment qu'il sera choqué de nous voir nous embrasser ? Tu n'auras qu'à me repousser discrètement, si ça devient trop…

— Apparemment, tu es persuadé que je te désire toujours, Luka. Je te répète que je ne désire personne.

— Oh oui, c'est vrai… J'oubliais ta phobie…

Il recula la tête pour qu'elle voie son sourire.

— Je m'arrêterai quand tu le voudras.

Sophie le regarda en battant des cils. Elle aurait déjà voulu qu'il s'arrête, avant même de commencer. Le simple effleurement de ses lèvres…

Mais elle dut reconnaître que leurs bouches *se réclamaient.* Et quand elle céda enfin à l'attirance mutuelle qui vibrait entre eux, elle se sentit soulagée.

Ce fut sa langue qui caressa celle de Luka en premier, tandis qu'un tressaillement incontrôlable naissait sous les doigts posés sur ses reins, avant de se propager dans tous ses sens.

— Ça suffit, ta petite démonstration, dit-elle en écartant son visage.

Luka se passa lentement la langue sur les lèvres, comme pour prolonger leur baiser.

— Je vais raccompagner Matteo jusqu'à la porte, dit-il enfin. Et je crois que ton père devrait aller se coucher.

Sur ces mots, il la laissa pantelante, à tel point que Sophie dut attendre quelques instants pour se ressaisir avant d'aller rejoindre son père et l'infirmière.

Lorsqu'ils eurent regagné sa chambre, Paulo se tourna vers la jeune femme.

— Pouvez-vous nous laisser quelques instants, s'il vous plaît ?

Dès que l'infirmière fut sortie, il reprit à l'adresse de Sophie :

— C'est merveilleux. Tu ne peux pas savoir à quel point…

— De quoi parles-tu ?

— C'est merveilleux de demander un peu d'intimité et de l'obtenir. Tu m'as rendu très heureux, Sophie, mais ce que je veux, maintenant, c'est te conduire à l'autel, à Bordo del Cielo.

— Le voyage serait trop fatigant pour toi.

— Eh bien, si je meurs en route ou à l'arrivée, j'irai rejoindre ma chère Rosa.

— Papa…

— Sophie, ne me refuse pas cette joie. Je désire tellement

vous voir vous marier dans l'église où j'ai épousé ta mère ! Le week-end prochain — ce sera sans doute le dernier pour moi.

Comment lui dire non ?

— D'accord, papa. Je vais en parler avec Luka.

14.

Après s'être déshabillée dans la salle de bains, Sophie se rendit compte qu'elle avait oublié de prendre sa chemise de nuit, et s'enveloppa dans une grande serviette blanche qu'elle noua entre ses seins.

Luka allait être furieux… Mais, tout en se démaquillant, elle se dit qu'il fallait qu'elle lui parle le plus vite possible.

Quelques instants plus tard, elle poussa doucement la porte et s'avança vers le lit.

— Tu dors ?

Comme il ne répondait pas, Sophie pensa qu'il s'était endormi, et dénoua la serviette avant de la laisser tomber dans un fauteuil.

— Oui ? dit-il, sans se retourner.

— Ça peut attendre demain, répondit-elle en saisissant sa chemise de nuit à la hâte.

— Non, dis-moi tout de suite.

Quand il vit Sophie nue, levant les bras pour enfiler sa chemise de nuit, Luka regretta de s'être retourné. Mais au lieu de fermer les yeux, il se reput de la vision merveilleuse qui s'offrait à lui, alors qu'il avait tout fait pour ignorer Sophie, déterminé à s'endormir avant qu'elle se glisse dans le lit.

À présent, il allait devoir endurer sa deuxième nuit de supplice.

— Mon père veut…, commença Sophie en ignorant les ondes de sensualité qui frémissaient entre eux. Je n'ai pas réussi à l'en dissuader.

— Le dissuader de quoi ?

— Il veut retourner à Bordo del Cielo. Pour aller se recueillir sur la tombe de ma mère.

— Je peux m'en occuper — tu n'auras qu'à l'accompagner. Moi, je ne veux pas retourner là-bas. Je dirai à Paulo que je suis retenu par mes affaires.

Le regard de Luka demeurait fixé sur elle, la faisant trembler de la tête aux pieds.

— Il veut que nous y allions tous les deux et que nous nous mariions le week-end prochain. Alors… je lui ai dit que j'allais t'en parler.

Le silence s'étira, terriblement pesant. Le cœur battant, Sophie attendit sa réponse.

— Luka ?

— Tu as l'intention de rester plantée là toute la nuit, ou tu viens te coucher ?

Les jambes mal assurées, elle s'avança vers le lit, tira le drap et s'allongea. Son cœur lui martelait la poitrine, à présent. Elle redoutait la réponse de Luka et, en même temps, elle se sentait littéralement consumée par le désir, en proie à une excitation vertigineuse.

— Tu n'as pas entendu ce que j'ai dit ? demanda-t-elle d'une voix qu'elle aurait voulue plus ferme.

— Si.

— Tu ne m'as pas répondu.

— Je t'ai déjà dit que je ne t'épouserais jamais.

— Mais je lui ai dit que c'était d'accord…

— Eh bien, tu n'as plus qu'à espérer qu'il mourra avant le début de la cérémonie.

— Luka…, commença-t-elle, se redressant avec colère.

Aussitôt, il lui prit les bras pour la forcer à se rallonger et la maintint immobile.

— Qu'est-ce qu'il y a, Sophie ? Vas-y, termine ta phrase.

— Tu ne penses pas ce que tu viens de dire.

— Oh ! mais si…, répliqua-t-il, les yeux étincelants. Je

vais jouer le jeu, j'irai à Bordo del Cielo avec vous, je participerai aux préparatifs, mais quand tu viendras me rejoindre à l'église, je n'y serai pas, Sophie.

— Tu me détestes tellement que tu serais prêt à le faire.

— Je te déteste autant que je te désire.

— C'est absurde..., murmura-t-elle.

En même temps, les paroles de Luka s'insinuaient en elle, comme une coulée de lave incandescente. Il devait la haïr férocement, à en juger par la force de l'érection qu'elle sentait contre sa cuisse.

— Je vais être plus clair, alors, dit-il d'une voix rauque. Je te déteste autant que tu me désires.

— Je ne te désire pas ! Je ne désire personne ! se défendit Sophie.

Les réactions de son corps démentaient ses paroles, et, de toute façon, Luka savait qu'elle mentait.

— Acceptes-tu de m'épouser, Luka ? Temporairement...

— Tu ne poses pas les bonnes questions.

Sophie laissa échapper un petit halètement.

— Luka, ne pouvons-nous pas tout recommencer ? Oublier le passé et...

— Sans chercher à l'analyser ? Sans accusations ?

— Oui.

— Ce serait pratique pour toi, n'est-ce pas ? Comme ça, tu n'aurais pas à reconnaître tes torts. Tu veux bien tout effacer — à condition que ça t'arrange.

— Qu'est-ce que tu insinues par là ?

Luka se leva et se dirigea vers le coffre-fort.

— Tu veux repartir de zéro et oublier le passé ? insista-t-il en composant le code de sécurité.

— Oui.

Il contempla la chaîne et la croix, crut presque que Sophie pourrait tenir sa parole — jusqu'à ce qu'elle enchaîne :

— Je ne parlerai plus des autres femmes.

— Mais tu viens juste de le faire ! s'écria-t-il, exaspéré.

Il prit seulement la boucle d'oreille. Parce que Sophie était loin d'être prête à affronter la vérité.

— Tu es toujours la gamine de quatorze ans d'autrefois.

— C'est-à-dire ?

— Tu n'as pas grandi. Ou plutôt, tu n'as pas avancé.

— Je suis toujours une paysanne, c'est ça ?

— À la première occasion tu me balances le passé à la figure ! s'emporta Luka. C'est ça que tu appelles recommencer à zéro, Sophie ?

— Parle moins fort. Je ne veux pas que mon père nous entende.

— Il n'entend rien, les murs sont insonorisés. Tiens…

Il lui tendit la boucle d'oreille.

— Ça alors…

— Je l'ai trouvée dans ma chambre, à Bordo del Cielo. Vas-y, dis ce que tu as à dire.

— Je ne veux pas me disputer.

— Tu préfères faire l'amour ?

Sophie baissa les yeux. Même son membre viril semblait en colère.

— Je ne crois pas qu'il ait envie *d'amour*…

Lorsque Luka la rejoignit en deux enjambées et déchira sa fine chemise de nuit, elle s'interdit de se dérober, ou même de tressaillir.

— Tu vas coucher avec moi, mais tu refuses d'aller jusqu'au mariage ? lança-t-elle en redressant le menton.

— Oui. Et si tu connaissais mieux ma réputation, tu saurais que la plupart de mes maîtresses se sont plaintes de la même chose.

— Mais tu ne fais pas l'amour avec elles comme avec moi.

— Tu n'en sais rien.

— Si, j'en suis même certaine, affirma-t-elle en le regardant droit dans les yeux.

— Pour quelqu'un qui n'a fait l'amour que deux fois, tu es bien présomptueuse…

— *Une* fois, corrigea Sophie. Nous n'avons…

Elle ne put achever sa phrase. Luka l'embrassait déjà, comme ils en mouraient tous les deux d'envie depuis cette ébauche de baiser, sur la terrasse. Et quand il enfonça sa langue entre ses lèvres, Sophie le laissa faire en refermant les mains sur sa nuque.

— Rappelle-toi : je ne veux pas de sexe de charité, dit-il un peu plus tard en écartant son visage du sien.

En même temps, il glissa une cuisse entre ses jambes et la repoussa sur le lit.

— Ce n'est pas de la charité, murmura Sophie en le guidant dans sa chaleur de femme.

— Non, c'est de la phobie…

Elle ne répliqua pas. Elle ne désirait qu'une chose : qu'il la prenne.

Mais au lieu de la pénétrer, il se retira et s'agenouilla devant elle.

— Qu'est-ce que tu fais ?

— Je reprends les choses là où nous les avons laissées.

Quand il baissa la tête et lui embrassa le sexe, Sophie creusa les reins et poussa un cri. De volupté. Mais elle ne voulait pas jouir tout de suite. Ni de cette façon. Elle voulait voir Luka, face à face, et le sentir venir en elle, au plus profond…

Elle tenta de le repousser, mais il la tenait fermement par les hanches. Et quand il se mit à la lécher avec un art consommé, que ses lèvres titillèrent impitoyablement son intimité en même temps que ses doigts l'exploraient, elle ne put résister à la jouissance et s'y abandonna en criant son prénom.

Sans lui laisser le temps de reprendre ses esprits, ni même de serrer les cuisses pour prolonger l'orgasme qu'il venait de lui offrir, il s'installa entre ses jambes.

— Luka…

— Oui ? demanda-t-il en s'introduisant en elle. Tu veux que je m'arrête ?

— Non, viens…, murmura Sophie.

Il se redressa, s'assit sur ses talons et la fit glisser vers lui. Puis il poursuivit son petit jeu à la fois torride et frustrant, la pénétrant à peine, se retirant, encore et encore…

Luka réprima un sourire. Il sentait le plaisir monter en elle comme une grande houle.

Il se pencha alors et l'embrassa. Comme la première fois. Comme ce jour lumineux où tout leur avait semblé possible.

Sans quitter sa bouche, il s'allongea sur elle et la pénétra, complètement.

Ils faisaient l'amour. Enfin.

Ils le regretteraient peut-être le lendemain, mais peu importait. Seul le présent comptait.

Le corps en feu, Sophie repoussa une mèche humide du front de son amant. Il l'embrassait comme lui seul l'embrasserait jamais, songea-t-elle en se perdant dans son baiser.

Étroitement enlacés, ils roulèrent ensemble puis se firent l'amour l'un à l'autre, léchant, goûtant, s'envolant dans l'extase. Encore et encore.

Les murs étaient momentanément abattus entre eux. Ils rattrapaient le temps perdu, et Sophie acceptait cette trêve, même si celle-ci devait s'avérer fugace.

15.

— Je ne te comprends pas, dit-elle, le regardant de ses beaux yeux sombres.

Luka contempla le visage de la femme avec qui il venait de partager la nuit la plus merveilleuse de toute sa vie.

— Tu avais apporté l'autre boucle d'oreille ? demanda-t-il en remarquant soudain qu'elle portait les deux.

— Je l'ai toujours dans mon sac.

Luka songea qu'elle transporterait toujours le souvenir de sa mère avec elle. Et s'il lui révélait la vérité, elle ne lui pardonnerait jamais.

— Tu ne me comprends pas parce que je ne veux pas que tu me comprennes, Sophie, répliqua-t-il en se levant.

— Tu refuses de me laisser essayer ?

— Oui. Sophie…

Il s'assit au bord du lit et lui prit la main.

— Nous avons goûté à un amour unique, que bien des gens ne connaîtront jamais. Tu sais ce qu'on dit : « Mieux vaut avoir aimé et perdu, que de ne jamais… »

— Je déteste ce proverbe, l'interrompit Sophie. Qui a écrit ça ?

— Tennyson.

— Eh bien, il avait tort.

— Je suis de ton avis. J'aurais préféré ne jamais t'aimer.

— Mais tu *m'as* aimée.

— Oui.

— Et tu ne m'aimes plus ?

N'étant pas très doué pour le mensonge, Luka préféra l'embrasser au lieu de répondre.

— Dans quelques jours, tout sera terminé, dit-il en se redressant. Nous retournerons à nos vies respectives après avoir fait tout notre possible pour ton père.

Il la regarda un instant en silence avant d'ajouter :

— Et ce sera plus facile, à Bordo del Cielo.

— Comment ça ?

— J'irai à l'hôtel et, en bon fiancé, je resterai éloigné de la future épouse rougissante.

— Elle sera encore plus rougissante quand tu l'abandonneras au pied de l'autel.

— Je ne peux pas t'épouser, Sophie. Je ne serai pas ton faux mari. Je ne veux pas échanger des vœux que nous serons incapables de respecter.

Il se leva et s'avança vers la salle de bains.

— Hé ! lança Sophie. Moi aussi, j'aurais préféré ne pas t'aimer.

Quand il alla dire bonjour à Paulo, Luka remarqua que ses yeux paraissaient éteints. Leurs pupilles étaient devenues presque transparentes.

Et lorsque Sophie lui tendit sa tasse de café, il vit la main amaigrie trembler, à tel point que sa fille dut l'aider à porter la tasse à ses lèvres.

Cependant, dès qu'ils commencèrent à parler des préparatifs du mariage, Paulo se ranima comme par magie.

— Et le soir ? demanda-t-il.

— Il y a déjà une réception à l'hôtel, expliqua Sophie.

Elle se tourna vers Luka.

— Peut-être que tu pourrais faire quelque chose… ?

— C'est la première chose que j'ai vendue, dit-il en secouant la tête. Désolé, je ne peux rien faire.

— Nous n'avons pas besoin de l'hôtel, dit Paulo. Avant

sa construction, nous faisions la fête dans la rue. Quand j'ai épousé ta mère, nous avons commencé les festivités dès notre sortie de l'église ! Tu pourrais peut-être appeler Teresa ?

— Papa…, soupira Sophie. Pourquoi accepterait-elle de nous aider alors que tu…

— Sophie, l'interrompit Luka.

Il la regarda sortir sur le balcon et agripper la balustrade. Elle avait du mal à ne pas confronter son père à ses actes passés, devina-t-il. Même si Paulo persistait à affirmer qu'il n'avait pas l'esprit confus, il semblait vivre dans un passé éloigné, du temps où Rosa vivait encore, ou au présent, comme s'il avait oublié la période qui avait existé entre les deux.

— Excusez-moi, dit-il à Paulo avant d'aller rejoindre Sophie.

— Il s'embrouille, commença-t-il patiemment. Il ne…

— Il s'embrouille quand ça l'arrange ! coupa Sophie.

— Non. Je crois qu'il ne peut pas regarder en face ce qu'il a fait autrefois. Et il veut rentrer chez lui.

— Là-bas, personne ne lui adressera la parole, répliqua Sophie. As-tu demandé à Matteo d'être ton témoin ?

— Oui. Il m'a dit qu'il allait déplacer des rendez-vous pour pouvoir venir.

— Je vais demander à Bella de venir.

— Je ne sais pas si c'est raisonnable. Matteo viendra avec Shandy : tu es au courant de ce qui s'est passé entre lui et Bella…

— Oui : il l'a payée en échange de quelques heures de plaisir !

— Tu ne passes vraiment rien à personne…

— Tu as refusé ma proposition de repartir de zéro, lui rappela Sophie. Alors dis à ton ami que, même si sa présence lui déplaît, Bella sera là ! D'ailleurs, il faut que je m'occupe des hébergements pour…

— Non, c'est déjà réglé.

— Comment ça ?

— Viens, dit-il en l'entraînant à l'intérieur.

Luka s'assit dans un fauteuil à côté du lit de Paulo et commença d'un ton badin :

— Vous serez sans doute un peu fatigué, après la cérémonie. Quelques personnes pourraient peut-être venir chez vous et…

— Je n'ai plus de chez moi, répliqua Paulo avec un sourire triste.

— Si, Paulo. Depuis la mort de mon père, mes avocats ont restitué tous les biens qu'il avait acquis de gré ou de force. Votre maison vous attend, Angela s'en est occupée.

Emue par son geste, Sophie battit des paupières.

— J'ai une maison, murmura Paulo. La robe de mariée de ta mère est encore là-bas, Sophie : tu pourras la porter.

— Non ! protesta-t-elle vivement. C'est hors de question. Je ne suis pas ma mère…

— Sophie, s'il te plaît…, supplia son père.

— Non, papa. Je ne veux pas que mon mariage soit une réplique du vôtre.

S'il avait su la vérité, le pauvre…

Complètement anéantie, Sophie sortit de la chambre.

— Qu'est-ce que tu fabriques ? demanda Luka derrière elle. Je croyais que tu voulais lui offrir le mariage de ses rêves !

— Tu l'as dit toi-même : si c'était réel, si nous nous aimions vraiment et que nous nous mariions…

— Continue.

— À quoi bon continuer ? Pourquoi te parlerais-je de la femme que je voudrais être, alors que tu ne seras pas là pour la voir ? Pourquoi te confierais-je mes rêves alors que tu ne veux pas de moi ? Tu peux coucher avec moi, Luka. Tu peux te montrer doux, gentil, tu peux te disputer avec moi, mais ne me demande pas de te dire ce que j'ai dans le cœur, alors que nous savons tous les deux que tu vas me plaquer le jour de notre mariage bidon !

Elle se détourna avant d'ajouter :

— Je vais voir Bella.

— Il faut que nous nous organisions pour demain.

— Tout est organisé : l'église est réservée, ton jet est disponible. Je n'ai plus qu'à appeler Teresa et ensuite, je sortirai.

Ce fut l'appel le plus difficile de sa vie. Teresa se montra aussi froide et hésitante qu'autrefois, mais accepta néanmoins de préparer un repas pour le jour du mariage.

— Merci, dit Sophie avant de raccrocher.

Ensuite, elle prit son sac et alla embrasser son père.

— Tu sors longtemps ? demanda-t-il.

— Tu dormiras, quand je rentrerai, répondit-elle en souriant. Alors, à demain !

Puis elle se dirigea vers Luka et lui offrit ses lèvres.

— À quelle heure comptes-tu rentrer ?

— Tu n'es pas encore mon mari, fit-elle remarquer avec un sourire forcé.

Elle se rapprocha pour lui murmurer à l'oreille :

— À l'aube. Tu peux dormir tranquille.

Au moment où elle posait la main sur la poignée de la porte, il la rejoignit dans l'entrée.

— Le jet décolle à 7 heures.

— Je serai de retour avant.

— C'est sans doute notre dernière chance de parler, Sophie…

— À quoi bon ? Nous n'avons plus rien à nous dire, et nous savons tous les deux ce que tu vas me faire. Mais tu te trompes, Luka : je n'ai plus quatorze ans, tu n'as plus besoin de me faire descendre de tes genoux. Je serai à l'église demain, et si tu ne viens pas…

Sophie haussa les épaules.

— Eh bien, je survivrai. J'ai beaucoup d'entraînement !

Elle tint le coup jusqu'à l'appartement qu'elle partageait avec Bella. Mais dès qu'elle en eut franchi le seuil, elle s'effondra.

— Il m'a dit qu'il aurait préféré ne m'avoir jamais aimée, Bella…

— Au moins, tu auras connu l'amour… Mieux vaut…

— Arrête ! Si tu te mets toi aussi à citer Tennyson, je hurle !

— Qui est Tennyson ?

— Je n'en sais rien, reconnut Sophie. Mais je crois que ce type n'y comprenait rien en affaires de cœur… Luka va me plaquer, Bella ! En plus, je me suis disputée avec mon père. Il voulait que je porte la robe de mariée de ma mère et j'ai refusé. Je ne veux pas une répétition de leur mariage.

— Je suis en train de te confectionner une robe, Sophie. Quand Luka a accepté de jouer la comédie, j'ai pensé que ça pourrait arriver, et je l'ai commencée. J'avais gardé un peu d'argent et je l'ai utilisé pour acheter de la mousseline de soie sur le marché. Je vais travailler toute la nuit pour la terminer.

Elle regarda Sophie, les yeux brillants.

— Je serai là avec toi, Sophie.

— Non, tu dois travailler au Fiscella, et puis…

— Vas-y, continue…

— Matteo sera là, avec…

Sophie se tut, incapable de le lui dire.

— Je sais qu'il a une amie, enchaîna Bella avec calme. Et je sais aussi qu'elle est éblouissante. J'aimerais vraiment être ton témoin, Sophie, et ne t'en fais pas pour le travail, je suis suspendue temporairement.

— Quoi ?

— J'ai eu des ennuis : j'ai renversé un seau à glace sur un client en venant apporter le petit déjeuner.

— Un seau à glace…

— Oui, rempli d'eau froide. Ce n'était pas ma faute : j'ai trébuché… Mais sa petite amie a fait un scandale et a fait venir le directeur, alors que c'était un pur accident. Il faisait sombre, je ne l'ai pas vu… ou plutôt, ils ne m'ont pas entendue entrer… Ils étaient trop occupés.

Sophie regarda son amie, époustouflée.

— Tu as renversé un seau d'eau froide sur Matteo ?

— Oui, répondit Bella en souriant jusqu'aux oreilles. Alors, tu comprends que je n'aie pas peur d'aller à ton mariage ! Sophie, tu vas être la plus belle mariée du siècle !

La plus belle, peut-être, mais à quoi bon, si Luka ne la voyait pas ? se demanda Sophie avec une tristesse infinie.

16.

Allongé confortablement dans l'espace détente, Paulo s'était vite endormi après le décollage du jet. Installée derrière un rideau pour que personne ne voie la robe de mariée, Bella en peaufinait les derniers détails.

Quant à Sophie, assise à côté de Luka, elle gardait le visage tourné vers le hublot.

— Je croyais que tu mentais en prétendant que tu travaillais dans l'événementiel, commença soudain Luka. Mais je me trompais, parce que je ne connais pas beaucoup de femmes capables d'organiser un mariage en un délai aussi court.

Sophie se tourna vers lui en haussant les épaules.

— Eh bien, disons que je fais confiance à Teresa, et que je ne suis pas trop inquiète pour l'allure qu'aura le gâteau.

Elle le regarda droit dans les yeux.

— Comment peux-tu envisager de faire ça à Paulo, Luka ?

— Et toi, comment peux-tu nous avoir fait ça ?

Un frisson douloureux parcourut Sophie. Elle se rappela leur dernière entrevue sur la plage, se souvint de la honte, du sentiment qu'elle éprouvait alors, de leur emportement réciproque alors qu'ils auraient dû s'embrasser. Elle lui avait reproché les agissements infâmes de son père, au lieu de l'aimer, lui, Luka. Envers et contre tout.

Le jet perdit peu à peu de l'altitude, les roues entrèrent bientôt en contact avec le tarmac, l'appareil roula sur la piste et s'immobilisa sans qu'ils échangent un mot.

— Je ne suis pas parfaite…, dit enfin Sophie en se tournant de nouveau vers lui. Mais je me battrais pour nous.

— Belles paroles, commenta Luka. Mais dis-moi, Sophie : quand t'es-tu jamais battue pour nous ? Es-tu venue assister aux obsèques de mon père ? Tu savais que je n'avais plus personne, que ce serait un enfer pour moi de revenir à Bordo del Cielo…

— J'avais l'intention de venir, mais j'ai appris au même moment que la maladie de mon père entrait en phase terminale.

— Il est toujours vivant, lui fit remarquer Luka d'un ton neutre. Et ce n'est pas une excuse : tu aurais dû savoir que j'avais besoin de toi.

Devait-elle lui avouer que ce n'était pas la maladie de son père qui l'avait empêchée de reprendre contact avec lui, mais qu'en vérité elle n'avait pas les moyens de faire le voyage ?

Luka répliquerait sans doute que, si elle lui en avait parlé, il lui aurait envoyé de l'argent.

— T'es-tu battue pour nous sur la plage, quand je t'ai suppliée de partir avec moi ? poursuivit-il.

— Non.

Son aveu émut Luka. Elle n'avait pas usé de ses ripostes habituelles, ni ne l'avait accusé de l'avoir humiliée au tribunal.

— Alors, quand t'es-tu battue pour nous, Sophie ?

— Je vais me battre maintenant.

— Je vous accompagne jusque chez vous, dit-il en se levant après avoir détaché sa ceinture.

Le trajet se déroula dans une atmosphère étrange. Paulo n'arrêta pas de tousser, les trois autres passagers restant silencieux. Mais Sophie fut charmée malgré elle par la beauté du paysage qui défilait derrière la vitre. Avec une émotion indicible, elle revit les maisons, les rues qu'elle connaissait par cœur et qui n'avaient pas changé.

— Tu te souviens, le jour où je t'ai trouvé au bord de… ?

Elle s'interrompit brutalement et se repassa la scène.

Alors qu'elle avait huit ans et Luka quatorze, elle l'avait trouvé au bord de la rivière, en larmes et le visage en sang.

— Tu es tombé ? avait-elle demandé.

— Oui.

Quand il avait eu fini de se laver grossièrement le visage, ils s'étaient assis sur la berge pour manger des oranges. Sophie, alors, s'était mise à contempler le nez meurtri et ensanglanté de Luka, son œil au beurre noir…

— Un jour, avait-elle dit, tu seras plus fort que lui.

— Plus fort que qui ?

Elle avait bien compris qu'il ne voulait pas dénoncer son père.

— Plus fort que tous les hommes de Bordo del Cielo.

— Oui, je me souviens, dit-il lentement.

Ils passaient maintenant devant l'école que Sophie avait quittée à quinze ans pour aller travailler au Brezza.

— J'ai pleuré, le dernier jour de classe, avoua-t-elle. J'aurais tellement voulu continuer à apprendre…

— Tu n'as pas perdu ton intelligence pour autant.

— On arrive chez vous, dit alors Bella.

Tout était à la fois semblable et différent. Sophie dut reconnaître que les maisons voisines et celle de Paulo avaient été rénovées avec beaucoup de goût.

Après avoir aidé Paulo à sortir de voiture et l'avoir accompagné jusqu'à la porte, Luka se retourna vers elle et l'avertit qu'il allait les laisser.

— Tu n'entres pas boire un café ?

— Je vais faire un tour à l'hôtel. Ensuite, j'ai rendez-vous avec Matteo. Au fait, il viendra seul, ajouta-t-il sans regarder Bella.

— Je crois que je vais aller marcher un peu, dit celle-ci en souriant. Je voudrais jeter un coup d'œil à mon ancienne maison, même si elle est maintenant occupée par d'autres…

Luka adressa un petit signe de tête à Sophie avant de l'entraîner à l'écart.

— Personne n'est au courant de ce que j'ai entrepris. Je ne veux pas que quiconque se sente obligé envers moi. Mon avocat prendra contact avec eux quand je serai parti : Bella apprendra vite qu'elle a toujours sa maison.

Après son départ, l'infirmière emmena un Paulo exténué dans sa chambre, où elle l'installa douillettement.

— C'est ton dernier jour de célibat, Sophie, dit-il en prenant le verre et les comprimés que lui tendait la jeune femme. Tu devrais sortir avec Bella.

— Je suis bien ici. Et puis, je dois aller voir Teresa.

Quand elle traversa la petite ville, Sophie s'efforça de ne pas regarder du côté de l'imposante maison de Malvolio. Et lorsqu'elle passa devant l'église, elle regarda droit devant elle.

À son entrée dans l'épicerie, tout le monde se tut, comme la dernière fois qu'elle y avait mis les pieds. Il y avait là Angela, Teresa, et deux autres femmes.

Les joues en feu, Sophie s'avança vers le comptoir.

— Je suis venue vous régler les…

— C'est gratuit, l'interrompit Teresa.

Sophie faillit sortir son porte-monnaie et jeter l'argent sur le comptoir comme autrefois, mais elle préféra se dominer. Elle avait mûri, depuis ce jour-là.

— Teresa, je sais que ce doit être difficile pour vous de savoir que Paulo est de retour. Mais il désire seulement nous voir nous marier ici, Luka et moi…

Sentant les larmes lui picoter les paupières, elle les refoula, comme toujours.

— Nous sommes revenus pour qu'il passe ses derniers jours en paix, mais ce ne sera plus long, maintenant.

— Sophie, comment va Paulo ? demanda Angela.

— Il est très faible.

Sophie posa de l'argent sur le comptoir.

— Nous ne voulons pas faire d'histoires.

Après avoir salué les quatre femmes, elle quitta l'épicerie et reprit le chemin de la maison, en s'interdisant de bifurquer vers le sentier qui descendait jusqu'à la petite crique.

Bella était revenue et repassait la robe maintenant achevée, si bien que Sophie s'occupa des fleurs. Ensuite, Paulo se réveilla et dit qu'il désirait se rendre sur la tombe de sa femme.

Il fallut beaucoup de temps pour atteindre le cimetière. Et encore davantage pour en revenir.

Dès qu'ils eurent regagné la maison, l'infirmière le reconduisit à sa chambre, tandis qu'il continuait de pleurer à chaudes larmes.

Sophie se tourna vers Bella qui, parfaitement maquillée, se dirigeait vers la porte.

— Tu retournes faire un tour ? Tu as un rendez-vous ?

— Non, on ne sait jamais sur qui on va tomber…, répliqua son amie avec un clin d'œil malicieux.

Quand elle fut partie, Sophie sortit dans le jardin et s'installa sur une chaise longue en s'efforçant de ne pas penser à ce qui l'attendait. Voyant soudain une ombre se profiler sur elle, elle leva les yeux et découvrit Luka, qui la regardait d'un air interrogateur.

— Tu pleures, fit-il remarquer.

— Non. Je ne pleure jamais. Je ne dois même pas savoir comment faire… Je suis fatiguée, c'est tout.

Luka s'assit sur la chaise longue, près de ses genoux.

— Je t'en prie, ne sois pas hypocrite, poursuivit Sophie. Ne m'offre pas ton réconfort, alors que tu vas me laisser tomber demain ! Je suis vraiment épuisée, Luka. J'en ai assez de soutenir mon père, alors je…

— À propos de demain…

— Je n'y pense même pas, l'interrompit-elle à son tour. Quoi qu'il arrive, je survivrai, de toute façon.

— Alors, vous êtes content d'être de retour chez vous ? demanda Luka à Paulo.

Allongé dans son lit, celui-ci regardait une photo de Rosa.

— Oui, très content. Et le prêtre est venu me confesser tout à l'heure. J'ai avoué tous mes péchés… Enfin, presque tous.

Il posa la photo sur le drap et redressa la tête.

— Combien de temps allez-vous faire semblant, tous les deux ? Jusqu'à mon enterrement ?

— De quoi parlez-vous, Paulo ?

— Je ne suis pas stupide. J'ai toujours su que Sophie me mentait. Et vu ce que vous aviez dit sur elle au tribunal, j'avais compris que tout était terminé entre vous, avant même d'avoir vraiment commencé.

— Elle ne pardonne pas facilement.

— Elle est comme sa mère, répliqua Paulo avec un sourire. Au début, j'ai cru que vous étiez ensemble, mais je lisais le journal, voyez-vous, même en prison. Alors, j'ai eu de vos nouvelles, Luka, et j'ai su que vous fréquentiez toujours des créatures sublimes…

Luka s'assit au bord du lit en fronçant les sourcils.

— Et vous avez joué le jeu ?

— Sophie pensait me rendre heureux en me faisant croire que vous vous occupiez d'elle.

— Mais alors, pourquoi nous avez-vous poussés à nous marier, si vous saviez que ce n'était qu'une mascarade ?

— J'ai commis de nombreuses erreurs dans ma vie, Luka. Mais là, j'ai eu raison : vous êtes faits l'un pour l'autre, et j'avais espéré qu'en vous retrouvant forcés de vivre ensemble quelque temps, vous vous en rendriez compte. Malheureusement, ça n'a pas fonctionné…

— Non.

— Le moment est venu d'être francs, Luka, pendant que nous avons encore un peu de temps.

Luka hocha la tête.

— Vous avez dépensé beaucoup d'argent pour faire réexaminer mon dossier… Pourquoi avez-vous soudain souhaité me faire libérer ?

— Je vous avais toujours pris pour un homme faible, reconnut Luka. Je vous croyais incapable de dire non à mon père, jusqu'à ce que je découvre une chose qui m'a fait comprendre que si vous agissiez ainsi, c'était pour une seule raison : pour protéger celle que vous aimez le plus au monde.

Il enfonça la main dans la poche de sa veste et en sortit la chaîne et la croix, qu'il tendit à Paulo.

— Je les ai trouvées dans les affaires de Malvolio.

Paulo laissa échapper un petit cri étouffé en prenant la chaîne et la croix qu'il pressa contre ses lèvres.

— Vous saviez que mon père était responsable de sa mort, n'est-ce pas ? demanda Luka.

— Pas tout de suite, mais j'ai fini par le comprendre. Malvolio voulait faire construire l'hôtel sur le front de mer, mais il y avait des gens, dont Rosa et moi, qui ne voulaient pas quitter leurs maisons.

Il s'interrompit quelques instants pour inhaler quelques bouffées d'oxygène dans son masque, puis reprit :

— J'ai dit à Rosa que nous ferions mieux de nous en aller, de partir de Bordo del Cielo, mais elle a refusé en disant qu'elle ne fuirait pas de chez elle, que quelqu'un devait s'opposer à ce salaud de Malvolio.

À bout de souffle, il s'interrompit de nouveau.

— Rosa est allée le voir pour lui dire deux mots, à sa façon… Quelques jours plus tard, elle a eu un accident de voiture. Je n'ai d'abord pas fait le rapprochement, j'étais trop anéanti par le chagrin, et puis, Malvolio jouait la carte de la générosité, de l'ami fidèle…

Il se mit à tousser.

— Ne parlez plus, dit doucement Luka.

— Si, je veux aller jusqu'au bout. Il m'a dit d'oublier nos griefs, qu'il prenait les obsèques de Rosa à sa charge. Au cours de la cérémonie, il a parlé à ma place parce que j'en étais incapable… Et quand je lui ai dit que je ne pouvais pas supporter de rester dans la maison où j'avais vécu avec Rosa, il m'a fait venir ici…

Paulo regarda autour de lui d'un air triste.

— Il m'a fallu plusieurs mois pour émerger du brouillard et commencer à comprendre ce qui s'était vraiment passé. Il avait réussi à nous faire quitter notre maison… en ne reculant devant rien… À partir de ce moment-là, j'ai compris de quoi il était capable. Oh ! il n'a jamais menacé de faire du mal à Sophie… Au contraire, il a promis de veiller sur elle, et de l'unir plus tard à son fils — à vous, Luka, qui n'étiez encore qu'un gamin, à l'époque.

— Mais la menace était là quand même ?

— Oui, répondit Paulo en hochant la tête. Quand l'avez-vous compris ?

— À propos de Rosa ? Lorsque j'ai trouvé sa chaîne et sa croix, même si je savais depuis longtemps qu'il était capable du pire. C'est pour cela que je revenais rarement à Bordo del Cielo.

— Mais un jour, vous êtes revenu pour rompre avec Sophie ?

— Oui. Je voulais rompre tous les liens qui m'attachaient à cet endroit. Mais ça n'a pas été facile.

— Aimer n'est jamais facile.

Il tendit la chaîne et la croix à Luka.

— Pourquoi me les rendez-vous ?

— J'aurais aimé être enterré en les serrant dans ma main, répondit Paulo. Mais Sophie comprendrait la vérité, et elle ne vous pardonnerait jamais, Luka. Alors prenez-les, et jetez-les à la mer quand je serai parti. J'emporterai votre secret dans la tombe.

— Ce n'est pas mon secret.

— Ça peut le devenir. Sophie vous aime et vous l'aimez. Il ne faut pas que ce terrible secret vous sépare. Je vous en prie, débarrassez-vous-en et ne lui dites jamais la vérité.

Luka remit la chaîne et la croix dans sa poche, puis quitta la chambre avant de gagner le petit salon, où Sophie l'accueillit avec un sourire las.

— Comment va-t-il ?

— Pas trop mal.

— Et toi ?

Que lui répondre ? Qu'il trimbalait un mensonge dans sa poche ? Un secret bien trop lourd ?

Lorsqu'il voulut faire demi-tour, Sophie l'arrêta.

— J'ai eu tort, Luka. J'aurais dû partir à Londres avec toi.

— Pourquoi ?

— J'aurais dû, c'est tout. J'étais en colère contre toi.

— Quand as-tu décidé ça ?

— Tout à l'heure.

— Cinq ans après, fit remarquer Luka avec une ironie amère.

En réalité, un véritable chaos d'émotions s'était emparé de lui.

— Tu as laissé pourrir la situation pendant *cinq ans*…

— Luka…

— Que va-t-il se passer lorsque la prochaine bombe explosera ? Devrai-je attendre cinq ans de plus pour que tu changes d'avis ? Pour que tu ravales ta maudite fierté de Sicilienne ?

— Tu refuses de m'accorder une chance ?

— Absolument.

17.

— Tu te souviens de l'époque où on venait bavarder ici ? demanda Bella.

— Bien sûr !

Sophie offrit son visage au soleil en remuant les jambes dans l'eau fraîche.

— C'est le temps idéal pour un mariage ! s'exclama Bella.

— Un mariage qui n'aura pas lieu…

— Il t'aime, Sophie : ça crève les yeux ! Luka ne t'abandonnera pas, il ne serait pas venu en Sicile rien que pour t'humilier.

— Il m'a dit qu'il ne m'épouserait jamais. Est-ce que c'est mal d'espérer que mon père mourra avant 15 heures, Bella, juste pour lui épargner cette honte ?

Bella la regarda et sourit.

— Oui, c'est mal.

— Luka est aussi têtu que moi, soupira Sophie. Il me reproche d'être trop fière, mais il peut parler ! Il va me laisser tomber, j'en suis sûre.

— Tu pourrais faire une petite chute, ce matin, répliqua Bella, toujours souriante. Glisser sur un rocher…

— Oui. Ou avoir une crampe en nageant : tu me sauverais, mais j'aurais avalé tellement d'eau que je serais trop faible pour aller jusqu'à l'église…

Elles éclatèrent de rire toutes les deux. C'était si merveilleux d'être là, ensemble, les jambes dans l'eau…

— Qu'il me plaque, après tout ! s'exclama Sophie. Comme ça, les gens de Bordo del Cielo auront leur scandale !

Sophie se tourna vers son amie.

— Tu as peur de te retrouver en face de Matteo ?

— Je n'ai pas peur, j'ai honte.

— Il t'a payée pour avoir passé la nuit avec lui, ne l'oublie pas. C'est son argent qui fait de toi une prostituée, c'est tout.

— Je sais. Et s'il se montre désagréable ou fait quoi que ce soit contre moi, je lui dirai que je suis trop chère pour lui, maintenant !

Après avoir éclaté de rire une fois de plus, Bella se leva.

— Viens, il nous reste des tas de choses à faire.

— Pars devant, je te rejoins : je voudrais rester encore un peu.

— Je porterai le petit déjeuner à ton père.

— Merci.

Une fois seule, Sophie regarda un cargo croiser au loin la route d'un paquebot.

Elle allait pleurer. Ou vomir. Parce que, bientôt, elle perdrait son père, et devrait renoncer à tout avenir avec Luka.

Dire adieu à l'amour qui ne se représenterait plus jamais à elle, et qui ne serait jamais égalé.

Soudain, vivre sans Luka lui sembla impossible.

— Tu vas sursauter, dit alors la voix bien-aimée. Comme chaque fois que je m'approche de toi.

Après s'être essuyé furtivement les yeux, Sophie redressa la tête et le regarda.

— Comment as-tu su que j'étais là ?

— C'est Bella qui me l'a dit. Je l'ai croisée en revenant avec Matteo.

— Tu es allé enterrer ta vie de garçon avec lui ?

— Ça ne se fait pas, ici, répondit Luka. Mais nous avons fait de notre mieux : nous avons bu jusqu'à la fermeture du bar de l'hôtel, puis nous avons marché sur la plage.

— Tu devrais t'en aller. Ça porte malheur, de voir la mariée le matin de son mariage.

— Nous avons déjà eu notre dose de malheur, répliqua-t-il en s'asseyant à côté d'elle.

Luka sentait bien qu'il lui fallait expliquer à Sophie pourquoi il refusait de l'épouser. Et ce serait sans doute la conversation la plus difficile, la plus douloureuse de sa vie.

— Pourquoi me détestes-tu, Luka ?

— Je te l'ai déjà dit : pour des tas de raisons.

C'était étrange de lui prendre la main alors qu'il allait lui briser le cœur, mais il le fit.

— Tu te souviens de notre séparation, ici même ? Quand tu étais folle de rage et que tu ne m'as pas laissé la moindre chance de m'expliquer ? Que tu m'as comparé à mon père ?

— J'avais dix-neuf ans, Luka.

— C'est l'excuse dont je me sers quand je repense à ce qui s'est passé, Sophie. J'étais jeune, moi aussi, et je sortais à peine de prison. Lors du procès, j'avais dit des choses que je regrettais, des choses qu'on m'avait *obligé* à dire — mais aujourd'hui, j'affronterais mieux la situation, et je le battrais à plate couture, cet avocat à la solde de mon père !

— Je n'en doute pas.

— J'ai changé, Sophie. Pas toi.

— Tu veux dire que je ne suis pas assez sophistiquée pour toi ?

— Non. Ce n'est pas de ça que je parle.

Il fit claquer ses doigts devant son visage.

— Voilà comment tu prends tes décisions, Sophie. Et ensuite, *rien* ne peut te faire changer d'avis.

C'était vrai, reconnut Sophie en son for intérieur. Dès qu'il lui avait ouvert la porte, elle était tombée amoureuse de lui, et cela ne changerait jamais.

— Presque rien, corrigea-t-elle. Je regrette ce que je t'ai dit ce jour-là. J'étais complètement perdue. Je souffrais…

— Je sais. Et il t'a fallu cinq ans pour voir les choses de mon point de vue. Pour te calmer.

— Non, je l'ai su presque immédiatement.

— Et qu'est-ce que tu as fait ? Tu as essayé de me joindre, dis-moi ? Tu as cherché à me faire savoir que tu admettais avoir eu tort ?

— Non, c'est vrai. Mais… es-tu en train de me dire que je devrais être parfaite ?

— Non. J'aime ton obstination. Tu serais capable d'affirmer que le ciel est rose quand il est bleu. J'aime le feu qui brûle en toi, mais c'est sans doute ce qui va nous séparer pour toujours.

— Je ne comprends pas… Parce que je t'ai menti ?

— Avoue tes mensonges. Soyons francs, pour une fois. Dis-moi tes secrets et je te dirai les miens.

— Pourquoi ?

— Parce que la vérité ne peut pas être plus douloureuse que ce que nous avons déjà enduré.

— Je suis pauvre, dit Sophie. Bella et moi sommes pauvres et nous t'avons trompé avec mes robes et tout le reste.

Luka sourit.

— Tu le savais ? demanda-t-elle.

— Pas vraiment. Mais je ne te voyais pas tout à fait en organisatrice d'événements.

— Je suis femme de chambre.

— Tu l'étais déjà quand tu es venue, cet après-midi-là. Et je t'ai aimée telle que tu étais.

— Tu t'en fiches ?

— Je me fiche de l'argent et des biens matériels. J'apprécie le confort et les belles choses — et de ne pas avoir de problèmes d'argent, c'est vrai. Mais si je perdais tout ce que je possède du jour au lendemain, je survivrais. Mon père avait une fortune colossale ? mais cela ne l'empêchait pas d'être l'homme le plus pauvre que j'aie jamais connu.

— Je suis désolée…

— De quoi ?

— De ne pas être venue à son enterrement.

— Ça n'a pas d'importance.

— Si. Mon père a commis beaucoup d'erreurs, mais je l'aime quand même.

— Le mien a fait bien pire.

— Alors, la souffrance est encore plus grande, insista Sophie. Je ne crois pas qu'on puisse jamais gommer complètement l'amour. Ce n'est pas comme un tableau sur lequel on peut tout effacer, Luka.

— Je garde quelques très rares souvenirs d'affection, du vivant de ma mère. Après…

Il secoua la tête.

— Alors, quels sont tes autres mensonges ? demanda-t-il.

— J'ai eu l'impression de t'avoir piégé, le jour où nous avons couché ensemble pour la première fois. Je portais ma plus belle robe et les boucles d'oreilles de ma mère, je m'étais un peu maquillée parce que je faisais un essai, pour nos fiançailles. La robe…

— Sophie, je me déteste d'avoir dit ces mots à mon père, à propos de toi. Je ne peux pas revenir en arrière, mais seulement t'expliquer qu'il s'agissait d'une lutte entre lui et moi. Ces paroles n'auraient jamais dû être répétées au tribunal. Quant à m'avoir piégé, comme tu dis… J'ai été incarcéré pendant six mois, dont deux en isolement. C'est long, je t'assure, alors j'ai beaucoup repensé à ce jour-là… Et tu crois que lorsque je me repassais ces moments merveilleux partagés avec toi, je pensais aux boucles d'oreilles de ta mère ?

Il rapprocha son visage du sien et lui embrassa l'oreille, avec une telle tendresse que Sophie tressaillit au plus profond de son être.

— Tu crois, poursuivit-il, que quand je te touche ainsi, je pense à ton maquillage ?

Ses lèvres glissèrent sur ses paupières, toujours avec une douceur inouïe, et, cette fois, elle se mit à pleurer. Parce qu'il l'embrassait pour lui dire adieu, elle le savait, tout en ignorant pourquoi.

— Lorsque je me souvenais de ces instants…, murmura-t-il en laissant descendre sa bouche sur son cou, je ne pensais jamais à la robe que tu portais. Je pensais à…

Il dénoua les bretelles de son haut sur sa nuque, dénudant ses seins, qui se retrouvèrent exposés au soleil matinal, et offerts à sa bouche.

— Quand je repense à cette merveilleuse fois, continua-t-il en caressant sa poitrine des yeux, je me souviens de toi nue… des gémissements adorables qui s'échappaient de tes lèvres entrouvertes.

Il la repoussa lentement jusqu'à ce qu'elle soit allongée sur le dos, puis Sophie ôta sa jupe et sa culotte elle-même, en le regardant dénouer sa ceinture.

— Quand je jouis, je m'en souviens, à chaque fois…

Son visage se rapprocha du sien, leurs regards se soudèrent, puis il la pénétra, et Sophie ne put retenir les larmes qui roulaient de nouveau sur ses joues.

— Je me souviens du moment où tu t'es abandonnée au plaisir, et de mes efforts pour ne pas te suivre.

Il se redressa sur les coudes et plongea son regard dans le sien.

— Maintenant non plus je ne veux pas jouir, parce qu'après…

— Tu vas me quitter, n'est-ce pas ?

Comment pouvait-il lui faire l'amour et hocher la tête en même temps, lui signifiant ainsi que tout était terminé ?

Le passé s'évapora ; l'avenir devint flou, complètement opaque. Sophie embrassa l'homme qu'elle aimait, caressa sa joue rugueuse, puis posa les lèvres sur la cicatrice de la plaie qu'elle avait refermée autrefois. Et, en dépit de ses efforts pour résister au plaisir qui l'inondait, elle se sentit soulevée par une vague immense.

— Non…, supplia-t-elle.

Car Luka s'abandonnait lui aussi et dès, qu'il aurait atteint le plaisir, tout serait fini.

Quand il poussa une longue plainte rauque, celle-ci résonna en Sophie comme un cri de douleur.

Puis il se retira, se rajusta, avant de l'aider à se rhabiller avec une délicatesse qui frisait la tendresse.

— Après ce que je vais te dire, te battras-tu pour nous comme tu l'as promis, Sophie ?

Il lui glissa alors quelque chose dans la main.

— Je les ai trouvées dans les affaires de mon père quand je suis revenu pour ses obsèques, expliqua-t-il.

Totalement décontenancée, elle contempla la chaîne et la croix, puis leva les yeux vers Luka.

— C'est ton père qui a… Tu…

Sophie s'interrompit, butant sur les mots. Elle se répéta qu'elle avait promis de se battre pour eux…

— Tu vois, Sophie, tu ne peux pas gagner à tous les coups. Tu feras retomber la responsabilité de mon père sur moi, encore et encore, et moi, je ne peux pas supporter ça. La seule raison pour laquelle je ne t'épouserai jamais, c'est celle-ci : j'ai menti sous serment pour protéger ta famille ; ça n'a pas fonctionné ; maintenant, ça suffit. Je ne mentirai pas en m'unissant à toi pour un mariage temporaire, alors que je t'aimerai jusqu'à la fin de mes jours.

À mesure qu'il parlait, Luka sentit une véritable tempête se déchaîner en lui.

— Je me fiche que tu sois pauvre. Je me fiche que tu aies menti, trahi…, poursuivit-il. Tu fais ce que tu peux pour survivre, mais je connais mes limites, Sophie. Je t'aime, j'en suis certain, je t'accepte telle que tu es, mais je ne peux pas faire de compromis quand il s'agit d'une chose aussi importante. Je ne peux pas assumer les crimes de mon père, et je ne veux plus encaisser à la place d'un homme que je ne suis pas.

Il s'interrompit un instant pour reprendre son souffle.

— Je t'aime, répéta-t-il. J'aime la vie que nous aurions

pu vivre ensemble, mais je pense à moi. J'ai des rêves et de l'ambition, et je ne tomberai plus jamais à genoux à cause de cet homme.

— Luka, depuis combien de temps le savais-tu ?

— Depuis le jour de ses obsèques.

— Tu n'avais jamais deviné avant ? J'ai besoin de le savoir. Depuis combien de temps avais-tu des soupçons ?

— Je me souviens que ta mère est venue chez nous. Elle était en colère et mon père a essayé de la mettre dehors. Paulo avait dit à Rosa qu'ils feraient mieux de quitter Bordo del Cielo, mais elle ne voulait pas en entendre parler…

À bout de patience, Luka se passa rageusement la main dans les cheveux.

— Tu veux des fais précis ? s'écria-t-il. Des dates ? Je les ai trouvées il y a un an… Je savais depuis toujours que Malvolio était complètement pourri. Ce n'était pas un homme, c'était un monstre au sang froid ! Le mien est chaud, Sophie, mon cœur bat ! Et je ne te laisserai pas me faire ça.

Cette fois, Sophie plongea dans le vide. Elle se débarrassa des cordes qui l'entravaient et se lança.

Pour sauver leur amour.

— Tu me lances des accusations, tu dis que je te compare à ton père, mais toi, tu n'arrêtes pas de me comparer à ma mère, Luka. Tout le monde le fait : mon père, les habitants de Bordo del Cielo ! « Elle est comme Rosa… » « On dirait sa mère… »

Quand elle s'interrompit un instant pour respirer, Sophie *entendit* le silence.

— Je lui ressemble, c'est vrai, poursuivit-elle. Comme tu ressembles à ton père, mais tu n'es pas lui. Tu es arrogant, intelligent et costaud, mais tu es bon. Je suis farouche, fière, têtue, mais si l'homme que j'aime me disait qu'il faut partir, je le suivrais. Suis-je allée voir ton père pour exiger qu'il laisse à Bella la liberté de choisir ? Non. J'ai proposé à Bella d'intervenir, mais quand elle a refusé, qu'elle m'a expliqué qu'elle devait rester à cause de sa mère, j'ai respecté sa décision. Comme je dois respecter ton refus de m'épouser.

— Peux-tu vraiment oublier le passé ?

— Je ne sais pas, reconnut-elle.

Trop de questions, d'émotions se bousculaient dans sa tête.

— À toi de décider, Sophie. Je serai à l'église : si tu penses que je mérite ce sort à cause de ce que j'ai fait autrefois, ne viens pas. Marque un point et savoure ta pauvre victoire, parce que si tu ne viens pas me rejoindre, je sais que tu le regretteras toute ta vie. Aucun homme ne t'aimera jamais autant que je t'aime, Sophie.

— Tu m'aimes tellement que tu me proposes de mettre fin à notre… ?

— Je t'aime tellement, l'interrompit Luka, que je ne nous condamnerai pas à un avenir minable. Je préférerais coucher avec une parfaite inconnue jusqu'à la fin de ma vie, plutôt que de m'allonger à côté de toi, froide et m'accablant de reproches. Je veux tout de toi, Sophie, mais il y a une part de toi que tu me refuses…

Il secoua fièrement sa belle tête.

— Tu peux choisir de rester sicilienne jusqu'au bout des ongles, si tu veux. Me blâmer pour ce que mon père a fait. Je le supporterai peut-être — mais une seule fois. Si tu recommences…

Et il avait le culot de lui reprocher sa fierté de Sicilienne !

— Si tu viens me rejoindre tout à l'heure à l'église, sache que ce sera pour toujours, poursuivit-il. Alors ne viens vers moi que si tu peux m'aimer au point d'oublier les ombres de notre passé. Si tu n'en es pas capable, il vaut mieux pour tous les deux que tu ne viennes pas.

Il recula d'un pas.

— Viens ou ne viens pas, déteste-moi si tu veux, mais à tes risques et périls.

— Que feras-tu, si je ne viens pas ?

— Rien.

Sophie prit ce *rien* comme un coup en plein cœur.

— Je te souhaiterai bonne chance et j'accepterai que notre amour ne puisse pas survivre, poursuivit-il. Je serai fier de toi parce que tu auras osé l'admettre aussi, et je retournerai à ma vie.

Sur ces mots, il lui tourna le dos et s'avança vers le sentier, la laissant en proie à un dilemme atroce.

Ou bien elle lui lançait une réplique cinglante, la dernière.

Ou bien elle osait affronter l'inconnu, avec Luka.

18.

— Tu es *divine* ! s'exclama Bella.

La robe qu'elle lui avait confectionnée était absolument somptueuse, en effet, mais Sophie songea, avec un tremblement nerveux, que Luka risquait de ne jamais la voir.

Des sept heures qu'il lui avait laissées, il ne restait plus que douze minutes.

— Tu as toujours peur qu'il ne vienne pas ? demanda son amie.

Sophie ne lui avait pas raconté ce qui s'était passé sur la plage. Cela ne regardait qu'elle et Luka.

Désormais, c'était elle qui risquait de ne pas aller à l'église, parce qu'elle se méfiait d'elle-même, de sa propre incapacité à restreindre son tempérament fougueux, à retenir la première réplique cinglante qui lui monterait aux lèvres.

Sophie sortit la chaîne et la croix de son sac en s'adressant muettement à sa mère.

« Je t'aime, maman. Je viens de toi, mais je ne suis pas toi. »

— Elles ressemblent à celles que ta mère porte sur les photos, fit remarquer Bella.

— Ce sont celles qu'elle portait.

Bella posa un instant ses mains sur ses épaules nues.

Elle savait, songea Sophie. Mais certains secrets demeuraient des secrets, même entre deux amies très proches comme elles l'étaient.

La mère de Bella devait avoir su la vérité et l'avoir confiée un jour à sa fille. Toute la ville avait sans doute été au courant, sauf Sophie, trop jeune pour comprendre, à l'époque. Trop jeune pour faire le rapprochement : Rosa était allée chez Malvolio et avait osé lui dire non ; quelques jours plus tard, on la retrouvait morte.

— Pourquoi mon père n'a-t-il pas insisté pour qu'ils s'enfuient, loin de Bordo del Cielo ? demanda-t-elle.

Elle ne s'attendait pas à ce que Bella lui réponde, mais elle tressaillit en l'entendant répliquer :

— Tu ne lui pardonneras jamais ?

— À Malvolio ? Non, jamais.

— Non, à Luka. Tu refuses de lui pardonner d'être le fils de son père…

À cet instant, Paulo entra dans la pièce, et ses yeux s'emplirent de larmes quand il vit que Sophie portait la chaîne et la croix de sa chère Rosa.

— Ils portent le même nom, mais n'appartiennent pas à la même race, déclara-t-il lentement.

— Si, ils appartiennent à la même race, corrigea Sophie. De la même façon que j'appartiens à la même race que ma mère, que je lui ressemble et me comporte parfois comme elle. Mais je ne suis pas elle.

— Je sais.

— Les voitures sont arrivées, dit Bella.

— Vas-y. Je te retrouverai à l'église.

Sophie serra son amie dans ses bras.

— Et bonne chance avec Matteo !

Quand Bella fut partie, Paulo dit à Sophie :

— Je voulais m'en aller, m'échapper… Mais ta mère me répétait de résister à Malvolio, de me battre pour ce qui était juste. Alors je l'ai fait. Ou plutôt, j'ai essayé…

Il hocha lentement la tête.

— J'avais déjà réservé nos billets de train…

— Tu as eu raison.

— J'aurais préféré avoir tort.

— Malvolio est le père de Luka, dit Sophie. Mais je ne

veux pas d'un mariage où certains sujets seraient tabous, où il ne faudrait jamais prononcer certains noms. J'ai failli perdre Luka, et je ne vais pas recommencer. Je ne commettrai pas les mêmes erreurs que…

— Que moi ?

— Que des tas de gens. Tu as fait ce que tu as fait pour me protéger. Je le sais.

— Je n'ai pas très bien réussi.

— Si ! affirma Sophie en souriant. Tu m'as choisi le meilleur époux dont je pouvais rêver.

— Toi et Luka êtes faits l'un pour l'autre.

— Oui, c'est vrai.

Debout au pied de l'autel, Luka se sentit gagné par une nervosité effroyable, qui ne fit que s'accroître à mesure que les minutes s'écoulaient.

Il avait accepté depuis longtemps l'idée que tout était fini entre Sophie et lui. Sachant qu'il ne retrouverait jamais un tel amour, il avait décidé de rester célibataire.

Jusqu'à ce matin.

Ce matin, il avait choisi de jouer le tout pour le tout et de dire la vérité.

Et maintenant, il attendait sa fiancée sans même savoir si elle viendrait le rejoindre à l'église.

— Quoi qu'il arrive…, commença soudain Matteo d'une voix crispée.

— Elle va venir, l'interrompit Luka.

Il avait confiance en elle, en eux, il avait foi en leur amour. Et il savait qu'il ne se trompait pas.

Quand Luka se retourna et vit Sophie, vêtue d'une robe d'une sobriété élégante et d'un charme romantique qui lui rappela celle qu'elle portait autrefois, le jour où elle était venue le voir à la demande de Malvolio, il eut l'impression que son cœur se mettait à danser dans sa poitrine.

Parsemés de fleurs de jasmin, ses longs cheveux noirs flottaient librement sur ses épaules tandis qu'à la main elle tenait un bouquet de coquelicots dont la couleur écarlate ressortait sur l'étoffe blanche.

Quant à l'expression ravie et surprise qu'elle eut en voyant l'église pleine de monde, Luka s'en souviendrait toute sa vie.

Les gens l'aimaient, et ils avaient compris combien cela avait dû être dur pour Paulo.

Lorsqu'elle s'avança vers lui, il vit la croix de Rosa luire doucement sur sa gorge, et quand le regard de velours brun s'attacha au sien, Luka oublia toute culpabilité, toute honte, toute peur.

Sophie marchait lentement vers lui au bras de son père, de sa démarche gracieuse et sensuelle. Mais dès que Paulo détacha sa main de son bras, elle cessa de marcher : elle vola littéralement vers lui.

Et se jeta dans ses bras.

Il embrassa sa fiancée avant même que la cérémonie ait commencé. Jusqu'à ce que le prêtre les fasse redescendre sur terre par une petite toux discrète.

— Tu es venue…, murmura Luka.

— Toi aussi.

— Oui, et je serai toujours là, auprès de toi.

Un peu plus tard, ils prononcèrent leurs vœux du fond de leur cœur, puis Sophie ajouta quelques mots de son cru :

— Et j'essaierai de m'en souvenir, dans tout ce que je dirai et ferai.

Luka éclata de rire, surprenant sans doute l'assemblée.

Quant à Matteo, il joua à la perfection son rôle de témoin, mais garda une expression cynique durant toute la cérémonie.

La veille encore, Luka ne lui avait-il pas affirmé qu'il ne se marierait pas, qu'il ne s'agissait que d'une comédie ?

Après avoir glissé l'alliance au doigt de Sophie, il fit lui aussi une petite entorse à la tradition en sortant une autre bague de sa poche : un anneau d'or rose serti d'une grosse émeraude.

Sophie la contempla, la gorge nouée par l'émotion. C'était la bague qu'elle avait vue dans la vitrine de Giovanni, juste avant le procès. Elle leva les yeux vers son mari et sourit, puis, les cloches sonnant à toute volée, ils sortirent de l'église et se dirigèrent vers les tables décorées de rubans et de fleurs installées dans toute la rue, sous les lampions colorés qui se balançaient gaiement aux branches des arbres.

Angela et un vieil ami soutinrent Paulo, qui s'avançait péniblement sur ses jambes amaigries.

— Tu devrais danser avec ton père, fit remarquer Luka.

— J'en avais bien l'intention !

L'entendre rire, le voir si fier, procura une joie immense à Sophie. Paulo était vraiment heureux…

Quand elle fut de retour dans les bras de Luka, elle regarda par-dessus son épaule et sourit en voyant Bella danser avec Matteo.

C'était la danse obligée entre les témoins, mais Bella n'avait vraiment pas l'air de danser par *devoir*… Les yeux clos, la tête appuyée contre le torse de son partenaire, elle semblait au paradis. En revanche, Matteo paraissait particulièrement tendu.

— Il est en colère, dit Luka. Il la prend toujours pour une…

Il regarda Sophie.

— Je veux rattraper tout le temps perdu, je veux tout savoir.

— Tu sauras tout.

— Ton père est tellement heureux…

— Maintenant, il veut que nous ayons un enfant ! s'exclama Sophie en souriant.

— Tu pourrais mentir et lui dire que tu es enceinte…

— Tu parles ! Je le connais : il dirait que ce n'est pas vrai ! Que je mens pour qu'il tienne encore neuf mois !

— Mais *c'est* vrai. Notre mariage est un vrai mariage, pour toujours…

— La bague que tu m'as offerte, commença Sophie en regardant l'émeraude. Tu l'as achetée chez Giovanni ?

— Oui. En sortant du tribunal. Je voulais t'emmener à

Londres, mais pas pour vivre une aventure passagère avec toi. J'avais eu le temps de réfléchir à toutes sortes de choses, en prison…

Comment avait-elle pu le repousser, ce jour-là, se raccrochant à sa fierté et tenant absolument à avoir raison ? Sophie avait peine à croire qu'elle avait pu agir ainsi.

— Si tu veux, je pourrais t'offrir quelque chose de mieux, poursuivit Luka.

— Non, rien ne pourrait me faire plus plaisir que cette bague, murmura Sophie en souriant à son mari.

Épilogue

Flottant dans le doux espace brumeux qui sépare sommeil et conscience, Sophie se demanda si elle rêvait encore.

Puis elle reconnut le doux clapotis des vagues, le roulis qui faisait légèrement osciller le bateau, et comprit qu'elle était bien réveillée.

Pour leur lune de miel, ils avaient décidé de naviguer entre la Corse et les îles grecques, prenant tout leur temps et s'arrêtant au gré de leurs envies.

Jamais Sophie n'aurait espéré mener une telle existence, avec Luka, qu'elle aimait plus que tout au monde.

Les derniers mois avaient été fertiles en émotions. Après avoir tenu jusqu'à ce qu'elle lui annonce qu'elle était enceinte, et avoir passé l'été, l'automne, puis l'hiver dans sa ville bien-aimée, Paulo les avait quittés et reposait maintenant en paix avec Rosa.

C'était Sophie qui avait jeté la chaîne et la croix dans la tombe, parce que ces bijoux appartenaient à sa mère, pas à elle. En revanche, elle avait gardé les boucles d'oreilles, qui lui rappelaient les moments heureux partagés avec Luka.

Et il y en avait tant, de ces jours merveilleux !

— Bonjour…

— Où étais-tu ?

— Je réfléchissais. À nous. Tu es heureuse ?

— Plus que tu ne peux l'imaginer.

Sophie plongea son regard dans le sien.

— Et je m'en veux d'avoir perdu autant de temps.

— Nous en avions besoin, de ce temps, répliqua Luka. Nous étions jeunes, et nous avions hérité de beaucoup de souffrances.

— Oui, mais quand même…

— Si je t'avais épousée lorsque tu avais dix-neuf ans, tu m'en aurais sans doute toujours voulu secrètement, parce que tu aurais pensé que je t'avais empêchée de partir sur un paquebot.

— Non.

— Si.

Il sourit et, comme chaque fois, une douce chaleur envahit Sophie. Luka se montrait si sérieux et réservé avec les autres, mais si ouvert et attentionné avec elle…

— Et si nous nous étions installés ensemble après le procès et avions trouvé plus tard la chaîne de Rosa…, poursuivit-il.

Il s'interrompit pour réfléchir un instant.

— Il fallait que je sois seul pour découvrir toute la vérité au sujet de mon père, reprit-il. Maintenant, le temps nous appartient, complètement.

— Tu ne penses plus que j'avais tort, alors ?

— Sophie…

— Je n'ai pas gâché toutes ces années ?

— Sophie… ! répéta-t-il d'un ton faussement sévère.

Il lui tendit la main.

— Viens voir le soleil se lever, c'est superbe !

— Non, reviens te coucher, murmura-t-elle.

Mais Luka secoua la tête, si bien qu'elle prit la main tendue, quitta le lit et s'enveloppa dans un sarong avant de le suivre.

Le ciel était une véritable splendeur, déployant un éventail infini de nuances allant du violet foncé au rose pâle, à peine teinté d'orangé.

— Où sommes-nous ? demanda Sophie. Oh…

Pour la première fois, elle vit sa maison depuis la mer.

Le soleil se levait au-dessus de la Sicile, et le yacht se trouvait suffisamment près du rivage pour lui permettre de reconnaître les maisons, l'église. Elle aperçut la maison de Malvolio, ou plutôt celle d'Angela, la plage où ils avaient fait l'amour…

— Je venais là tous les jours avec Bella. Nous rêvions de l'avenir. Je m'imaginais sur un paquebot, à l'autre bout du monde…

Elle resta silencieuse un instant, puis reprit doucement :

— J'ai encore un secret, que je n'ai jamais confié à personne, pas même à Bella. À dix-neuf ans, je ne souhaitais pas me marier, c'est vrai, mais je désirais déjà vivre avec toi, sans savoir comment ça pourrait se concilier avec mon envie de voyager sur un paquebot. Et maintenant, je suis là, sur un bateau, avec toi.

— Oui. Mais nous pouvons aller passer quelques jours à terre, si tu veux.

Sophie pensa aux gens qui les accueilleraient avec joie. Ils avaient tous récupéré leurs maisons, à présent.

Cependant, elle n'éprouvait pas le besoin de retourner là-bas. Pas tout de suite.

Quand leur enfant serait né, ils reviendraient à Bordo del Cielo avec lui. Et quand il serait en âge de comprendre, il découvrirait le passé de ses parents, ainsi que l'âpreté et la beauté de la terre où ils étaient nés et avaient grandi.

Mais pour l'instant, alors que Bordo del Cielo s'éveillait peu à peu, Sophie préférait savourer le bonheur d'être seule avec Luka.

De vivre leur rêve.

Ensemble.

Le mariage de Dora, de Louise Fuller - N°4360

Dora aime plus que tout le petit Archie, dont elle est aujourd'hui la tutrice. Le bébé est en effet sa seule famille. Aussi, quand l'impitoyable Charlie Law revendique la garde de l'enfant, est-elle prête à se battre contre lui. Une bataille qu'elle redoute de perdre, hélas, tant les moyens du milliardaire sont vastes, comparés aux siens. Désespérée, elle se résout à accepter le marché insensé que lui propose bientôt Charlie : elle pourra faire partie de la vie d'Archie... à condition de l'épouser !

Tentation grecque, de Michelle Douglas - N°4361

La mer, les fleurs odorantes, le chant des oiseaux... L'île grecque sur laquelle séjourne Audra est le cadre parfait pour se ressourcer et panser ses blessures. Du moins le croit-elle, car bientôt surgit dans sa villa Finn Sullivan, le meilleur ami de son frère. Si elle l'accueille bien volontiers sous son toit, elle redoute déjà leur cohabitation. Tous deux se connaissent si bien, trop bien. Mais pas encore assez, si Audra en croit le désir inouï qui rugit dans ses veines chaque fois que Finn s'approche d'elle...

Le séducteur de Bollywood, de Tara Pammi - N°4362

SÉRIE : *PASSION À BOLLYWOOD* - 1/2

Vikram est l'acteur le plus en vogue de Bollywood ; Naina, la modeste assistante qui travaille dans sa somptueuse propriété de Raawal Mahal. Mais, au cours d'un bal masqué, tous deux ne sont brusquement plus qu'un homme et une femme en proie au désir. Une danse, une nuit d'amour, et les voilà liés intimement. Mais quelques heures de plaisir peuvent-elles bouleverser l'ordre établi et rapprocher deux mondes que tout oppose ? Naina, sous le charme du très sexy Vikram, a tellement envie de croire à cet amour impossible...

**Séduite par son garde du corps,
de Susan Meier - N°4363**

SÉRIE : *LES MILLIARDAIRES DE MANHATTAN* - 2/3

Un garde du corps ? Jamais Charlotte n'aurait imaginé avoir besoin qu'un homme veille sur elle. N'est-elle pas une femme indépendante ? Seulement voilà, lorsque Jace MacDonald lui révèle qu'elle est l'héritière secrète d'un célèbre milliardaire, elle accepte sa protection rapprochée jusqu'à New York. Lui seul saura tenir à l'écart les paparazzis qui gravitent autour de sa toute nouvelle famille. Très vite pourtant, Charlotte regrette sa décision. Car les élans de son cœur pour Jace lui paraissent bien plus dangereux encore que les menaces qui pèsent sur son héritage...

Une nuit à Kildare House, d'Abby Green - N°4364

SÉRIE : *LA DYNASTIE MARCHETTI* - 1/3

Maggie s'est toujours crue immunisée contre la séduction des hommes riches et puissants. Elle en a côtoyé suffisamment pour connaître leurs travers. Pourtant, lorsqu'elle rencontre le mystérieux Nikos Marchetti, propriétaire de Kildare House dont elle est la gouvernante, elle sent son cœur battre follement et ses certitudes vaciller. Au point qu'elle cède à la passion que Nikos lui inspire, durant une nuit magique. Une nuit qui n'est pas sans conséquence, car bientôt Maggie découvre qu'elle attend un enfant de Nikos…

Si proche du roi, de Jackie Ashenden - N°4365

SÉRIE : *LA COURONNE D'AXIOS* - 1/2

Calista est soldat, membre d'élite de la garde royale. Sa mission est cruciale : veiller à la sécurité de Xerxes Nikolaides, prince d'Axios. C'est un honneur pour elle, mais une douce torture aussi. Car, pour son malheur, Xerxes est l'homme le plus beau que la Terre ait porté – et il le sait. Réputé pour être le plus grand don Juan d'Europe, cet homme aime les femmes comme le scandale. Calista doit donc veiller sur sa personne et sa réputation ! Si tant est qu'elle soit capable de ne pas rejoindre elle-même le rang de ses admiratrices et maîtresses…

La caresse de son ennemi,
de Rachael Thomas - N°4366

Voilà un an que Sébastien, son frère adoré, est mort. Un an que Charlie n'a plus trouvé le repos. Comment un talentueux pilote de course a-t-il pu avoir un accident lors d'un simple tour d'essai ? Une question qu'elle tient à tout prix à éclaircir. Aussi, lorsqu'elle est invitée en Italie par le partenaire en affaires de Sébastien pour assister au lancement du véhicule conçu par son frère, décide-t-elle d'accepter. Tant pis si Alessandro Roselli la trouble plus qu'aucun autre homme avant lui : elle sera assez forte pour se consacrer uniquement à son enquête. C'est pourtant sans compter sur le désir qui brille dans les yeux d'Alessandro. Prise au piège de la tentation, Charlie retrouve sous le regard de cet homme mystérieux les mêmes sensations qu'au volant d'une voiture de course : plaisir intense et ivresse du danger…

PASSIONS

Rêve. Trahison. Tentation.

Un homme et une femme.
Deux héros que tout oppose.
Ils n'ont rien en commun…
Ils ne croient plus en l'amour…
Ils sont amants… Ils sont rivaux…
Ils n'étaient pas censés s'aimer.
Et pourtant…
Ils vont renouer avec la passion.

5 livres à découvrir tous les mois.

DIVERTIR • INSPIRER • ÉMOUVOIR

HARLEQUIN
www.harlequin.f